삶을 경영하다

삶을 경영하다

초판 1쇄 인쇄 2018년 3월 16일
초판 1쇄 발행 2018년 3월 26일

지은이 박정환
펴낸이 전승선
펴낸곳 자연과인문
북디자인 D.room

출판등록 제300-2007-172호
주소 서울시 종로구 삼일대로 445-12
전화 02)735-0407
팩스 02)744-0407
홈페이지 http://www.jibook.net
이메일 jibooks@naver.com

ISBN 979-11-86162-30-9 03810
값 13,000원

삶을 경영하다

박정환 지음

자연과
인 문

Contents

1
삶의 의미

2
삶의 중년

3
삶의 디딤돌

4
삶의 버팀목

5
삶의 마무리

6
삶의 여행

책을 펴내며

책을 쓴다는 것은 자신의 존재를 증명하는 것이다. 굴곡진 인생에 불가피하게 얻게 되는 상처를 치유하는 삶은 나를 존재하게 하는 힘이다. 중요할 것 없어 보이는 하루의 일상을 기록하고 그 기록이 밑바탕이 되어 작품이 되기도 하고, 혹은 멋진 자태로 다시 태어나지 못한다 하더라도 이 험난한 세상에 나를 견디게 하는 힘이 되어준다.

원고를 출판사에 넘기고, 그동안 메모해놨던 일기장을 보고 있노라면 가슴에 품은 희열을 느끼곤 한다. 내가 학창시절에 느끼던 희열인 것 같다. 메모된 일기장의 글씨들은 몹시 난잡하다. 아내는 그럴 때마다 엉클어진 책을 잘 정리하라고 아우성친다. 나는 그냥 그대로가 좋다. 책속의 흔적들은 어제를 생각하게 하고 내일을 그리며 영감을 얻기도 한다. 짧은 인생 하고 싶은 일을 하다가 죽는 사람이 얼마나 될까? 매일 아침 영롱한 이슬을 머금고 컴퓨터의 자판 소리에 몰입되었던 시간들이 책 쓰기를 마무리 할 수 있었다. 잔소리 해준 아내가 고맙다. 아내는 나에게 있어 벗이며 친구이며 누나이며 엄마였다. 그리고 정확한 조언자이며 비평가였다. 나를 지탱하는 힘이며, 뜨거운 눈물이었다. 일기장에 메모한 흘려 쓴 글씨들을 보고 있노라면 지나간 세월이 조금은 길고 험했던 것 같다. 내게 있어 삶의 진실은 조금은 식혀서 마셔야 하는 뜨거운 국물이다. 그리고 정의였다.

책을 쓰는 목적은 독자들의 다양한 해석을 넘어 저자 자신의 감성이 폭을 넓히는 행위이며 예술이기를 기대하는 마음일 것이다. 사람 심리는 공들여 얻은 것에는 애착이 더한 법이다. 비싼 값을 주고 얻은 물건은 그 값만큼 알뜰살뜰하게 취급된다. 싸고 좋은 물건은 없다. 좋고 싼 물건은 있다. 그것은 양심이다. 한권의 책은 비밀스런 일기장에서, 헝클어진 메모지에서, 일상의 기억에서 만들어진다. 또한 수많은 고민과 맞닥트려야 하고 수많은 밤을 지새우는 연구도 부지기수다. 그 발자취들은 나를 매혹시키고 몰아의 경지를 만들게 된다. 인간은 누구나 각자 해석하고 아는 만큼 살아간다. 풍요의 뒷면을 들추어 보면 반드시 빈곤이 있고, 빈곤의 뒷면에는 우리가 찾지 못한 풍요와 행복이 숨어 있다.

10년 동안 강의를 하면서 모아둔 일기장을 갖고 책을 만들어가는 과정은 기쁜 마음과 함께 하나하나의 글에 여과된 나의 감성이 농축되어 있다. 나는 삶의 이야기를 '감동과 감성'의 기본 틀에 글쓰기의 핵심을 두고 있다. 주어진 인생의 한계와 새로운 현실에서 얻어낸 감동들을 더불어 나누는 세상, 그것이 내가 꿈꾸는 세상이다. 건강한 삶은 순환이고 순환은 자연의 법칙이다. 젊은 날 조금은 거칠게 살았지만 중년의 멋과 함께 삶을 되돌아보고, 남은 인생의 마무리는 삶의 디딤돌이 되어 살아가고자 한다. 이제 조금은 안정되고 마음이 홀가분하다. 나도 언젠가는 자연으로 가야하니까…….

불확실성의 시대를 살고 있는 지금, 청년의 실업문제를 해소하고, 소외계층의 복지가 우선하는 살기 좋은 나라, 국가가 서민들의 일자리를 만들어주는 나라, 소상공인들의 창업을 쉽게 도와주는 나라, 대기업이 자유스럽게 활동하고 행동에 간섭하지 않는 나라, 이것이야 말로 우리 모두가 꿈꾸는 행복한 나라일 것이다.

이 책은 바쁜 일상을 덧없이 살아가는 이들에게 중요한 내용을 요약하여 줄거리를 쉽게 접할 수 있도록 하였고, 내 일기장에 메모한 내용을 중심으로 정리하였다. 그리고 다른 책에서 발췌하고 정리하고 기록된 것을 복잡함에서 단순함으로 만드는 과정은 무한한 끈기와 인내가 필요한 작업이었다. 또한 출처가 독자에게 도움이 되도록 하였으며 내가 경험하고 관찰한 시대적 삶의 내용을 진솔하게 담았다.

나는 용기를 잃고 두려움에 흔들이고 있는 이들에게 나의 경험을 바탕으로 실패를 방패삼아 도전 할 수 있는 용기를 주고 싶었다. 복잡한 시대에 누구나 쉽게 접할 수 있도록 내용들을 발췌하고 정리했고 주변에서 관찰한 내용과 나의 생생한 경험에 중점을 두었다. 내용들이 다소 미흡하고, 투박하지만 진솔하게 이야기를 할 수 있었다. 젊은 시절 열정과 꿈으로 살아온 인생역정이 청풍清風이 되고 정화수井華水가 되어 모든 이들과 함께 나누고 싶다.

2018년 3월 박정환

1
삶의 의미

인간은 무엇을 위해 사는가? 행복한 사람은 목표를 성취하거나, 삶의 의미를 인문학적 감성으로 관조한다. 중년의 삶의 기본은 최소의 경제논리로 일과 사랑을 나눌 수 있으면 금상첨화다. 솔직했던 연인과의 마술 같고 신성한 섹스를 하고 싶은 연애는 삶의 원초적인 욕구의 실현이다.

삶의 영광

살며, 사랑하며, 일하며, 놀며, 고난당하며, 죽는 인간 존재의 삶의 과정을 일곱 단계를 통해 진정한 삶의 의미는 무엇이며, 무엇을 위해 살아야 하는지를 진지하게 성찰해야 한다, 인생의 의미는 무엇인가? 내 삶의 의미를 찾는 방법은 무엇인가? 인생은 허무한 것인가?

삶의 의미란 무엇일까? 어떻게 삶에 있어 목적, 성취, 그리고 만족을 찾을 수 있을까? 어떻게 순간적이 아닌 중요한 무언가를 성취할 수 있을까? 수많은 사람들이 이러한 중요한 질문들을 끊임없이 생각해 왔다. 그들은 몇 년 뒤에 과거를 돌아보면서 자신들이 세웠던 목표들을 달성했다 하더라도, 왜 자신들의 관계가 나빠졌고 공허함을 느끼는지 의아해 한다.

인본주의 문화에서, 사람들은 많은 것들을 추구하며 그것들 안에서 의미를 찾으려고 한다. 이 추구하는 것들의 일부는 사업의 성공, 부, 좋은 인간관계, 성적 관계, 오락, 그리고 다른 사람들에게 좋은 일을 하는 것들이다. 부와 인맥과 즐거움의 목표를 달성 했는데도 여전히 마음속에는 깊은 빈 공간, 즉 아무 것도 채우지 못할 것 같은 공허한 느낌이 든다.

한때는 자기의 마음이 원하는 어떤 것이라도 추구하였다고 사람들은 말한다. 삶에 대한 모든 것에 있어 눈으로 볼 수 있고 감각들로 경험할 수 있는 것처럼 사는 인생이 무의미 할 때가 있다. 가장 중요한 때가 현재이다. 지금 이 순간만이 우리가 스스로를 통제하고 고쳐 나아갈 수 있기 때문이다. 그리고 가장 중요한 것은 당신 앞에 서있는 사람, 항상 가까이 있는 사람에게 잘해야 한다. 이를 행하지 않으면 범법자이다. 사람끼리 사랑하고 보호해 주지 않으면 무법자이다.

인생에 대한 가장 고귀한 생각은 평범한 삶 속에 진주처럼 숨어있다. 매순간 선을 생각하고 일을 기다리는 마음의 평화와 행복한 마음이 안정된 생활을 가질 수 있다. 우리에게 스쳐가는 작은 일에도 의미를 갖고 작은 깨움이 작은 행복을 가질 수 있다. 덕성은 느리게 천천히 완성된다. 선을 행하지 않는 사람은 선을 이해 할 수 없다. 선은 자신의 소리 없는 희생을 행할 때만이 참된 뜻을 깨닫고 사랑의 참뜻을 느끼게 된다. 참 덕성은 서서히 이루어지며 인간은 오랜 세월 경험을 통해 자신의 놓은 오감을 감지 할 수 있다.

인류에 대한 봉사는 두 종류가 있다. 하나는 지금 살고 있는 일들에 대한 행복을 만들어 가는 것이고, 다른 하나는 인류의 종족본능에 기여하는 것이다. 만족은 완성이 아니고 부족함을 채우는 것이다. 용기는 자기위치를 지키는 용기뿐만 아니라 자리를 바꾸는 용기 있는 사람, 혹은 의사결정을 빨리하는 사람이다. 사람들은 쾌락, 고통, 욕망, 공포에 대해 용기를 요구 할 때가 있다.

행동하는 자의 행복

보통 사람들이 모르는 행복의 비밀 중의 하나는, 내일의 행복은 우리가 내일 이루는 성공 여부에 달려 있는 것이 아니라 오늘 얼마나 행복한가에 달려 있다는 사실이다. 많은 사람들은 오늘의 행복이 미래 행복의 씨앗이 된다는 사실을 모른 채, 씨를 뿌리지도 않고 행복이라는 열매를 얻기 위해 바쁘게 살아가고 있다.

하지만 분명한 것은 지금 이 순간 행복하지 않다면 내일도 절대 행복할 수 없다는 사실이다. 행복의 최고 기술은 바로 현재를 붙잡는 기술이다. 수많은 사람들이 행복하지 못한 것은 과거를 후회하고 미래를 걱정하기 때문이다. 그래서 현재의 행복을 누리지 못하는 것이다. 행복은 온전히 현재에 있기 때문에 지금 이 순간을 붙잡아서 누려야 한다. 성공해야 행복할 수 있는 것이 아니라, 행복해야 성공할 수 있다. 행복은 성공의 목적이거나 삶의 목적이 아니라, 성공적인 삶을 살아가기 위해 가장 필요한 수단이며 도구다.

오늘 행복해라. 그러면 내일 성공할 것이다. 성공은 오늘 행복할 수 있는 자의 것이다. 행복과 동행하면서 가는 목적지는 성공이다. 새로운 시대를 살아가야 할 우리에게는 과거 사람들이 살아온 방법이 아닌 새로운 방법과 전략이 필요하며, 그러한 새로운 전략과 방법은 '행복 성공학'이다.

출처 : 박정환 공저 '현대경영학 노트' 중에서 [한올출판사]

성공하고 싶다면 어떻게 열심히 일하며 살까를 고민하지 말고, 어떻게 지금 이 순간 행복하게 살까를 고민해야 한다. 과거에는 열심히 노력하고 일하는 사람이 성공했지만 이제는 그런 사람보다 행복한 사람이 더 성공하는 시대로 접어들었기 때문이다.

스타벅스가 단기간에 성공한 것은 맛있는 커피를 팔았기 때문이 아니라, 커피를 마시며 감성과 영혼이 쉴 수 있는 제3의 장소를 팔았기 때문이다. 여기서 좀 더 파고 들어가 보면 바로 행복을 팔았다고 할 수 있다. 행복한 사람이 결국에는 성공을 이루게 된다는 사실을 발견할 것이다. 그러나 그러한 사실을 아는 데 그쳐서는 안 된다. 사람은 재능이 없어서 실패하는 것이 아니라, 목표가 없어서 실패한다. 목표 없이 일하면 일 자체가 재미없다. 그런데 하겠다고 마음먹고 자기 자신을 시험하면 얼마나 쾌감을 느끼는지 모른다.

평등은 곧 불평등이다. 일을 하건 안하건 똑같은 월급을 받는 것이 불평등이라는 말이다. 그래서 자본주의 사회에서는 반드시 인센티브 제도가 필요하고, 모티베이션이 필요하고 경쟁이 필요하다. 그러니까 그런 것도 한번 실행해보는 거다.

출처 : 김병완의 '성공이 목표일지라도 행복이 우선이다' 중에서 [북허브]

가슴을 설레게 하고 영혼에 감동과 전율을 심어주는 삶을 살아야 한다. 그렇게 하려면 세상이 정해놓은 틀에 박힌 목표나 세상에 찌든 목표에서 벗어나야 한다. 그리고 돈을 벌어 부자가 되겠다든가, 직장에서 성공해 임원이 되고 사장이 되겠다든가, 연예인이 되어 돈과 인기를 모두 얻겠다든가 하는 일반적인 목표가 아닌 자신만의 목표를 찾아야 한다.

자신이 가장 잘할 수 있는 일, 하면 할수록 가슴 설레고 즐거운 일, 자연스럽게 세상에 영향을 줄 수 있는 일을 찾아야 한다. 그러기 위해서는 먼저 자신의 강점을 찾아야 한다. 자신의 강점을 찾아 강화해나가는 것이 행복하게 목표에 도달할 수 있는 길이며 큰 꿈을 이루는 길이다.

내 허락 없이는 아무도 나를 실패자나 성공자로 만들 수 없다. 그런 점에서 당신이 평범한 존재가 된 것은 무언중에 스스로 선택하고 생각하고 행동한 결과이며 마찬가지로 비범하고 유일무이한 존재가 된 것 또한 스스로 생각하고 선택하고 행동한 결과다. 내 능력을 사용할 수 있는 유일한 존재는 바로 나 자신이며, 능력을 사장시켜 폐기해버릴 수 있는 유일한 존재도 역시 나 자신이다.

자기 삶의 혁명가가 되도록 해주는 유일한 존재는 자기 자신이다. 내 적도 역시 나 자신이다. 따라서 자신의 강점을 찾아 끊임없이 발전시키고 결국은 자기 자신을 뛰어넘어야 한다. 인생은 짧고 지식은 미천하고 경험은 얄팍하고 기회는 순식간에 지나간다. 결국 필요한 것은 자신에게만 주어진 독특한 강점을 경영하는 것이다. 그것이 바로 남과 다른 존재가 되는 길이다.

남과 같은 것을 해서는 큰돈을 벌 수 없을 뿐만 아니라 세상을 놀라게 할 수도 없다. 그리고 무엇보다 자신의 피를 끓게 할 수 없다. 자신이 하고 싶은 일, 잘할 수 있는 일을 찾으면 열정이 생기고 피가 끓고 가슴이 뛴다. 그러면 에너지가 폭발하게 되고 그것이 바로 큰일을 해낼 수 있는 또 다른 원동력이 된다. 그래서 뜨거운 열정이 없는 사람은 세상을 놀라게 할 위대한 일을 해내지 못한다. 세상이 놀랄 만한 일을 하려면 먼저 자신이 열광해야 한다. 무엇인가에 미쳐야만 그것을 이룰 수 있고 그것에 도달할 수 있다. 그러려면 자신이 가장 잘할 수 있는 일을 해야 한다.

독서는 삶의 기쁨이며 특권이다. 그러한 기쁨을 누린 사람만이 그 가치를 알고, 그 결과 더욱더 그것에 빠져들게 된다. 독서를 통해 몸과 마음은 새로운 힘을 얻는다. 일상에 지쳐 쓰러져가는 몸과 마음도 독서를 통해 새로운 힘과 정신을 얻고 회복된다. 아무리 세상일이 억장이 무너질 만큼 답답하고 억울하고 서글퍼도 한두 시간 독서하면 그러한 것들을 모두 사라지게 할 수 있고, 새로운 삶의 동기와 활력을 얻을 수 있다. 그런 점에서 독서는 삶의 비타민이다. 독서는 사람만이 누릴 수 있는 권리다.

당신이 실존하는 유일한 시간은 바로 지금 이 순간이다. 모든 힘과 에너지를 쏟아 부을 수 있는 시간도 바로 지금이다. 그렇기 때문에 강점에 집중할 수 있는 최고 시간은 바로 지금 이 순간이다. 그런 점에서 강점에 집중하는 최고 방법은 지금 이 순간을 붙잡는 것이다. 시간은 한정되어 있고 한정된 자원을 극대화하는 것이 인생에서 행복하고 성공적인 삶을 살아가는 방법이며 동시에 강점을 강화하는 최고 방법이다. 지금 이 순간을 붙잡아라. 지금 이 순간에 집중하라. 그리고 자신의 강점에 모든 에너지를 쏟아 부어라. 그것이 자신의 강점에 집중하는 것이다. 지금 이 순간에 충만하고 강렬하게 집중할 때 가장 자기다워지고 자기 자신이 될 수 있다.

그런 점에서 지금 이 순간의 삶에서 자신의 강점에 더욱더 집중해야 한다. 즐거운 삶을 사는 사람은 자신의 본능과 현재의 욕구를 추구하는 사람이다. 그것이 삶의 만족과 행복에서 차지하는 마음의 비중은 상대적으로 적다. 의미 있는 삶을 사는 사람은 만족과 행복 원천의 자신의 존재 이유와 명예다.

잘 사는 사람은 아마도 삶의 방법을 실천하며 노력할 때 찾아오는 것이 아닐까 생각한다. 물론 삶이란 생각하는 사람마다 다르다. 이에 경제적인 풍요함이 더해지면 금상첨화이다. 잘 사는 삶이란? 배고픔 없이 넉넉한 삶도 포함된다. 그리고 좋은 삶 바탕 위에 명예로운 삶, 다시 말해 도덕적, 인격적 존엄과 타인의 존경이 더해질 때 가능하다고 생각한다. 이 중에서 의미 있는 삶에 대한 성찰의 길은 삶의 빈곤과 기아와 질병, 문명 등으로 고통 받는 소외된 이웃에게 나눔과 봉사를 통해 살만한 세계를 만들어 가는 과정과 참여를 소리 없이 헌신하는 이들이 있기에 가능하다. 이는 현대인의 책무이며 의무이다.

출처 : 김병완의 '가슴 뛰는 성공 너만의 강점으로 승부하라' 중에서 [멘토르]

삶의 스승

소크라테스는 정의와 죽음, 예수는 가난과 영혼, 부처는 자비와 평등을 말했다. 이들은 내게 많은 영향을 끼친 사람들이다. 나는 그들을 삶의 스승이라고 불렀다. 그들은 우리에게 사는 법을 가르치고 잘살 수 있게 도와준다. 그들이 우리에게 제시하는 것은 즉석행복이 아니라, 자신에 대한 진정한 탐구로 얻을 수 있는 결실이다. 그들은 기쁨과 즐거움에 대해 그리 많은 말을 하지 않는다. 그 세 스승의 가르침을 삶, 죽음, 가르침, 진리, 삶의 자세 등 다양한 관점에서 비교 분석해 보았다.

소크라테스나 예수, 부처의 가르침은 궁극적으로 윤리에 대한 가르침이다. 성공한 삶이란 진리를 실천에 옮기는 삶이다. 그렇기에 그들이 입증한 바가 중요하다. 그들이 오랜 세월에 걸쳐 많은 사람들에게 영향을 미쳤다면, 오늘날 우리가 보기에도 여전히 그들에게 믿음이 간다면, 그것은 그들이 자신들의 가르침을 실천에 옮겼기 때문이다.

그들이 가치 있게 여긴 삶이 바로 실천하는 삶이었던 것이다. 그래서 우리가 그들의 가르침을 듣고 환골탈태하여 더 나은 삶을 살 수 있기를 바란 것이다. 그들이 지금까지 성인으로서 인정받는 까닭은 바로 이런 이유가 있기 때문일 것이다. 누구나 알 수 있지만 그것을 몸소 실천하는 것은 가장 어려운 일일 것이다. 누구나 물질적인 가치가 우리 삶의 궁극적인 목적이 아니란 것은 알지만, 어느 누구도 그 물질적인 것을 손에서 놓으려고 하지 않는다. 그래서 부富를 쌓는 것이 우리 삶에서 가장 가치 있는 게 되었다. 그럴수록 우리 삶은 더욱 고달파지고 힘들어지는 것이다.

죽은 뒤에 인간은 어떻게 될까라는 문제에서 소크라테스 그리고 예수, 부처는 서로 다른 생각을 하고 있지만, 그런 차이를 넘어 그들의 가르침들은 하나같이 같은 이야기를 하고 있다. 지금 우리가 하는 행동이 앞으로의 우리 모습에 영향을 미친다. 이런 관점을 통해 우리는 어떻게 살아야 하고 어떤 도덕적 선택을 해야 하며 그리고 자신에 대해 어떤 인식을 가져야 하는지에 대해 중요한 시사점을 얻을 수 있다.

소크라테스, 예수, 부처의 죽음의 과정을 살펴보자. 세 사람이 왜 죽게 되었고 어떻게 죽고 그때 어떤 일들이 일어났는지는 대충 알고 있었다. 하지만 그 과정을 보다 상세하게 설명하고 있어서 그들의 삶을 더 잘 이해할 수 있었다.

그 중에서도 소크라테스의 마지막 말의 의미를 다양하게 해석한

부분이 재미있었다. 소크라테스는 크리톤에게 "크리톤이여, 우리가 아스클레피오스께 닭 한 마리 빚진 게 있네. 잊지 말고 갚아주게."라고 하였다. 아스클레피오스는 의학의 신이라고 한다. 당시 전통에 따르면 치유를 기원할 때와 치유가 되어 감사를 표할 때 제물을 바쳤다고 한다. 그런데 목숨을 잃는 판국에 제물을 바친다는 것은 어이없는 일이라고 할 수 있는 것이다. 이것을 소크라테스의 역설이라고 분석한 게 설득력을 갖고 있다.

나도 죽음에 대해서 소크라테스처럼 의연하게 받아들일 수 있을지 곰곰이 생각해 보았다. 하지만 요새 사회적으로 사건 사고가 너무 많이 일어나서 그런지 슬픈 생각이 더 많이 들었다. 어느새 안전이 우리 사회의 화두가 되어 버렸다. 무엇을 타든지, 어느 장소에 있든지, 어느 시간이든지, 우리는 항상 무슨 일이 일어나지는 않을까 전전긍긍하면서 불안한 삶을 보내게 되었다. 우리 사회가 왜 이렇게 되어버린 것일까? 부지불식간에 어이없는 삶의 종말을 맞고 싶지는 않기 때문일 것이다. 죽음을 맞게 되더라도 삶의 마무리를 할 수 있는 시간을 간절히 바랄 뿐이다. 인생의 어려움은 삶과 인간관계에 대해 깊은 사고를 하는 기회를 제공한다. 힘든 상황을 어떻게 넘겨야 하는지에 대한 지혜는 먼저 힘든 상황을 겪은 인생의 선배들에게 물어보는 것이 좋다.

인생의 선배 중에는 많은 고통을 겪으면서 아직 억울함과 자신에 대한 책망으로 마음의 평안을 얻지 못한 이들이 있다. 그들은 나의 스승이 되지 못한다. 그들은 내게 더 이기적으로 살고 배신당하지 않게 조심하라고 충고한다. 내 삶의 스승은 그런 어려움 가운데서 마음에 평안함을 얻은 자들이다.

어려움의 원인을 아는 것이 마음의 평안함을 가져오는 결정적인 요인 일 때도 있지만 세상의 일들 가운데 아무리 지식이 많은 자라도 객관적인 원인을 이야기해 주지 못하는 경우가 많다. 우리가 과학적인 지식으로 아직 이해하지 못하는 영역 가운데 하나가 아이가 가지고 태어나는 선천적인 발달장애이고 끊을 수 없는 엄마와 자식의 인연이다. 주위에 남에게 도움이 되는 어르신들을 삶의 스승으로 활용하고 진지한 대화를 나누어 보자. 고통을 부당하다고 생각하고 고통을 피하려고만 하고 고통 속에서 깊이 사고하지 못하는 이들은 말년에 한꺼번에 고통을 겪게 되는 것이 지금까지의 우리의 역사일 수 있다.

내 삶의 스승은 가끔씩 오시는 파출부 아주머님과 동네 구멍가게 아주머님이다. 그분들이 끊이지 않는 경제적인 고통 가운데서도 남에게 가능한 만큼 베풀며 사실 수 있는 삶의 태도가 매번 내 욕심을 떨치게 하는 약침이 된다. 고통이 있을 때마다 이 고통을 어떻게 이겨내느냐에 따라 후에 우리는 이웃의 좋은 스승이 될 수도 있다고 믿고 살았으면 좋겠다.

자연에는 법칙이 있다. 인간이 살아 나아가는 법칙도 있고, 땅을 운영하는 법칙, 하늘의 법칙이 있다. 인간이 천지도 모른 체 하늘 아래 살수는 없다. 자연은 '천지아래 무엇이든 물어라'라는 일성一聲으로 우리에게 가르침을 주고 있다. 대한민국이 일어날 때는 이유가 있기 때문에 일어나는 것이고 천지 운용의 원리를 알아야 그 다음 것을 풀어 발전할 수 있다. 가정, 사회, 종교, 철학, 정치, 경제,

교육 등 모든 분야에서 새 시대에 필요한 새로운 패러다임의 정법을 우리는 각성해야 한다. 우리는 나아가 인류를 널리 이롭게 하며 빛나는 삶을 살아감으로써, 스스로 원죄를 소멸하고 해탈해야 한다. 그리하여 맑고 깨끗해진 원소로 우리의 본향인 대우주로 다 함께 원시반본原始返本 해서 천도天道의 길을 사자후師子吼해야 한다.

삶의 추억과 형태

추억 노트

항상 이맘때쯤이면 갖가지 생각에 잠긴다. 어디쯤 왔을까. 가던 길 잠시 멈추고, 뒤돌아보지만 온 길 모르듯 갈 길도 알 수 없다. 그동안 최선을 다 한 삶이었지만, 그리움이 쌓인 사랑의 순간 놓치고 싶지 않은 욕망의 시간도 모두가 소중한 추억들이다. 그저 오늘이 있어 내일이 아름다우리라. 그렇게 믿자. 골이 깊어야 산이 높은 것처럼 과정은 어렵지만 결론을 생각해야 한다. 지난날이 고난의 삶이었다면 그것은 새로운 일을 더욱 빛나게 하기 위한 것이다.

하루하루를 마지막 마무리라 생각하며 아름답게 보람되게 살아야겠다. 문화는 공동체를 형성하여 수눌음(품앗이) 정신의 순기능과 초등학교에서 대학동창 모임에서부터 단체, 협회, 동우회 등 사소한 모임까지 정관을 만들고 회장을 뽑고 월정회비를 내면서 연말이면 망년회로 바쁘다.

제주사회의 '삼춘'이나 '괜당'이라는 정에 호소하는 변형된 소통 문화는 정의보다는 안면을 보고 판단하는 역기능을 갖고 있다. 한해 끝자락에 자기 성찰과 정치문화가 새롭게 되기를 희망한다. 1994년 제주에 내려올 때 나의 딸 박란이 초등학교 3학년, 재일이가 2학년이었다. 꿈을 갖고 시작한 것이 갈빗집 동업이었고, '용두암 해변가든'을 독립 운영하였다. 부동산에 관심을 갖고 많은 것을 배웠고, 박사과정을 공부하면서 돼지농장을 동업으로 운영하였다. 환경대학, 농대최고경영자 과정을 다니면서 대인관계를 유지하다가 정신적, 육체적 과로가 겹쳐 쓰러졌고, 두문불출했다. 그때 당구장에서 작은 노름을 시작하면서 밤낮이 바뀌는 생활 속에 칩거생활이 시작되고, 집을 정리하고 부동산도 경매로 정리되고, 채권문제로 법원 집달관이 피아노, 냉장고, 세탁기, TV 등에 소유권 정지 딱지를 붙인 것을 보고 똥이 안 나오고, 손발이 마비되어 옴을 느꼈다.

환경변화를 이겨내기 위해 성당의 레지오 단장님이 운영하는 택배회사도 조금 다녔다. 허리가 너무 아파 중도에 그만 두면서, 갈빗집을 3번째로 연동으로 이전하면서 6천만 원을 차용했다. 그 전에 2011년 9월 10일에 3천만 원 갖고 신용으로 1억2천만 원을 주식투자했으나 미국 쌍둥이 빌딩이 비행기 테러로 3일 만에 깡통계좌 1,500만원 남은 게 전 자산이었다.

이때 딸. 아들이 고등학교 진학하는 중요한 시기에 도저히 견딜 수 없어 가출을 빙자한 가출을 할 수밖에 없었다. 통영 욕지도에서 고등어 관리와 서울로 배송하는 일을 했다. 그리고 평택항에서 동갑내기 친구를 만나 4개월 방황하다가 집으로 온 후 마음을 정리하고 마치지 못한 박사학위 논문을 쓰기로 했다. 1년 후 1995년도 힘든 학위논문을 제출하고 쓰러짐을 느꼈다. 2004년 10월 7일 우연치 않게 신경정신과에서 심리 테스트를 받고 약을 지금까지 먹고 있다. 원래 감기약이나 양약은 잘 먹지 않는다. 신경 불안 증세는 잔소리에 놀라고, 짜증을 쉽게 내고 그냥 아무 생각 없이 누워있는 시간이 많았던 것 같다. 악몽 같은 꿈을 꾼다는 것은 심리적 병이라는 것을 느꼈고, 운명대로 살라고 체념했던 것 같다. 결국 두문불출로 인한 체력저하, 마비현상, 허리. 목통증, 우울증, 자괴감, 자살 충동을 느낌을 느꼈다. 이제는 가족에 대한 애정이 남은 게 있다면 아내와 자식, 그리고 이루지 못한 일이다. 평생 동안 고통의 짐을 지지 않는 사람은 없다.

레지오 단원은 좋은 추억은 새로운 동기부여로 생각한다. 4번째 손가락을 잘 활용하는 사람이 잠재 능력을 개발하고 자질을 향상시킬 수 있다.

-2008. 1. 9

시장에 가면서 MBC 라디오 강석, 이혜영에게 감사함을 배웠다. 범사에 감사하는 마음으로 살아가게 하소서.

-2011. 3. 7

성탄미사, 저별은 나의 별

-2009. 12. 25

24번째 이사한 현대아파트 202동 304호에서는 한라산이 보였고 주변이 어수선해서 정이 덜 들었다. 아파트에는 살고 싶지 않았는데 그러나 싫지 않았다. 한라산 전경이 위로가 되었다. 수고했다. 아내 고숙자, 도와주지 못해서 섭섭했다. 15년 전 소양강댐은 변함이 없는데, 입구는 많이 변해 있었다. 맛도 인정도 힘들게 한다. 말로만 듣던 춘천상천 초등길 자식들이 돌담길이 막혀 있어 돌아왔다.

길을 떠나는 사람은 인생의 의의에 대해 묻는다. 길을 가다가 도중에 서 있는 이유가 무엇이며, 목적지가 어디인지를 끊임없이 묻는다. 길을 가는 우리의 목적지는 결코 내면의 세계가 아니다. 우리가 향해 가고 있는 곳은 마지막 은신처이자, 최후에 정착하게 될 고향이다.

가까움과 멂, 사랑과 반감, 이해와 몰이해, 일체감과 고독은 서로 짝을 이룬다. 이들이 서로 함께 있을 때 비로소 우리를 위해 결실을 맺는다. 이중 하나만을 선택하면 실망과 환상에 빠져든다. 소통이 없는 우정은 친구를 더욱 멀어지게 만들 뿐이다. 소통이 없다면 분열될 수밖에 없다. 하나됨과 분리됨, 가까움과 멂, 사랑과 반감 사이에 존재하는 긴장감을 받아들여야 한다. 그래야만 더욱 높은 차원에 도달할 수 있다. 동경과 호기심은 유토피아를 구체적으로 보게 하는 힘을 가지고 있다.

생텍쥐페리는 이런 말을 남겼다. "당신이 배를 만들고자 한다면, 사람들에게 바다를 향한 동경을 가르쳐라." 하늘을 동경하던 중세 사람들은 높은 돔을 지었다. 음악 또한 마찬가지다. 음악은 하늘로 향하는 창문을 열어준다고 믿었다. 모든 예술은 세상에 대한 동경의 표현이다. 동경은 우리가 주위에 쌓아 온 콘크리트 벽을 부수고 방패를 쪼개는 힘을 가졌다. 좁은 세계를 열어줄 뿐 아니라 우리의 머리 위로 지평선을 열어준다. 우리는 동경을 통해 현실을 의심하지 않고 희망의 길을 걸어갈 수 있다.

언젠가 한번은 모든 것들과 화해해야 한다. 자신의 상처와 화해하지 않고서는 그 상처에 남겨진 흉터를 지울 수 없다. 힐데가르트 폰 빙엔은 인간의 과제를 "자신의 상처를 진주로 바꾸는 것이다"라고 했다. 그것은 상처에 대한 책임을 타인에게 떠넘기기를 멈출 때에만 성공할 수 있다. 자신을 참고 견디며 무언가를 공부하기란 쉽지 않다. 한 번쯤 그냥 앉아서 스스로를 돌이켜보는 것도 중요하다. 무엇이 마음속에 나타나며, 무엇이 우리를 바쁘게 만드는지를 느껴보는 것이다.

어부는 물가에 조용히 앉아서 물고기가 떠오를 때까지 기다린다. 그렇다. 수도사는 어부처럼 마음의 바닷가에서 생각과 감정의 물고기가 떠오를 때까지 기다린다. 마음이 평온한 자만이 떠오르는 물고기를 잡을 수 있다.

길을 떠난 고단한 나그네가 정말 마음에 드는 곳을 만났다. 그 누가 그런 곳에 천막을 치고 머물고 싶지 않겠는가. 마음에 드는 곳에 짐을 풀고 두 다리 쭉 뻗고 고향 삼아 살고 싶을 것이다. 그러나 세상은 영원히 순응하면서 살 수 없다. 우리는 끊임없이 새로운 곳으로 출발해야 한다. 미래가 손짓하는 곳으로 가기 위해서는 안식처를 철거해야 한다. 머무는 순간 낡은 것이 되어버린다. 방금 전 그곳에서 툭툭 털고 일어나라. 인간의 삶은 해의 운동에 비유할 수 있다. 아침에 떠오른 해는 세상을 밝게 한다. 정오에 최고로 높은 위치에 도달하였다가 빛을 거두며 지기 시작한다.

안셀름 그륀은 그의 저서 '머물지 말고 흘러라'에서 '인생에 있어서 오후는 오전만큼이나 중요하다. 그렇기에 인생의 오후는 오전과는 다른 법칙을 따라야 한다'고 말했다. 유치원, 학교와 같은 새로운 것들과 접촉을 하게 된다. 이때 특히 많은 경험을 쌓으면서도 기억들을 남길 수 있다.

몇 년 후부터 지금까지 수많은 일들을 겪었다. 혼나는 것부터 즐거운 일까지. 참 다양하고 많은 경험들. 정확하게는 모르겠지만, 어느 때부터 새롭거나 어떠한 경험을 할 때마다 옛날의 추억과 경험이 떠올라진다. 연관성은 항상 다르다. 제대로 기억할 때도 있지만 못 기억하는 상황이 대부분이다. 물론 기본적으로 그냥 기억을 떠올리는 현상이라고 말하는 사람들은 있겠으나 이런 기억을 떠올리는 것은 다르다. 왜냐면 추억을 보는 것 만이 아니라 생각도 했기 때문이다. 항상 왜 이런 경험을 하면 예전에 겪었던 경험이 떠오르지? 하고 생각한다.

첫 해외여행은 어떻게 보면 내가 경험해보지 못했던 여행이 내 첫 여행일 수도 있다. 이상한 느낌의 비행기라는 의자를 타고 어떠한 곳에 도착하여 재미있게 놀았던 기억이 내 첫 해외여행이라고 본다. 그 목적지는 필리핀이었다.

가출 시도는 대한민국이든 미국이든 이 세상에서 많이 일어난다. 하지만 정작 여기서 중요한 것은 시도는 해보았으나 실천으로 바뀌는 경우가 드물며 하루 이상 가출하는 것은 더욱더 드물다. 그럼에도 불구하고 나는 하루 동안 가출한 적이 있다. 학원에 대한 스트레스와 게임을 못한다는 소식들이 쌓이고 쌓여 내가 아홉 살 때 폭발하였다. 준비된 체로 돈 몇 만원과 가방 안에는 옷하고 물하고 빵 몇 개가 있었다. 약 2시간 동안 동네를 돌아다니는데 막상 보니 잘 곳이 없었다. 결국에는 아파트 비상구 꼭대기 층에서 하룻밤을 보냈다. 다시 보면 참 웃기면서도 후회스럽기에 내 인생의 사건 중 하나이다.

생각이 바뀌면 행동이 바뀌고, 행동이 바뀌면 습관이 바뀌고, 습관이 바뀌면 성격이 바뀌고, 성격이 바뀌면 운명까지도 바뀐다고 미국의 저명한 심리학자 윌리엄 제임스는 말했다. 삶에서 일어나는 모든 일에 항상 적극적인 태도로 임하는 습관을 가진 사람만이 인생에서 성공의 영광을 누릴 수 있다. 이 모든 습관의 최종 목적지는 실천에 있음을 기억하라. 자기경영연구소의 '자기경영 대사전'에는 '미리 준비하는 자에겐 밤하늘에 겸손하게 빛나는 별이나 온순한 산천의 맑은 기운을 따라 여행하는 나그네의 마음과 같은 여유와 평화를 가져다줄 것이다. 또한 자신의 능력을 향상시키고 현실을 지혜롭게 대처할 수 있는 보고寶庫가 되었으면 하는 마음 간절하다'고 했다.

삶은 기다림의 미학

먼저 활짝 미소 짓는다. 상대방 눈높이에 시선을 맞춘다. 눈과 입이 활짝 웃으면서 두 손을 잡고 악수한다. 한 번 말하고 두 번 듣고 세 번 맞장구치는 것으로써 말 잘하는 만큼 잘 듣고 대응하는 화술은 대화의 중요성을 강조하고 있다. 센스 있는 맞장구는 적극적으로 화자의 뜻을 이끌어내는 화법이다. 그것은 단순히 리듬을 맞추는 것뿐 아니라, 화제의 본질에 접근해가는 과정이다.

부모가 자식에게 삶의 방법을 훈련시키는 것처럼, 화자는 무의식 중에 자신의 경험에서 나온 노하우를 말하고 싶어 한다. 하지만 그 수혜자는 귀를 기울이는 사람뿐이다. 이런 화자의 심리를 이용하면 최고의 정보를 얻을 수가 있다. 그것을 어떻게 끌어내는가. 우선 상대방의 말을 긍정적으로 받아들이고 동조하자. 그리고 천천히 그 내용에 박자를 맞춘다. 그렇게 분위기가 고조되면 화자는 자신의 내면에 있는 기밀까지도 무의식중에 풀어 놓는다고 '화술123 법칙'에서 데일 카네기는 말했다.

누구에게나 기다림은 찾아온다. 버스를 기다리거나 친구를 기다리거나 아니면 일어나지 않을 일에 대한 막연한 기다림이다. 이러한 기다림의 시간은 우리에게 무의미한 시간들은 아니다. 그 순간으로 생각에 깊게 잠길 수 있는 자기만의 시간이 될 수도 있고, 아니면 더 좋은 생각이 문득 지나갈 수도 있고, 재미있는 상황들이 앞에서 벌어질 수 있을 것이다. 기다림의 시간들, 기다림의 순간, 마음이 급급한 사람들에게 기다림의 시간들이 필요하다.

긴급한 일이 있더라도 기도하는 시간을 우선시하자. 항상 기도하되 특히 밤 12시부터 기도하자. 어차피 같이 살아야 하는 운명이라면 어머니께서 무엇을 하시든 어떻게 말씀하시든 인정하자. 어머니는 너무 너무 부지런한 성품인지라 내가 감당하기 힘들어 스스로 스트레스를 많이 받아왔다.

현대의 바쁜 일상과 획일화된 삶을 살아가는 우리들은 어쩌면 매일 같은 생각과 결론들을 내리며 살아가는지도 모른다. 다른 생각과 삶의 방식은 마치 외톨이가 될 것처럼 말이다. 그러나 차별화된 상상력과 실천은 인류문명의 발달에 꼭 필요한 것이었으며 인간이 동물과 구별되는 가장 중요하면서도 가치 있는 것이다. 현재의 우리의 꿈은 먼 미래의 현실이 될 것이다. 이런 면에서 어릴 적부터 다양한 지식을 접하면서 정리하고 자신만의 생각을 가미하는 능력에 뛰어났던 저자의 모습에 나는 부러움과 탄성을 보일 수밖에 없었다.

자신만의 생각과 경험을 바탕으로 기록해온 베르나르 베르베르는 '상상력 사전'을 보면서 나는 이 저자의 다른 책인 '뇌'를 읽을 때를 생각하지 않을 수 없었다. 뇌라는 책을 접하면서 작가의 상상력에 몰입되어 시간 가는 줄 모르고 책을 읽어내려 갔었다. 이 책을 만든 이의 생각의 끝은 어디인지 파헤쳐보려는 형사와도 같은 자세로 책장을 거침없이 넘겼었다. 자신보다 뛰어난 사람을 만날 때 인간의 기본적인 감정은 무엇일까. 존경과 경외라는 단어로 묘사될 수도 있지만, 그 기본에는 질투라는 기초적인 감정이 숨어있을 것이다. '나는 왜 이런 생각을 하지 못했을까. 이 사람은 나와는 비교할 수 없는 뛰어난 사람이구나'와 같은 생각들이 들었다. 그러나 다른 면에서는 저자의 생각을 통해 나의 사고를 확인하는 계기가 되었다. 나와 다른 방향으로 결론을 지을 때 내 생각은 더욱 확고히 드러나서 나라는 존재를 더 바라볼 수 있는 계기가 되었다.

이 책에는 역사, 과학 등 여러 분야의 사실적인 내용에서부터 신화와 종교, 그리고 정신적인 측면까지 다양한 분야를 다루고 있다. 383가지 주제로 백과사전과 같은 구조로 되어있어서 책은 생각보다 두껍지만 읽기에는 어렵지 않았다. 오히려 자투리 시간에 효과적인 구조여서 나에게는 큰 기쁨이 되었다. 이 책에는 사실적인 내용뿐만 아니라 저자의 사상과 삶의 방식에 따라서 특별한 결론을 내리는 경우도 있다. 예를 들면 종교와 신은 러시아의 마트료시카 인형과 같이 자신이 알지 못하는 큰 세계에 대한 인간의 불안함과 걱정이 만들어낸 산물로 결론을 지었다. 아무도 객관적으로 확인할 수 없는 주제들을 통해 베르나르 베르베르는 자신의 삶의 방식을 드러냈고 이런 면에서 이 책은 상상력사전이라기보다는 상상의 책이라는 말이 더 올바르지 않을까 싶다.

모든 것을 시장에서 교환 가능한 것으로 만들면 시민적 참여, 공공성, 우정과 사랑, 명예 등 인간사회의 덕목이 사라지게 된다. 효율성만 추구하기보다는 무엇이 정말로 소중한 것인지, 어떻게 살아가고 싶은지에 대한 근본적인 질문에 우리는 답을 해야 한다. 대한민국은 큰 위기에 빠져 있다. 이 위기는 우리 사회가 점점 더 시장논리의 지배를 받고 있다는 사실에 기인한다고 본다. 우리는 경제생활에 도덕적 가치를 부여하는 정치의 참 의미를 망각해 왔다. 그동안 내가 궁금하고 답답하게 여겼던 문제들을 구체적인 사례를 통해 해부하여 그 속에 내재한 암세포를 정확하게 보여주었다. 우리나라에서도 불법적이고 비도덕적이며 공동체의 가치를 파괴하는 기득권자들의 행위들에, 경제발전에 기여했다는 한 가지 이유만으로 면죄부를 주는 비상식적인 사례들을 수없이 보아왔다. 시장에서의 도덕성을 강조하는 마이크 샌델의 주장이 당연한 것임에도 너무나 반가운 이유다. 2000년대 각국의 금융위기로 세계경제는 파국을 맞았고 자본주의와 시장경제에 대한 회의론이 제기되고 있다. 시장지상주의는 통렬한 최후를 맞이할 것으로 보였다. 그러나 다수가 합의할 수 있는 대안이 부재한 상태에서 논의의 초점은 현재의 자본주의와 경제구조를 어떻게 개혁할 것인가에 모아지고 있고, 시장을 향한 신념은 꺾이지 않았다. 시장이 재화를 분배하고 부를 창출하는 가장 효율적인 도구이고 개인의

38 자유로운 선택에 의해 거래가 공정하게 이루어진다면 시장은 언제나 옳다는 신념은 확신을 넘어 종교와도 같은 지위를 차지하고 있다. 사실상 금융위기로 신용을 잃은 것은 정부다. 공적 담론은 기업과 금융계의 탐욕, 시장의 자율기능을 제대로 감독하지 못한 정부이다.

종자돈 모으기

적금에 너무 치중하지 마라. 적금은 1년 만기로 붓는 것이 좋다. 적금기간을 길게 잡고 적은 액수를 붓는 것은 돈을 모으겠다는 긴장감이 떨어진다. 우리나라 각종 재테크 시장은 매우 유동적이라 한 곳에 돈을 묶어두는 것은 손해일 수도 있다. 또한 늘 통장을 가까운 데 두고 금액이 늘어나는 것을 느끼자. 스스로 동기부여가 될 것이다.

● 선부른 투자는 절대 NO

목표한 종자돈을 다 모으기 전에 적금 하나가 만기되었다고 선불리 부동산이나 주식에 투자하지 말자. 종자돈이 모이기 전에 분산투자를 하면 영원히 목돈을 모을 수 없다. 만기된 적금 통장이 있으면 비교적 안전한 금융 상품에 투자해놓아라.

● 리스크를 즐기는 습관을 갖자

금융상품은 안전할수록 이자율이 낮다. 은행보다 저축은행, 신협, 새마을금고, 투신사 등의 상품을 알아보고 유리한 곳에 돈을 넣자. 특히 증권회사 금융상품을 적극 활용한다. 은행보다 금리가 높아 이자 측면에서 유리하다. 근로자 비과세저축이 사라진 요즘 상호부금이 인기 상품인데 일정한 소득을 6개월에서 3년 정도 기간을 잡고 넣어두면 목돈을 모으는 데 적합하다.

● 주식으로 경제를 배우자

월 저축액의 30%는 주식에 투자한다. 주식으로 한몫 잡는다는 뜻이 아니라 경제에 대한 개념을 키우는 데 필수적이다. 나중에 종자돈을 갖고 재테크를 할 때 큰 도움이 되기 때문에 요즘에는 인터넷으로 손쉽게 주식을 사고 팔 수 있다. 주식뿐 아니라 손쉽게 접할 수 있는 영화 펀드 등에 투자해보는 것도 좋은 방법이다.

● 보너스는 '뽀나스~'가 아니다

사람들은 월급 이외에 받는 성과급이나 보너스를 공돈으로 생각하는 경향이 있다. 그러면 눈 깜짝할 사이에 돈이 사라지는 건 당연지사. 보너스도 월급처럼 적금이나 투자 방법을 미리미리 생각해두자. 우리 주위에서는 돈 쓰라는 유혹이 넘쳐난다는 것을 명심해라. 나중에 투자해서 더 크게 벌자는 생각으로 마음을 다스리자.

● 나는 정도를 간다! 저축하기

저축이야말로 가장 안전한 최고의 지름길이다. 최소한 월급의 50%는 저축할 마음을 먹자. 맞벌이 부부는 한 사람 월급을 몽땅 저축한다. 차곡차곡 모으는 저축 습관은 누구도 당해낼 수 없는 종자돈 마련 방법이다. 한 달에 50만원씩 3년을 모으면 1천8백만 원의 종자돈을 마련할 수 있다. 우선 자신이 목표하는 금액을 구체적으로 설정하고 그 금액을 목표로 현재 저축할 수 있는 금액으로 나눈 뒤 저축기간을 설정한다. 너무 의욕만 앞세워 과도한 저축 계획을 세우면 카드 현금서비스를 받게 되는 경우가 생길지도 모르니 주의.

● 돈 욕심 많은 친구들을 사귀자

황금 보기를 돌같이 하라는 말이 있듯 전에는 돈 욕심이 많은 사람들은 눈총을 받아왔다. 그러나 요즘은 재테크도 하나의 능력으로 인정받는 돈 모으기에 관심 없는 사람은 없을 것이다. 얼마나 재테크를 잘했느냐에 따라 성패가 좌우되기도 한다. 함께 절약하고 투자 방법을 고민할 수 있는 친구가 있으면 돈 모으는 재미도 두 배가 된다. 인터넷 재테크 동호회 정모에 나가 친분을 다지는 것도 좋은 방법이다.

● 이제는 평생 할 일 찾기

남들과 똑같이 일하고 똑같이 노력하면서 더 많은 돈을 벌기는 어렵다. 간단한 아르바이트로 월급 외에 부수입을 올리자. 직장인이

나 주부들이 가장 많이 하는 일은 외국어 초벌 번역, 파트타임 아르바이트 등이다. 다만 인터넷에 떠도는 사기성 짙은 아르바이트도 종종 있으니 주의하자. 워드 입력 아르바이트나 회사 정보가 빈약한 업체, 업무 내용은 없고 보수가 지나치게 높은 업체는 피하자.

● 차 욕심은 애초에 싹을 잘라라

신입사원이 가장 갖고 싶어 하는 것 1순위가 자동차다. 그러나 차에 대한 유혹을 뿌리쳐야 재테크에 성공할 수 있다. 차 한대를 소유하고 있으면 기본적으로 보험료, 연료비, 주차비 등 연 4백~5백만 원이 소비된다. 차를 없애면 목표 달성 기간을 3분의 1정도로 줄일 수 있다는 계산이 나온다. 우리는 자신의 도덕적 기준을 사용해 어떤 행동의 옳고 그름을 이야기한다. 음식이나 성에 대한 취향이 생물학적 원인을 가지고 있는 것처럼, 이 도덕적 기준 역시 생물학적인 요소에 바탕을 두고 있다.

인간의 도덕적 욕구는 다른 욕구들과 마찬가지로 생존과 번식을 위해 만들어졌다. 도덕은 집단을 유지하는 기반이 되며, 협력에 방해가 되는 이기주의를 처벌하고, 그 결과 다른 집단과의 대결에서 우위를 점할 수 있게 만든다. 여러 명을 살릴 수 있을 때 우리는 어떻게 해야 하는가 하는 질문에서 발생되는 딜레마다. 많은 사람들이 자신 옆에 있는 한 명을 밀어 희생시키고 여러 명을 살리는 것은 옳지 않다고 판단하지만, 스위치로 열차의 방향을 바꾸어 기존의 선로에 있던 여러 명 대신 다른 선로에 있는 한 명을 희생시키는 것은 옳은 일이라고 생각한다.

이 문제가 딜레마인 이유는, 한 명을 희생시켜 여러 명을 살릴 수 있는, 같은 것으로 보이는 상황에 대해 사람들이 서로 다른 판단을 하기 때문이다. 우리는 이 문제에서 우리가 사람을 미는 것보다 스위치를 사용하는 것을 더 선호하는 이유는 그저 보복이나 따돌림을 유발할 수 있는 물리적 폭력을 우리가 꺼려하도록 만들어져 있기 때문이라고 마이클 센델은 말했다. 돈과 사랑으로 연결된 가족이다. 부부와 아이가 이루지는 중심에는 가족의 행복이라고 본다.

● 자아실현

사람답게 살고 싶다. 자신을 어필하고 싶은 강한 자신이 현실 요구를 갖고 있는데 실은 자신의 어떤 사람인지 잘 모를 때가 있다.

● 절망과 공포

실존적 공허감에 빠져 자신의 삶이 의미가 없고, 그 정신적 의욕이 사라지고 삶이 나락으로 떨어져 자신감이 소멸된다.

정직하고 솔직했던 연인

사랑에 관한 수많은 경구들 중 가장 유명한 것으로 첫사랑은 이루어지지 않는다는 말이 있다. 왜 이런 믿음이 그토록 오랫동안 널리 퍼져온 것일까? 첫사랑에 실패하는 이유는 처음 사랑을 시작하는 이들이 사랑을 할 줄 모르기 때문이다. 즉, 사랑을 하는 데도 기술이 필요하다는 것이다.

밤새 코피 흘리며 시험공부를 해도 요령이 없으면 좋은 성적을 내기 힘들듯 사랑도 마찬가지다. 제아무리 열정으로 가득한 연인이라 해도 이성의 심리에 무지하다면 쓰라린 이별의 아픔을 맛볼 수밖에 없다. 사랑을 찾아내고 그 사람과 사랑을 시작하고 이를 진척시켜나가고 마침내 사랑의 결실을 맺기까지, 그 과정에 적용할 수 있는 실질적인 연애 노하우들을 선배에게 얻을 수 있을 것이다. 뼈저린 실연의 아픔을 겪는 대신 위대한 사랑의 승리자가 되도록 당신을 도울 것이다. 가족,

연인, 친구 등 늘 가까이 지내는 소중한 이들에게 마음의 위로가 될 것이다.

청년기 젊은이 가운데 이제 막 연애를 시작했거나 평소 연인과의 관계를 보다 발전시키고 싶어 하는 이들에게 유용한 연애 이야기는 실용적이며 이해하고 몰입의 경지에 순간을 놓치기 쉽다. 연인의 마음을 헤아리는 비결 같은 연애의 정석에서부터 색다른 데이트 방법 같은 실용적인 조언에 이르기까지 다양한 연애 초보자의 실수이거나 촌스럽고 유치할 수 있다 다만 순수함이 사랑의 정점을 느낄 때 연인에 대한 그리움이 농도가 더욱 진해져 간다.

오늘은 나의 생일이다. 당신이 내 곁에 있어서 더욱 즐거운 날이다. 나는 당신 부모님에게 꽃과 편지를 보내고 당신 친구들에게 감사의 편지를 썼다. 당신을 만나서 나의 생활은 즐거움과 기쁨으로 가득 찼노라고. 자, 이제는 당신과 함께 멋진 하루를 보내야 할 차례다.

영화 '번지점프'에서 '사랑하기 때문에 사랑하는 것이 아니라 사랑할 수밖에 없기 때문에 당신을 사랑하는 것이에요. 당신을 아주 많이 좋아해요.'라고 말했다. 있는 그대로의 당신을 사랑하는 것이 곧 인생이다. 사람에겐 숨길 수 없는 세 가지가 있다. 우연을 가장한 일의 숨김, 가난, 그리고 사랑, 사랑이란 자기희생이다. 이것은 우연에 의존하지 않는 유일한 행복이다. 사랑의 치료법은 더욱 사랑하는 것밖에는 없다. 진실한 사랑에 빠진 남자는 그 애인 앞에서 어쩔 줄을 몰라 제대로 사랑을 고백하지도 못한다.

사랑은 상대를 있는 그대로 수용한 것뿐만 아니라 그릇된 점은 분명히 지적하여 바로잡는 것이다. 사랑하는 것이란 자기를 구하는 것이 아니라 떠나는 것, 자기를 희생하여 상대방에게 자신을 맡기는 것이다. 사랑을 하고 있는 사람의 귀는 아무리 낮은 소리라도 다 알아듣는다.

섹스는 신성한 것

○ **이미지 섹스 :** 혼자 그리워하거나 상상력이 동원된 미지의 세계에 대한 동심

○ **몰입섹스 :** 당신의 사랑에 완전히 빠졌을 때, 연애섹스이거나 첫 경험

○ **인티메이드섹스 :** 자신이 잘 알고 있거나, 무척 좋아하는 사람과의 섹스로 남편일수도 있고, 연인일 수도 있다.

○ **프랜들리섹스 :** 좋아하긴 하지만, 특별하게 지속적으로 즐길 수 있는 독신자들의 섹스

○ **캐쥬얼 섹스 :** 하룻밤 섹스에서 몇 주쯤 즐겁게 교제하고 즐기는 여행섹스로 멀리 가지 못한다.

○ **스크러픽섹스 :** 옛 애인이거나, 나의 스타일에 딱 맞는 상대와의 충동형, 라이트클럽형, 코피형 섹스가 있다.

○ **절벽섹스 :** 분위기는 좋으나, 옹졸하고 시간이 필요한 중년의 섹스
○ **말로 하는 폭포섹스 :** 노장은 살아 있다. 노인당 섹스

● 결혼과 부부관계

- 철없는 남편을 어떻게 하면 좋을까요.
- 아내의 변덕을 받아주기가 너무 힘들어요.
- 잠자리 문제가 고민입니다.
- 시간만 나면 아내가 화를 내요.
- 아이를 낳아 잘 기를 수 있을지 걱정이에요.
- 임신 중인데 너무 힘들어요.
- 육아고 회사일이고 제대로 되는 게 하나도 없어요.
- 아이가 태어난 후 부부관계가 예전 같지 않습니다.
- 벌써 나이가 들었는지 성 기능이 떨어집니다.
- 배우자 이외의 다른 이성과의 만남을 꿈꿉니다.
- 기러기아빠로 지내는 것이 너무 외롭고 힘듭니다.
- 성격이 너무 안 맞아 이혼을 생각 중입니다.
- 외도를 저지른 배우자와 계속 함께 살 수 있을까요.
- 의처증, 의부증 때문에 도저히 같이 살 수가 없어요.
- 남편의 폭력을 고칠 수 있을까요.
- 이혼 후 어떻게 살아가야 할지 엄두가 안 납니다.

그녀는 부족한 나를 가득 채워주는 느낌이다. 그녀와 함께 있으면 내 삶은 영화보다 더 아름답다. 내가 사랑하는 사람, 나를 사랑

하는 모든 이에게 우리는 소중해야 한다. 어떤 상황에서든 늘 온화하고 침착하면서도 행복해 보이는 사람이 있다. 이 사람은 당당히 우뚝 솟은 산처럼 인생의 폭풍을 잘 버텨낸다. 그리고 숨어있는 아름다운 보석을 발견하는 것처럼 일상에서 행복을 추구한다. 그런데 보통 사람들은 비슷한 혼란이 가중되었을 때 이를 극복하여 가는 데 어려움을 겪는다. 낙천적인 사람이 되려면 정적인 면을 보라. 또는 생각을 긍정적으로 하라 같은 말을 흔히 한다. 그러나 한 가지 꼭 기억해야 할 점은 극심한 고난 속에서도 자신의 운명을 만들어갈 수 있다는 것이다.

자신의 태도에 따라 성공적 혹은 불행한 삶이 결정된다. 그런데 이 사실을 안다고 쉽게 긍정적인 마음이 되는 건 아니다. 현실화에는 약간의 자극과 꾸준한 노력이 필요하다.

● 현대인의 병 스트레스

스트레스를 받으며 힘든 시기를 겪고 있는 당신, 아래 소개하는 침착하고 행복한 사람들의 습관을 참고해야 한다.

● 정기적인 운동

운동을 하면 엔도르핀이 나와 행복해진다는 건 다 아는 사실이다. 그러니 어서 움직여라! 운동으로 스트레스와 우울함을 격파하자.

● 마음을 내려놓는 연습

누구나 미친 듯이 정신없는 빨리빨리 생활 방식으로 살아 왔다. 그러니 잠시 속도를 줄이고 순간을 즐기며 주위를 바라보는 것이 중요하다. 단 5분에서 10분 만이라도 조용히 앉아서 혹은 자연을 산책하며 모든 것을 내려놓는 힘을 키워라. 이러한 순간들은 우리가 원래 누려야 하는 것들이다.

● 몰두와 시간

당신을 기분 좋게 하는 건 뭔가? 시간이 가는 줄 모를 정도로 몰두하는 것이다. 자기 내면의 소리에 귀 기울이는 것이 진정한 행복에 도달하는 지름길이다.

● 휴식의 여유

휴가를 통해 기분 전환을 하고 활력도 찾아라. 꼭 돈이 많아야 가능한 게 아니다. 간단하게 시간만 좀 내면 된다. 또한 일상의 순서를 바꿔보라. 새롭게 탐험해 볼 새로운 곳도 찾아보라. 이로써 새로운 에너지가 충전되고 고립된 사고에 긍정적 영향을 끼칠 수 있다. 가끔 일상에서 벗어난 짧은 여행 혹은 책속의 공간에서 지내거나 다가올 일들을 반추해 보아야한다.

● 사실대로 말한다

다른 사람들의 눈치를 너무 보거나 배려하면 자칫 곤란해질 수 있다. 즉, 달갑지 않게 '네'라고 하는 건 사실 자신의 목표와 꿈에 대해'아니요'라고 하는 것과 마찬가지다. 모든 이가 좋아하는 사람이 될 수는 없다. 하지만 적어도 자신에게는 솔직할 수 있다.

● 적절한 때에 자유로운 표현

어떤 때는 눈물을 마구 터뜨리는 게 좋은 방법이다. 아니면 베개에 얼굴을 박고 꽥하고 고함을 지른다. 노상을 달리며 분노를 길에다 퍼부을 수도 있다. 감정들을 가끔 밖으로 배출하는 건 중요하다. 마음에 억눌린 감정들은 언젠가 터지는 법이다.

● 좋은 친구들과 어울림

인간은 사회적 동물이다. 행복하고 풍부한 삶을 사는 데 중요한 요소 중 하나는 나를 잘 알고 나의 성공을 기원하는 사람들과 어울리는 것이다. 자신과 같은 목표와 꿈을 가진 사람들과 소통하라. 우정을 쌓는 좋은 방법은 내가 먼저 도움이 되는 친구가 되는 거다. 그러면 나머지는 저절로 진행된다.

● 늘 감사하는 마음

우리가 받은 수많은 축복을 생각한다. 한 몸 뉘일 수 있는 곳과 음식이 있다는 사실 등 시선이 스트레스를 유발하는 요소로 향했다면 다른 곳으로 돌려라. 상황이 더 나빠질 수 있다는 생각을 한다면 이만해서 다행이라고 생각할 수 있다.

● 충분한 수면

잠을 자면 체력이 보충되고 활기를 되찾는다. 몸과 마음이 최고의 성능을 발휘하기 위해서는 충분한 휴식이 필수다. 잠이 잘 드는 데 필요한 습관을 만들어라. 간단하게 할 수 있는 요가를 알려주자면, 바닥에 누워(베개나 이불을 골반 뒷부분에 받치고) 벽에 다리를 올리는 자세는 마음을 느긋하고 평안하게 해준다.

● 항상 기회는 온다

사실대로 이야기하자면, 인생은 우리 생각대로 돌아가지 않는다. 행복한 순간보다 불만족스러운 순간이 더 많다. 그러나 고통의 늪에 빠져있어 봤자 아무에게도 도움이 안 된다. 바람직한 마음가짐이란 모든 일이 더 큰 선을 위해 일어난다고 깨닫는 것이다. 이런 질문을 반복해 보라. "이 상황이 주는 교훈 또는 기회는 뭔가?" 내 삶이 누군가에게 인도되고 있다는 믿음을 갖고 저항하는 마음을 버리자. 그리고 모든 가능성을 열어 두자.

● 평생 배우며 성장하기

인생은 목적지에 도달하는 게 아니라 여행하는 과정이라는 걸 기억하라. 모든 걸 다 이해했다고 생각하는 순간 실수를 한다. 새로운 것을 발견할 수 있는 모험심, 그리고 지금보다 더 나은 자아를 형성하는 데 필요한 능력을 잃는다. 항상 학생인 것처럼 배우는 마음가짐으로 살라.

● 복과 행복

남에게 선행을 하는 것은 의무가 아니라 기쁨이다. 그것을 그렇게 하는 사람이 건강과 행복을 증진 시킨다. 사람의 행복은 얼마나 많은 소유물을 가지고 있느냐가 아니고 그것을 어떻게 잘 즐기느냐에 달려 있다. 행복한 사람은 희망과 기쁨, 사랑에 살고, 불행한 사람은 분노와 질투, 절망에 산다. 인생의 목적은 행복 탐구에 있는 것이고, 어려운 때일수록 머리는 차갑게, 심장은 따듯하게 가질 일이다.

후회, 불안, 걱정 이 세 가지만 잘 지켜도 인생의 골칫거리는 사라지고, 그리고 행복해질 가능성도 훨씬 높아질 것이다. 남이 보는 행복이 아니라 내가 느끼는 행복을 내 삶의 기준으로 삼아야 한다. 통장 잔고와 우리의 벌이는 잔혹하리만치 객관적인 숫자로 표시되지만, 고맙게도 행복은 지극히 주관적인 만족의 영역이다.

보람 있는 인생을 살기 위해서는 두 가지만 결심하면 된다. 엄청난 부자가 되겠다는 욕심을 버리는 것이다. 그 생각만 버리면 보람 있게 할 수 있는 일들이 참 많다. 다른 하나는 유명해지지 않겠다고 결심하는 것이다. 이런 결심을 하면 남이 알아주지 않아도 자기가 가치 있다고 생각하는 일을 기쁘게 할 수 있다.

● 칭찬의 미덕

막연하게 하지 말고 구체적으로 칭찬하라. 확실한 칭찬을 하면 칭찬뿐만 아니라 당신에 대한 믿음도 배가된다. 그리고 칭찬을 받으면 상대는 당신의 탁월한 식견에 감탄하게 된다. 남들 앞에서 듣는 칭찬이나 제3자에서 전해들은 칭찬이 기쁨과 자부심은 더해주며 더 오래 지속된다. 남다른 내용을 남다른 방식으로 칭찬하면 당신은 특별한 사람으로 기억된다. 성과에만 초점을 맞추지 말고, 노력하는 과정에 초점을 맞춰 칭찬하면 상대는 더욱 분발하게 된다. 때론 말로, 편지, 문자 메시지로 칭찬을 전달하라. 레퍼토리가 다양하면 그 만큼 멋진 사람으로 각인된다.

연애하고 싶은 사람

열정을 가진 사람의 꿈은 이루어진다. 이루어질 가능성이 없었다면 애초에 자연이 우리를 꿈꾸게 하지도 않았을 것이다. 당신이 할 수 있거나 할 수 있다고 꿈꾸는 그 모든 일을 시작하라. 새로운 일을 시작하는 용기 속에 당신의 천재성과 능력, 그리고 기적이 모두 숨어 있다.

당신은 원하는 것을 상상하고 상상하는 것을 행동에 옮길 것이다. 종국에는 행동에 옮기고 창조하게 된다. 사람들은 존재하는 것들을 보며 "왜지?"라고 말한다. 나는 존재한 적이 없는 것들을 꿈꾸며 "왜 안 돼?"라고 말한다. 앞서 가는 방법의 비밀은 시작하는 것이다. 시작하는 방법의 비밀은 복잡하고 과중한 작업을 다룰 수 있는 작은 업무로 나누어, 그 첫 번째 업무부터 시작하는 것이다.

20년 후 당신은, 했던 일보다 하지 않았던 일로 인해 더 실망할 것이다. 그러므로 돛줄을 던져라. 안전한 항구를 떠나 항해하라. 당신의 돛에 무역풍을 가득 담아라. 탐험하라. 꿈꾸라. 발견하라!

마음을 위대한 일로 이끄는 것은 오직 열정! 위대한 열정뿐이다. 우리에게는 존재하지 않는 것들을 꿈꿀 수 있는 사람이 필요하다. 인생을 돈벌이에만 집중하는 것은 야망의 빈곤을 보여주는 것이다. 네 스스로에게 너무 적은 것을 요구하는 것이다. 야망을 가지고 더 큰 뜻을 이루고자 할 때에야 비로소 진정한 자신의 잠재력을 실현할 수 있기 때문이다.

세상의 중요한 업적 중 대부분은 야망이 보이지 않는 상황에서도 끊임없이 도전한 사람들이 이룬 것이다. 세상에서 가장 어려운 것에 도전하라. 스스로 행동하라. 진실을 대면하라. 인생에서 최대의 성과와 기쁨을 수확하는 비결은 위험한 삶을 사는 데 있다. 당신은 살아 있다. 행동하라. 인생의 과제와 윤리적 책임은 그리 복잡하지 않다.

열정은 완전한 문장이 아닌 몇 단어로도 표현할 수 있다. '보아라. 들어라. 선택하라. 행동하라.'처럼 문을 당기고 밀면 된다. 연애의 첫 만남은 대부분 우연이다. 가장 열광하는 층은 10대들이다. 많은 연애 웹툰 중에서도 독보적인 인기를 구가하는 이유는 두 가지 정도라는 생각이 든다.

첫째는 설렘이다. 달달하고 설레는 연애. 연애의 근본은 설렘이 필수요소이다. 주인공만 설레서는 안 된다. 독자들도 같이 설레야 한다. 둘의 관계는 남자의 일방적인 목적 추구형 구애와 호감에서 시작되어, 소소한 변화를 만들어낸다. 결국 연애의 기본 틀은 쾌락을 유지하는 것이다. 그 기본 틀을 깨지 않고 일상의 에피소드들을 통해서 서로의 마음을 확인해나가는 독자를 위한 치유물이 될 것임을 의심하지 않는다. 때론 차갑게, 때론 뜨겁게 끝없이 사랑을 퍼부어주는 것이다. 세상을 다 가진 듯 기쁨을 소중하게 고이 간직하는 순간이다.

둘째는 리얼리티다. 학교라는 교도소에 갇혀 졸업한다. 그리고 석방이다. 진정한 자유를 만지게 된다. 즉 연애혁명이라는 웹툰은 대부분의 평범한 10대들의 생각과 학교생활을 실감나게 표현하고 있다. 학교생활에서 친구들이랑 겪게 되는 소소한 순간들, 그 속에서 개그와 유머를 찾아내는 작가의 융통성 있는 실력이 필요하다. 마치 자신이 겪었던 작은 에피소드들을 하나하나 다 기록해놓고, 그것들을 조금씩 작품을 통해 연애 시절로 몰아가는 것이다 전반적인 에피소드들이 현실감이 넘친다.

로맨스만이 아니라, 연애혁명은 독자들에겐 자신들의 친구인 것처럼 느끼게 하는 느낌을 갖게 한다. 일상 유머와 개그는 설렘과 리얼한 로맨스를 갖는 뛰어난 장점이라 하겠다. 여자라면 누구나 연애를 잘하고 싶고 그리고 남자가 적극적이기를 바란다. 마음에 드는 남자가 생기면 여자는 우울증에 시달린다. 남자가 먼저 다가가는 시대는 끝났다. 여자가 적극적으로 구애하는 시대이다. 그래서 여자의 연애 기술은 여우의 심술이다. 그래서 여자는 남자를 80%로 점령한다. 남자는 여자를 20%로 이해한다.

멋지고 매력적인 속옷 선물

자칫하면 엉큼하다고 오해받을 수도 있으나 함께 로맨틱한 영화를 볼 때 영화 속 주인공이 입고 있는 속옷을 유심히 보아두었다가, 영화를 보고난 후 속옷에 대해서는 말하지 말고 같은 속옷을 구해서 이렇게 말하면서 선물하면 된다. "영화 속 주인공보다 당신에게 더 잘 어울릴 것 같아서……." 그런 선물을 받으면 정말로 영화 속 사랑이 현실에서 이루어진 듯한 기분이 들게 한다. 남자는 순진한 여자보다는, 자신의 모습 꾸밈 없이 보여주는 순수한 여자를 좋아 한다.

2
삶의 중년

풍요로운 중년의 삶에 도움이 되는 3가지 방법을 '바버라 해거티'는 '인생의 재발견'에서 이렇게 말했다.

첫째, 활기차게 살라.
둘째, 행복보다는 삶의 의미를 추구하라.
셋째, 생각과 힘의 경험을 결정한다.

노후가 준비된 사람

스티브 코비는 자신의 책에서 성공하는 사람들의 습관은 주도적으로 목표를 갖고 행동하는 의존성을 강조한 반면, 소중한 것을 우선하고, 상호 이익을 존중하면서 원만한 대인 관계를 위하여 함께하는 시너지효과와 상대방의 의견을 경청하는 상호 의존성을 강조했다. 특히 정신적 육체적으로 강건함과 영적으로 충만함을 기원한다고 했다.

또한 '팡세'로 잘 알려진 프랑스 철학자 파스칼은 '습관은 제2의 천성으로 제1의 천성을 파괴한다.'고 했다. 습관이 얼마나 중요한지가 짧은 문장에 농축된 명언 중 명언이다. 뒤집어 생각하면 습관의 무서움에 섬뜩함이 느껴진다. 습관은 인간 생활의 위대한 안내자다. 노력을 중단하는 것보다 더 위험한 것은 없다. 그것은 습관을 잃는다. 습관을 버리기는 쉽지만 다시 들이기는 어렵다.

현명한 노후준비

1. 고독과 친해지는 법을 연습하라. 혼자 한적한 시골로 내려가 막일을 하면서도 외롭지 않게 지내는 연습을 하거나 힘든 여행을 해보는 것도 하나의 체험이 될 수 있다. 또 기회 있을 때 마다 야외로 나가 나무와 풀들이 철 따라 변해가는 모습을 관찰하며 외로움과 친해지는 것도 한 가지 방법이 될 수 있다. 고독과 친해 진다는 것 보다는 정서적으로 안정을 찾으라는 뜻으로 해석하면 되겠다.

2. 늙어 죽기 전날까지 지속할 수 있는 운동기술을 지금부터 연마하라. 헬스클럽이나 구기운동, 등산도 좋지만 생의 마지막 날까지 지속 할 수 있는 운동이라면, 몸의 유연성과 근력을 키우기 위한 운동으로는 나만의 요가를 들 수 있다. 결국 최종에는 단학이나 국선

도의 단전호흡 등 정적인 운동이 효과적이다.

3. 각자 나름대로 만족스럽게 노는 방법을 익혀두어야 한다. 노후에는 여가 시간이 더 늘어나기 때문에 잡기雜技와 취미생활은 필수적이다. 어우러지게 생활해 나간다면 나날이 재밌는 시간들이 될 것 같다. 무엇보다도 아집과 욕심 없이 마음을 내려놓는 자세로 심적인 풍요를 누리고 유한한 인생! 항상 즐겁게 살려는 긍정적인 자세와 활동이 바로 행복한 삶이 아닐까.

4. 유서를 미리 써 두어라. 유서를 쓰게 되면 지난 세월을 뒤돌아보게 되고, 남은 여생을 어떻게 보내는 것이 좋은가 라는 것에 답이 자연적으로 나온다. 또 사람이 갑자기 크게 아프거나 사고를 당하거나 환경이나 심중의 변화를 기회로 삶의 패턴을 180도 전환하는 경우가 많다. 가족과 세상을 폭넓게 보게 되고 삶의 의미를 되새기게 되는 계기도 되는 것이다.

5. 공부를 다시 시작하라. 30년 동안 돈을 벌기 위해 우리는 20대 후반까지 공부를 했다. 그러나 평균 수명이 훨씬 늘어나고 있는데도 노년 30년 동안을 어떻게 살 것인가에 대해서는 별로 공부를 하지 않고 있다는 것이 문제다.

6. 증가하는 고령시대 장기적 예산 대책을 세워라. 과거와는 달리 현재는 노후를 자식들에게 의지하려는 경우가 거의 없고, 또 의

지하려 해서도 안 될 것이다. 그러나 자식에게 줄 것은 미리 생전에 주어야 한다. 그래야 효과가 있다. 대신 자식에겐 내 생전의 몫은 확실히 선을 그어놔야 한다.

7. 행복 네트워크를 구축하라. 노후에는 여가시간이 많아지니 취미생활이나 잡기雜技등 나름대로 즐겁게 노는 방법을 터득해야 하고, 부담 없이 놀 수 있는 친구가 많을수록 좋다. 동호회나 각종 모임에 가입해 활동함으로써 사전에 인간관계를 형성하는 것이 금상첨화이다.

8. 행복의 원천은 자기 자신에서 찾으라. 젊었을 때는 가족과 직장의 구성원들과 어울리며 지내는 즐거움이 중요하였으나, 노후에는 자기 자신으로 부터의 행복을 추구해야 한다. 그 실천방법의 하나로 자선慈善과 봉사활동을 하면서 느끼는 행복이다. 내가 번 돈을 내가 쓰고 나머지는 사회에 환원하는 기부문화를 배워야 한다.

9. 가족과 만남의 시간을 정기적으로 만들라. 전통적인 효사상과 가족애를 위해 정기적으로 가족들과 만남의 기회를 만들어야 한다. 어르신뿐만 아니라 젊은이들도 건전한 사고를 형성하게 되는데 도움이 된다. 특히 부부간에는 같이 할 수 있는 취미나 운동이 있어야 한다. 같은 취미를 함께 하는 것은 노후에 부부간의 정을 더욱 두텁고 아름답게 해준다. 곱게 품위 있게 늙어가는 80대 전후 노부부들을 일요일 아침 산책길에서 종종 보게 되는데 그들의 걸

음과 가름이 아름답게 보인다.

안성수 님의 시집 '마음의 정원'은 내 마음을 맑게 해 주었다.

나는 홀로 서 있어도 행복하다
산마저 어둠에 묻힌
빈들의 곁에서 바람이 일고
빈 술잔처럼 허허로운 바람이
휘도는 자리마다 그늘이 진다
삶의 번뇌 마른가지에 매달리고
가슴에 가둔 것들이
아무리 두려울지라도
모든 것은 마음에서 시작되는 것
미처 깨닫지 못한 인연의 매듭들을
한 올 한 올 풀어서
흔적 남기지 않는 바람처럼
맑은 영혼으로 깨어나야 한다.
내 슬픈 의식의 언저리에서 갈등하는 만큼
참회를 거듭하면서 내 인생의 어디쯤에서
쉼표를 찍어야 하나?
연기처럼 사라지는 인생을 위해
몹쓸 것 다 털어버리고

가진 것 다 돌려주고

빈손 빈 마음이면

나는 홀로 서 있어도 행복하다

중년의 행복과 철학

나는 돈을 버는 목적이 쌓아두기 위해서가 아니라 그것을 통해서 누군가를 행복하게 해주는 것이라고 생각한다. 물론 내 성취로 인해 내가 행복한 것 그 자체가 먼저이지만, 더 진정한 의미는 주변 사람들이다. 주변에서 자기를 인정해주는 기쁨이 없다면 나 혼자 나를 인정하는 것은 아무 의미가 없다. 나만 행복하기 위해서 일을 한다면 일은 물론이고, 뭘 해도 재미가 없다. 돈을 벌어도 쓸 사람이 있기 때문에 행복한 거지, 번 돈을 쌓아놓기만 한다면 무슨 재미가 있겠는가.

이렇게 내가 성취하면 주변 사람들 모두가 즐거운데 내가 할 일을 제대로 하지 않아서, 내 열정을 쏟지 않아서, 내가 맘을 잘못 먹어서 행복할 자격이 있는 사람들의 행복을 빼앗고 있지는 않은가? 할 수 있는 일은 함으로써 주위 모든 사람이 행복해 하고, 그로 인해 나까지 기쁨을 얻을 기회를 놓치고 있는 것은 아닌지 생각해봐야 한다.

불면증 환자들이 정상적인 직장생활이나 사회생활에서 보이는 반응은 다음의 두 가지 가운데 하나다. 먼저 선수를 치거나 아니면 철저히 가면 뒤로 숨긴다. 첫 번째 부류는 남의 속도 모르면서 인정머리 없이 구는 사람들에게 앓는 소리를 한다. "내가 잠을 좀 못 자서 그래. 더는 못 버틸 것 같아. 지금 그럴 기분이 아니야. 미안하지만 오늘 컨디션이 안 좋아서 그래." 반면 두 번째는 전혀 내색을 하지 않는 유형으로, 속으로는 죽을 지경이면서도 겉으론 생글생글 웃으며 차마 말은 못하고 진실을 숨기는 부류다. 속으로는 이렇게 울부짖으면서 말이다. 정말 죽을 것 같아. 당장 여기서 나가고 싶어. 네가 내 피곤을 진심으로 이해한다는데, 왜 나는 전혀 그런 느낌이 들지 않을까? 왜 나는 사는 게 즐겁지 못할까?

불면증은 우울증의 적신호다. 잠을 못 자서 괴로울 뿐이지 나름 행복하게 생활하고 있다고 자신하던 나였다. 항우울제Anti-Depressant는 대개 최소 2주는 복용해야 효과가 나타난다. 나는 몇 달을 먹고 나서야 기별이 오기 시작했다.

순간 불면증 문제가 전혀 새로운 시각으로 보이기 시작했다. 그동안 내가 잘못된 것만 골라서 했으며, 하는 족족 불면증을 자초하는 행동만 했다는 깨달음이었다. 나쁜 습관에, 나쁜 생각, 거기다 나쁜 행동까지 합쳐져 불면증이 계속되고 15년 고질병이 된 것이다. 그랬기 때문에 어떤 불면증 치유법이나 수면 약제도 효과가 없었던 거다. 나를 이 지경으로 만든 것은 바로 나 자신이었다.

수면제 알약만으로는 결코 불면증을 온전히 치유할 수 없다. 불면증은 늘 호시탐탐 기회를 노리며 은밀히 숨어 있다가, 약을 끊거나 효과가 없어지는 즉시 전보다 더 악화된 상태로 튀어나온다. 여기서 말하는 악화는 수면제를 끊으려고 할 때 생기는 반동성 불면증과는 전혀 별개의 사안이다.

힐링 수면법에서는 어떠한 경우에도 일체 수면제를 사용하지 않는다. 힐링 수면법의 목표는 개인이 외부의 도움 없이 자연스럽게 스스로 잘 수 있는 정상적인 능력을 되찾는 데 있으며, 이렇게 할 수 있는 약은 세상 어디에도 없다.

신체적으로나 심리학적으로나 잠을 못 잔다는 건 있을 수 없는 일이다. 잠은 인간의 타고 난 본능이다. 다만 위험 상황에서는 이러한 본능과 싸워 잠을 못 자게 하기도 한다. 매우 예민한 사람은 나쁜 수면 습관이나 잘못된 신념만으로도 잠을 못 잘 수 있다. 사실 잠이란 수면제를 먹는 등 뭔가를 해야 오는 게 아니다. 잠은 아무것도 하지 않을 때 온다. 잘못된 습관과 신념을 버리면 잠은 저절로 오게 되어 있다. 사실상 고치고 말고 할 것도 없다. 잠을 못 자게 막는 걸 끊으면 잠은 온다.

출처 : 사샤 스티븐스의 '잠과 싸우지 마라' 중에서 [부키출판사]

행복은 눈에 보이지 않는다. 행복은 우리가 소중한 목표를 향해 나아갈 때 중요한 에너지원이다. 그러나 행복을 붙들기 위해서 행복 자체를 목표로 삼으면 안 된다. 행복을 추구하기보다는 행복해질 수 있는 일들을 찾아야 한다. 가족과 친구와 맛있는 음식을 먹고, 차를 마시고, 운동을 하고, 학교에서 공부를 하거나 회사에서 일하는 모든 활동들이 행복을 위한 일이다. 몰두할 수 있는 일, 소통, 유통, 쾌통 할 수 있는 친구, 재미를 주는 건전한 취미, 사랑하는 사람, 편안함을 주는 가족, 이들이 행복을 받쳐주는 주춧돌이다. 낙관적인 습관만큼이나 행복에 공헌하는 것은 없다. 명랑하고 희망찬 견해를 갖는 습관, 내 주변에서 가장 좋은 것을 발견하는 습관은 나도 모르게 마음을 밝아지게 만든다. 이러한 긍정적인 습관이 행복이다. 우리의 생각과 마음이 무엇을 선택하는지에 따라 행복과 불행이 좌우된다. 행복을 찾기 위해 이리저리 돌아다닐 필요는 없다. 행복은 먼 훗날 도착해야 할 목표가 아니다. 지금 이 순간에 존재하는 것이다. 우리는 무의식적으로 행복을 찾아 과거나 미래로 돌아간다. 과거나 미래는 기억과 생각의 형태만으로 존재한다. 행복하게 숨 쉬고 있는 시간이 지금이란 사실을 종종 잊으며 살아가고 있는 현실이 안타깝다. 행복은 미래에 집착하지 않고 충실하게 살아야 할 현재이다. 그래서 우리가 현재를 선택하면 얼마든지 행복할 수 있는 것이다. 우리는 성공해서 행복한 게 아니다. 물질적으로 풍요한 큰 부자가 되면 행복한 것이 아니다. 행복하면 성공한 것이다. 행복하면 부자인 것이다. 행복은 내게 아무것도 부족한 것이 없음을 아는 것이며 다른 사람과 비교하지 않는 것이다. 자신을 있는 그대로 보고 사랑하는 것이다. 남들보다 잘하려고 하지 마라. 지금의 나보다 잘하려고 애쓰는 것이 중요하다. 이 세상에서 가장 아름답고 재미있고 소중한 사람과 사랑에 빠져라. 그 소중한 사람은 바로 행복한 나 자신이다. 행복도 가난도 측정하거나 공유할 수는 없다. 1년의 행복을 위해서는 정원을 가꾸고 평생의 행복을 원한다면 나무를 심으라는 말이 있다. 행복을 위해 마음속에 정원을 가꾸고 나무를 심으며 하루하루 행복한 날들을 만들면 그 순간들이 모여 나의 행운 인생이 될 것이다

출처 : 사동민의 '행복한 날들이 행운인생을 만든다' 중에서 [충북대 환경생명화학과]

나이 들어감은 가을 숲처럼 풀죽은 사람이 있는가 하면, 그 나이만의 깊은 멋이 풍기는 사람도 있다. 그것은 일이든 취미든, 삶의 즐거움이나 보람이 있느냐 없느냐의 차이일 것이다. 늙어가는 것은 늙어가는 것을 느끼는 것이고, 젊다는 것은 철이 없다고 한다. 오래되어 숙성된 술처럼 지긋하게 나이 든다는 것, 얼마나 멋진 일인가. 다가오는 중년의 나이가 부담스럽다면, 거울만 쳐다볼 게 아니라 내 안의 빈틈을 보라고 권하고 싶다. 살면서 점점 굳어져 돌처럼 되어 버린 딱딱한 사고방식이야말로 나이의 적이다.

그 견고한 생각의 틀 사이에서 미세한 틈을 발견해 보라. 그 틈 사이로 어릴 적 호기심이 조금씩 새어나올 것이다. 그러다 가끔 주변에서 바보 같다는 소릴 들으면 오히려 반가워해야 할 것이다. 아이 같은 '바보의 힘'이야말로 나이를 초월하는 최강의 무기이기 때문이다. 우리가 믿고 있는 상식 중에 아주 잘못된 것이 하나 있다. 그

것은 '나이가 들면 당연히 외모도 따라 늙는다'는 이 말은 그대로 믿은 나머지 '그래, 이 정도면 됐지. 이 나이에 뭘 더 바래?'하고 체념하다 보니 순식간에 몸도 마음도 늙어 버리는 것이다. '믿는 대로 된다'는 말은 나이와 외모에도 그대로 적용된다. 남자나 여자나 외모에 신경을 쓰고 깔끔한 차림을 하는 사람은 나이와 상관없이 늘 젊은 분위기가 풍긴다. 외모를 등한시하면 실제 나이보다 더 들어 보이게 된다. 멋이란 내면의 젊음을 끌어내는 마음의 묘약이다. 그러니 아무리 나이를 먹어도 멋스러움을 잃지 않아야 한다. 청춘은 인생의 어느 특정 시기가 아니라 마음가짐을 뜻한다. 사람은 단순히 나이를 먹는 것만으로는 늙지 않는다. 마음이 젊음과 호기심을 잃어버렸을 때 사람은 늙고 쇠약해진다. 나이가 들수록 사람들은 나잇값이나 체면 같은 굴레를 스스로 뒤집어쓰는 경향이 있다. 이 나이에 무슨 말을 입에 달고 사는 동안 그는 초스피드로 늙어 간다. 재산을 물려주면 자식들이 과연 행복해질까? 천만에! 얼토당토않은 착각이다. 부모 자식 관계를 떠나 삶이란 궁극적으로 각자의 몫이다. 자식을 제대로 사랑하는 것도 부모가 자신의 삶을 당당하고 즐겁게 살아갈 수 있어야 가능하다. 그러므로 노후에 대한 계획에 있어 자식들에게 물려줄 유산을 걱정하는 것은 어리석은 생각이다. 어설프게 재산을 물려줌으로 인해 부모는 부모대로 자신의 삶을 제대로 즐기지 못하고, 자식은 자식대로 나약한 인생을 살게 된다면 결국 모두가 손해인 셈이다. 원칙적으로 인생은 스스로 고생을 경험하면서 헤쳐 나갈 수 있어야 한다. 진정 자식을 위한다면 인생이라는 밭을 열심히 일구면 반드시 행복해진다는 진리를 몸으로 터득할 수 있도록 해줘야 할 것이다. 사람은 누구나 고독으로 이어진 일방통행로를 걷고 있다. 자식들이 크면 부부 둘만 남게 되고, 어느 순간 둘 중 한 사람은 돌아오지 못할 길로 먼저 떠난다. 그게 인생이다. 우리 모두 언젠가는 혼자가 되는 날이 온다. 그래서 중년 이후를 생각하는 데 있어 '고독에 대한 내성'을 키우는 일은 반드시 필요하다. 주변 사람들은 다 떠나 버리지만 고독만큼은 절대로 당신 곁을 떠나지 않을 것이기 때문이다. 포인트는 다음의 세 가지다.

혼자만의 시간을 만들어라. 혼자 행동하는 습관을 만들어라. 혼자 집안일을 해보라. 남편들에게는 섭섭한 얘기지만 중년 이후 거의 모든 아내들의 로망은 남편은 건강하되 집에는 없는 것이다. 정년 후 가정생활을 원만히 하려면 우선 아내의 노고를 인정하고 존중하는 것부터 시작해야 한다. 왜냐하면 아내 역시 정년을 맞이했기 때문이다. 그리고 앞으로 집에서 함께 살아간다는 의미를 명확히 하기 위해 남편도 당연히 집안일을 시작해야 한다. 종일 집에서 빈둥거릴 바에야 조금씩 집안일을 분담하는 편이 정신적으로도 훨씬 스트레스를 줄일 수 있다. 아내들이 정말 견디기 힘들어하는 것은 남편이 집안에 있어서가 아니라 남편이 아무것도 안 하고 빈둥거리기 때문이다. 그러니 남편들이여, 집안일을 시작해 보자. 딱 까놓고 말해서 회사의 직함이 사라지면 그냥 '아저씨'다. 그때부터는 있는 그대로의 됨됨이만으로 평가받게 된다. 회사는 이익공동체이기 때문에, 인간관계 역시 의무적이며 아무래도 타협과 타산의 산물이 되기 쉽다. 주변에는 늘 사람이 있고 명절 때면 카드와 선물도 끊이지 않지만, 어디까지나 회사의 직함이 있기 때문에 가능한 일이다.

60세가 정년이라면 그 후에 다른 일을 하든 완전히 은퇴를 하든, 최소한 5년 전인 55세 정도부터는 구체적인 준비를 해나가야 한다. 회사의 직함을 사용하지 않는 생활을 의식적으로 해보는 것도 좋다. 우선 회사 차량이 제공되는 사람은 사용을 자제한다. 또한 회사 돈으로 먹고 마시는 일도 줄여 본다. 택시를 타지 않고 전철을 이용하거나 걷는 습관을 들이는 것도 좋다. 생활수준도 정년 후의 수입에 맞춘다. 현역에 있을 때부터 차곡차곡 준비해 두는 것, 이것이 고독한 시간을 피하기 위한 핵심 포인트다. 나이가 든다는 것은 몸을 누리는 시기에서 몸을 되돌아보는 시기로 접어든다는 뜻이다. 40대를 전후해서 우리의 몸은 그 사용법이 달라질 수밖에 없다. 40대 이후로는 그때까지 정상 탈환을 위해 암벽등반을 했던 몸을 살살 다독여 능선을 따라 천천히 걷는 용도로 사용해야 한다. 전투를 위한 몸 대신 작전을 짜는 몸으로 변환해야 한다는 얘기다. 그것은 병원이 아니라 자기만의 사색 공간에서 해야 할 일들이다

출처 : 가와기타 요시노리의 '중년수업' 중에서 [위즈덤하우스]

큰 열매 꽃은 늦게 핀다. 늦게 피는 꽃과 열매가 예쁘고 알차다. 날지 못하는 것은 운명(장애)이지만 날아 오르려하지 않는 것은

타락이다. 운명은 인간의 것이지만 생명은 신의 것이다.

출처 : 샘터 '머뭇거리지 말고 시작해' 중에서

세상에서 가장 어려운 것은 아이디어를 행동으로 옮기는 것이다,

-괴테

바보처럼 공부하고 천재처럼 일하라.

-반기문

남자는 향나무 밑에 3일 이상 머물지 말아라. 본색이 드러나니까

- 이문열

갈등은 지성을 낳고 믿음(기도)은 영성을 잉태하리라. 밥은 하늘이요, 나무는 우주의 탄생과 함께 생명을 잉태한 산신령, 물은 용왕신이다.

- KBS 아침마당에 출연한 매실농장 여주인(2008. 6. 9)

존중하면 존중 받는다

네가 존중하면 존중 받는다. 사랑하는 딸아 네가 왕처럼 남편을 존경하면 너는 여왕이 된다. 네가 자존심을 내세워 남편을 무시하면 남편은 폭군이 된다.

- 탈무드

예절은 형태에서 마음으로, 에티켓은 마음에서 형태로, 내적인식을 행동으로 바꾸는 작은 사랑이고, 배려, 공감, 결심이며 행동이다. 사람들은 살아가면서 무수히 많은 '가치'들과 만나게 되고 또 그것을 내보여야 할 때도 있다. 어떤 때는 누군가에게 진심으로 감사하게 되기도 하고, 또 어떤 때는 겸손한 마음을 가져야 할 때도 있고, 또 어떤 때는 용기를 내야 할 때도 있다. 하지만 어른이 되고 나서도 진심으로 감사해야 할 때 감사하지 못하고, 겸손해야 할 때 겸손하지 못하고, 또 용기를 내야 할 때 용기를 내지 못하는 경우가 많다. 게다가 진정한 겸손이 무엇인지, 용기를 내야 할 때는 어떤 때인지, 다른 사람들과 마음을 나눈다는 게 어떤 감정인지 잘 몰라 그냥 지나치는 경우가 참 많다. 나의 삶이 어디로 가고 있는지도 모른 채 하루하루의 일정에 쫓기더라도 문득 감사에 대해 생각해 보고, 공평과 믿음, 보람과 사랑, 용기와 정직, 그리고 행복에 대해 생각할 수 있기를 소망한다. 그러면 자신의 삶에서 길을 잃지 않고 살아갈 수 있는 진정 행복한 사람이 될 수 있다.

출처 : 채인선의 '아름다운 가치사전' 중에서 [한울림어린이]

자본주의 사회에 살면서 돈에 휘둘리는 삶을 살 수밖에 없는 현실과 직면해 있는 청소년들과 함께 돈의 본질과 돈의 작동원리 그리고 돈의 지배로부터 벗어나 돈의 주인으로 살 수 있는 창의적이고 새로운 방법들을 찾아본다. 자본주의는 소외계층, 서민층, 중간층, 상류라는 보이지 않는 계급구조를 만들었다. 이와 같이 보이지 않는 틈새 공간을 가지고 있다. 돈과 교육과의 관계, 용돈의 활용과 올바른 소비, 돈과 평화의 문제, 돈의 철학, 문학 작품에 나타난 돈 이야기 등 다양한 주제와 입체적인 접근을 통해 어려운 '돈'이야기를 청소년의 눈높이에서 쉽게 담고 있다. 돈이면 무엇이든지 다 할 수 있다고 믿는 사회는 대단히 불행한 사회이고 올바른 소비와 욕망의 조절을 통해 좋은 상품성을 가진 인간이 아니라 훌륭한 삶을 지향하는 인간이 되어야 한다고 지적한다. 또한 우정, 가족, 생명 나아가 농업이나 교육은 돈의 영역에 결코 지배당해서는 안 되며,

돈의 횡포로부터 벗어나기 위해 자기 삶을 주도하는 가치관을 가져야 한다고 주장한다.

행복이 소득에 비례하지 않기에 200만 원을 버는 환경 운동가가 천만 원을 버는 의사보다 훨씬 행복할 수 있다며 '돈'의 바깥을 상상하자고 강조한다.

출처 : 박성준 외 5인 '나에게 돈이란 무엇일까' 중에서 [철수와 영희]

계란은 한 바구니에 담지 말라는 말은, 계란을 한 바구니에 담았는데 그 바구니를 땅에 떨어뜨리면 모두 다 깨지니 여러 바구니에 나누어서 담으라는 말이다.

출처 : 김의경 '금융지식이 돈이다' 중에서 [거름]

방학을 앞둔 어느 날, 내가 스쿨버스에서 내리는데 아버지가 문 앞에 서 계셨다. "너에게 꼭 해야 할 어려운 얘기가 있구나. 아들이 조금 전에 죽었단다. 이웃 사람이 자동차를 후진시키다가 뒤에서 놀고 있는 아들을 미처 발견하지 못해서…." 아버지는 커다란 팔로 나를 꼭 껴안아 주셨고, 나는 든든한 품 안에 안겨서 울음을 터뜨렸다. 아버지는 벌써 작은 나무 상자를 준비해놓으셨다. 우리는 아들을 묻고 흙을 덮어 구멍을 메웠다. 그러나 우리 가슴속에 난 구멍은 그 어떤 것으로도 메울 수가 없었다. 오후 아버지와 내가 어떤 이야기를 나누었는지 정확하게는 기억할 수가 없다. 하지만 아버지가 내게 죽음의 의미를 알려주기 위해 애를 쓰시던 모습이 단편적으로 생각난다. "우리는 이 세상을 잠시 지나가는 존재란다. 언젠가는 떠날 수밖에 없지. 그러니 헤어짐과 슬픔은 인생에서 불가피한 요소라고 봐야겠지. 사랑하는 누군가가 죽었다고 해서, 그 무덤에 네 가슴까지 묻어서는 안 된다." 그것이 아버지와 허심탄회하게 나누었던 마지막 대화였다. 그로부터 6개월 뒤 또 다른 무덤, 아버지의 무덤 앞에서 아버지가 내게 가르쳐주신 방법으로 작별을 고하며 서 있게 될 줄은 꿈에도 생각지 못했다. 아버지는 예전에 동굴 탐험에 대해서 말씀하신 적이 있다. "지하 세계에서는 길을 잃기가 쉽단다. 그래서 탐험가들은 긴 로프를 이용하지. 한쪽은 동굴 입구에 묶고 다른 한쪽은 자기 몸에 묶은 다음, 움직이면서 푸는 거야. 길을 잃어도 로프를 따라 나오면 되니까." 세상에는 여러 가지 종류의 로프가 있다. 안타깝게도 우리들 대부분은 인생이라는 세계를 탐험하러 나가기 전에 우리 삶의 로프 한쪽 끝을 집에 묶어놓는 것을 잊어버리는 경우가 있다. 그래서 그토록 많은 방황을 거듭하는지도 모른다.아버지의 증세는 계속 악화되었다. 아버지의 눈빛이 흐려졌다. 눈꺼풀을 이용한 의사소통도 더 이상 할 수 없었다. 아버지에게는 눈꺼풀을 움직이는 것조차 힘겨워 보였다. 그리고 마침내 아버지는 로프를 손에서 놓으셨다. 우리에게 돌아오지 못하신 것이다. 아버지를 잃었을 때, 나는 겨우 열세 살이었다. 나는 깊은 동굴의 미로 속에 빠져버렸다. 다시 불을 밝히고 동굴 밖으로 걸어 나오는 데 많은 시간이 걸렸다. 내가 불을 밝히자 끝 모르게 이어진 로프가 보였다. 그것은 아버지가 내 인생에 묶어놓으신 로프였다. 나는 그 로프를 잡고 다시 원래의 자리로 돌아올 수 있었다.

출처 : 게리 스탠리의 '아버지의 위대한 유산' 중에서 [위즈덤하우스]

하루 4시간 일하고, 일 년에 휴가가 한 달의 꿈, 길어지는 경제 불황에다 청년실업의 시대라는 말이 슬픈 유행가처럼 읊어지고 있는 요즘, 모두들 그저 고개만 내젓고 있는 이 시점에서 신기하다 못해 화가 나기까지 하는 라이프스타일이 아닐 수 없다. 하지만 그렇게 살 수 있다면 거부할 사람도 없을 것이다. 인생의 의미에 대한 본질적 질문 '왜 사는가'에 대한 답은 어쩌면 영원히 숙제로 남아 인류의 역사와 그 생존을 함께 할 것이다. 그럼에도 불구하고 살아가는 이유가 '행복하기'위해서라는 명제에 반대할 사람은 없을 것이다. 행복, 누구나 행복을 꿈꾼다. 행복하기 위해서 일하고 행복하기 위해서 사랑하고 행복하기 위해서 즐긴다.

출처 : 어니j 제린스킨의 '적게 일하고 많이 놀아라' 중에서 [물푸레]

행복에는 기준이 없다. 행동의 씨앗을 뿌리면 습관의 열매가 열린다. 그만큼 습관이 인생에 미치는 영향이 크다는 반증이다. 습관은 특정 상황에서 반복되는 행동양식을 말한다. 주기적으로 반복되는 식사나 수면 형태, 풍속이나 문화 등 관습도 폭넓은 의미로 습관에 포함된다. 습관은 자동적으로 반복되는 행위라는 점에서 의도적 반응과 구별되고, 습득된 행위라는 점에서 선천적 반응과도 다르다.

열대나 한대에서의 장기 생활, 무중력 상태 등 특수한 외적 상황에 적응하는 순화馴化와도 의미가 구별된다. 세상에는 성공하는 습관과 실패하는 습관이 섞여 있다. 성공하는 사람과 실패하는 사람이 혼재한 것과 맞물린 이치다.

명품과 졸품의 차이 역시 사소한 1%가 결정한다. 어떤 이가 작은 습관을 하나 만들었다. 그는 그것을 늘 끌고 다녔다. 그 습관이 자라서 큰 습관이 되었다. 지금 그는 그 습관에 끌려 다닌다.

인간은 40세가 지나면 자신의 습관과 결혼해 버린다는 말과 같이, 행복하고 성공한 인생을 꿈꾸는 자는 사소한 습관부터 고쳐야 한다. '메모의 기술' 저자 사카토 겐지는 '항상 머리를 창의적으로 쓰는 사람이 성공한다. 그 비결은 바로 메모하는 습관'이라고 강조한다.

사소한 습관이 성공을 막고, 사소한 습관이 성공의 문을 활짝 열어준다. 실패자는 언제나 결심만 하는 법이다. 사소한 습관을 바꾸는 실천이 필요하다. 새해에는 마음가짐부터 바꾸자. 가장 먼저 해야 할 일은 숙명론을 쓰레기통에 버리는 일이다. 인간의 운명이 외부의 초월적인 힘에 달렸다고 믿는 것이 숙명론이다. 인생의 복불복이 별자리나 체질, 사주팔자, 유전자에 달렸다고 생각하는 이들은 모두 숙명론자다. 이런 낡은 마음을 버리지 않으면 새로운 삶의 기회를 얻지 못한다.

마음가짐을 바꿔야 인생을 바꿀 수 있고, 마음가짐을 바꾸는 가장 확실한 방법은 낡고 나쁜 습관을 버리고 새롭고 멋진 습관을 들이는 일이다. 좋은 습관은 운동, 소식과 같은 건설적인 습관이요, 나쁜 습관은 흡연이나 과식, 도벽, 술버릇, 쇼핑 중독과 같은 파괴적인 습관이다. 좋은 습관은 행동과 실천의 의도적인 변화를 요구한다. 새해 결심으로 이만한 것도 없다.

한때 성격이 운명이라는 말이 유행했다. 그러다 습관이 운명이라는 말이 뒤따랐다. 성격이 본성과 유전의 힘을 강조한다면, 습관은 양육과 환경의 힘을 강조한다. 성격이 고정된 것, 불변하는 것으로 인식된다면, 습관은 고칠 수 있는 것, 배울 수 있는 것으로 간주된다. 우리의 성격은 습관 덩어리의 재현이다. 우리는 살면서 수많은 습관을 몸에 지니게 된다. 매일 행하는 우리 행동의 약 40퍼센트가 의사결정의 결과가 아닌 습관 때문이라고 한다. 습관은 일반인들의 통념과는 달리 기억, 이성적 판단과 더불어 우리 행동의 근원이 된다.

"우리 삶이 일정한 형태를 띠는 한 우리 삶은 습관 덩어리일 뿐이다."라고 말했다. 그런 습관 덩어리 가운데서도 가장 중요한 습관을 '핵심습관'이라고 부른다. 핵심습관이란 개인의 삶이나 조직 활동에서 연쇄반응을 일으키는 습관으로, 우리의 건강과 생산성, 경제적 안정과 행복에 엄청난 영향을 미친다. 핵심습관에 집중하면 다른 습관들까지 재배치하고 정리할 수 있다. 핵심습관의 가장 대표적인 예가 운동인데, 만약 일주일에 한 번이라도 규칙적으로 운동하는 습관을 갖게 되면 삶의 패턴이 상당히 많이 바뀌게 된다.

습관은 선택의 퇴적물이다. 습관이 형성되는 패턴은 신호를 보면 반복행동을 해서 보상을 얻는 '신호-반복행동-보상'의 고리 구조다. 따라서 습관을 바꾸거나 고치기 위한 법도 습관 고리에 근거한다. 대부분의 경우, 신호와 보상을 찾아내면 반복행동을 바꿀 수 있다. 반대로, 오래된 신호와 보상에 대한 열망이 그대로 살아있는 한 나쁜 습관의 재발은 시간문제다. 그리고 습관을 영원히 뜯어고치기 위해서는 변화가 가능하다는 긍정적인 믿음이 있어야 한다.

좋은 습관을 갖기 위한 4단계 법칙을 소개한다. 반복행동을 찾아라. 다양한 보상으로 실험해 보라. 신호를 찾아라. 계획을 세워라. 이 네 가지가 나와 세상을 변화시키는 가장 단순한 비밀이다.

출처 : 찰스 두히그의 '습관의 힘' 중에서 [갤리온]

가문의 영광으로 대표되는 애드워드 조나단F가는 명문대에 수만 명을 배출하였다. 그것은 신앙이요 사랑이었다. 내가 가장 두려워하는 것은 도전을 포기하는 것이다. 지난 세기는 우리에게 희망을 주었고, 동정심과 관대함, 평화 등 영속적인 인간품성에 대한 믿음을 회복시켰다.

가난이란 말은 지역, 세계마다 다른 상대적 용어이다. 네팔 같은 경우에는 2,000달러 생산력을 갖고 행복지수 10위권에서 평온하게 살아가고 있다. 한국은 45% 이상 불만족스럽게 살고 있다. 그 이유는 급격한 변화에 자존감이 상실에 기인한다고 본다.

장수비결은 가족과 함께 함이 85%, 자식의 도움이 15%, 기본적인 경제생활을 영위할 엄마 같은 공간이다. 9988은 99세까지 88하게 산다는 뜻으로 건강하고 희망 가득한 삶, 활기차고 풍요롭고 넉넉하게 즐기는 여유로운 황혼의 여생을 희망하는 현대 노년의 목표이다.

출처 : 김규완의 '저, 어머니 해 냈어요' 중에서 [김영사]

땀으로 노력하면 지름길이 보인다. 죽으려는 용기가 있으면 살기위해 목숨을 걸어라. 밤 12시-4시에 중요한 일을 해라. 이길 때까지 싸우고 될 때까지 도전하라. 목숨을 걸고 노력하면 안 되는 것이 없다. 삶의 철학이 있으면 행복하고 정의롭게 살 수 있다. 아는 만큼 사랑하고 이해 할 수 있다. 하나님의 거룩하고 고귀한 삶을 주셨기에 우리는 항상 감사하고 봉사하도록 태어났기에 항상 이를 행함에 있어서 겸손한 마음으로 자신의 가치를 개발하고, 혼자가 아닌 공동체 시너지 효과를 함께 발견하고 느끼며, 항상 자선하는 마음으로 삶을 살아가게 하소서.

-성 빈체시오 2009. 6. 9

100년 동안 인간이 수명을 연장시킨 요인은 자연환경과 음식의 발달로 5년, 주거 공간의 개선으로 10년, 의료기술의 발달로 5년간 수명이 연장되었다. 대한민국은 우울증 환자가 많아서 세계 사망률 1위(10만 명당 40명 정도)로 타 국가에 비해 3배 이상 높다. 그 이유는 갑자기 졸부가 되어 빈부격차가 심하기 때문이다. 대한미국은 공공의료기관이 10%다. 1종 의료 무료수급 인원이 1만 명, 2종 의료 수급자는 10%만 본인이 부담하고 나머지는 국가가 부담한다, 제주인 경우 매년 300억 원을 지급하고 있으며 지방정부가 존재하는 한 관리해야하는 공공안전 비용이다.

모든 병의 원인이 스트레스라는 전제에서 출발한다. 실제로 하버드 의대에서는 '질병은 단지 스트레스가 표현된 것'이라고 했고 미 연방정부의 질병관리센터에서도 '모든 질병과 증상의 90퍼센트는 스트레스와 관련되어 있다. 이러한 스트레스는 그러나 우리가 기존에 갖고 있는 스트레스 개념과는 차이가 있다. 그것은 우리 내면 깊숙이 자리 잡고 있으며 현재의 환경과 관계가 없다. 아내의 우울증 치료를 위해 의학과 심리학을 두루 공부하다 종국에는 양자물리학까지 섭렵하게 되었다. 우리가 말하는 모든 신체적 · 비신체적 문제 즉 질병, 정신적·정서적 문제, 두통, 피로 등을 힐링 코드가 치료하는 게 아니다. 힐링 코드는 지금까지 그리고 앞으로도 이것들을 치료하지 않는다. 힐링 코드는 오직 60억 세포로 구성된 심장(매일 10만 번 박동)의 문제만을 치유해 체내의 생리적 스트레스를 줄이거나 제거해야 한다. 여기에 비밀이 있다. 질병의 유일한 원인은 생리적 스트레스이며 힐링 코드는 역사상 유례가 없는 방식으로 이러한 체내의 스트레스를 제거한다고 밝혀졌다.

출처 : 알렉산더 로이드의 '힐링 코드' 중에서 [시공사]

갑작스럽게 위기가 닥친다면 어떻게 대처하겠는가? 나도 모르게 큰 병에 걸리거나, 사랑하는 가족을 잃거나, 저금한 돈이 없는 상태에서 직장을 잃는다면? 대부분의 사람들은 그런 상황을 상상하는 것만으로도 고통스러워하며, 크게 절망할 거라고 말한다. 그리고 그 상황이 지속되는 한 절대 행복하지 못할 거라고 장담한다.

하지만 이것은 착각일 뿐이다. 당신은 어떤 일이 있어도 살아갈 수 있으며, 그 안에서 행복을 찾아낼 수 있다. 당신 안에 잠재되어 있는 '극복의 힘'으로 사람 안에 숨어있는 잠재적 능력인 '극복의 힘'을 일깨워 누구라도 역경을 헤쳐 나갈 수 있다. 또 그 안에서 행복을 발견할 수 있음을 과학적 증명을 통해 알려준다.

출처 : 피터 위벨의 '극복의 힘' 중에서 [산수야]

웃음은 만드는 것이다. 항상 웃는 연습 속에 마음이 행복해진다. 국가는 국민의 고통지수를 낮게 하는 게 행복이다.

-MBC 북카페, 리차드

혼이 있는 사람들, 소프라노 신영, 뮤지컬 배우 남경주, 축구 박지성 등이고 영혼이 있는 사람들, 법정 스님, 이해인 수녀, 최인호 소설가 들이 대표하고, 경험이 많으면 말수가 적어지고, 지혜가 있으면 감정을 억제한다. 최선을 다하면 하늘도 땅도 감동한다. 세계 3대 미식국가, 프랑스, 중국, 터키 왕국이다. 한국은 전주(백제), 개성(고려), 서울(조선), 매운 음식은 여성들이 좋아 한다.

-제주관광학회 동계세미나 2012. 12. 28

실수는 용서할 수 있어도, 게으름은 용서할 수 없다. 자신은 철저하고, 상대방에게는 부드러움을, 서비스는 작은 정성이며, 고객과의 상호교감이다.

만족과 행복 차이

혼을 받치면 몸이 변하고 몸이 바뀌면 마음이 변하고, 행동이 변한다. 행동이 바뀌면 표정이 바뀌고 표정이 바뀌면 에너지가 생긴다. 돈으로 살 수 없는 것 사랑, 행복, 가족, 혼을 담은 노력은 결코 나를 배신하지 않는다. 고통 없는 영광은 가치가 없다. 행복은 완성이 아니라 결점을 보완하는 것. 만족은 완전함이 아니고 부족함을 채우는 것이다. 세계 인구 80% 정도가 허리 통증을 느낀다.

-중앙일보 2010. 1. 30

전통된장 맛은 참깨 깻묵을 20일 넣고 먹을 때, 숙성이 빨라져 맛이 있다.

-KBS 아침마당 2010. 3. 25

일몰이 잘 보이는 곳은 마음을 편하게 한다. 바람이 적당히 불고, 조용함, 온화. 훈훈함이 있고, 잠자리가 편안한 집.

-SBS 11시 뉴스 2012. 3. 2

건강한 사람 5%, 환자 20%, 특별한 질환은 없으나 스트레스를 받는 상태 혹은 몸에 이상한 느낌을 갖는 상태 75%로 볼 수 있다.

-MBC 뉴스 2012. 3. 2

잠을 잘 잔다는 것은 행복한 것이다. 왜냐면 스트레스를 덜 받고 안정된 심리상태를 유지하는 것이다. 그래서 침방은 최고의 상태를 우선적으로 유지해야 한다. 운동 중에 테니스는 건강한 체력, 전술, 전략적 기술과 심리, 인지적 반응을 요구하는 종합 운동이다.

습관과 운명

익숙한 것과 결별하라. 사소하지만 좋은 습관이 당신의 운명을 바꾼다. 빌 게이츠의 습관 중 하나는 예의가 바르다는 것이다. 오프라 윈프리는 사회적 지위와 상관없이 누구에게나 쉽게 다가가 포옹하며 상대를 편하게 해주는 습관이 있다. 특히 쇼 출연자들과 포옹하는 그녀의 습관은 정서적 커뮤니케이션을 가능하게 만들었고, 결국 토크쇼의 여왕 자리에 오를 수 있었다. 투자의 귀재 워런 버핏은 보통사람보다 5배나 더 많은 책을 읽는 습관 때문이었다.

이러한 작은 습관은 그들을 성공으로 이끌었다. 습관을 주제로 한 것으로, 국내외 명사나 CEO들의 습관을 분석함으로써 습관의 중요성을 이야기한다. 이를 통해 자신의 습관을 관찰하면서 하나씩 체크할 수 있도록 돕는다.

● 삶을 경영하다

습관은 한 사람의 삶을 좌우하고 성공을 결정할 만큼 중요한 요소다. 나쁜 습관은 우리의 결심을 수포로 만들고 악순환의 고리가 영원히 계속되도록 하고 아주 사소하더라도 좋은 습관은 성공의 기회를 잡을 수 있도록 도와주기 때문이다. 이러한 습관의 실체를 철학, 심리학, 뇌 과학 분야의 연구를 통해 밝히고 습관이 개인의 운명을 바꿀 수 있는 힘을 가지고 있음을 강조하고 있다.

습관도 공부이고 학습이다. 꿈을 이루기 위해서 무엇을 해야 하는 지는 자신이 가장 잘 안다. 또한 이를 위해 어떤 습관을 가지면 좋은 지도 개개인이 이미 파악하고 있을 것이다. 물론 처음에는 많이 힘들겠지만, 좀 더 멀리 내다보자. 5년 후, 10년 후에도 지금과 같은 삶을 살 수는 없지 않은가.

큰 것은 한 번에 이룰 수 없지만, 사소한 것은 언제든 마음먹으면 행동으로 옮길 수 있다. 끊임없이 작지만 좋은 습관을 갖기 위해 마음먹고 행동하고, 또 마음먹고 행동하자. 그러다 보면 어느 순간 스스로 달라진 모습에 놀라게 될 것이다. 운명을 바꾸기 위해서는 스스로 개척해야 한다. 외부적인 도움에 의존하는 것은 어리석은 짓이다. 그래서는 자신의 잠재력을 계발하고 성장시키는 데에도 큰 걸림돌이 된다. 그런 사람들은 아무 노력도 없이 마냥 일이 잘 풀리기만 기다린다. 하지만 운명을 바꾸려는 사람은 원인(습관의 변화)에 따라 결과(성격의 변화)가 온다는 것을 믿고, 그대로 행동한다. 이것이 바로 큰 차이를 낳는 사소한 습관의 비밀이다. 사람들은 무언가 변해야 한다고 느낄 때 자신의 나쁜 습관을 체크한다.

담배를 피우기 때문에, 과식을 하기 때문에, 운동할 시간을 내지 못하기 때문에 등 자신의 성공을 가로막고 있는 것은 이렇듯 작은 습관이라고 생각한다. 금연, 다이어트, 운동, 아침형 인간되기의 새로운 습관을 들이려 노력하지만 변하지 않고 반복되는 습관의 패턴 속에 매몰되어 결국 실패를 맛보고 좌절감을 느끼는 사람들이 대부분이다.

출처 : 진희정의 '운명을 바꾸는 작은 습관' 중에서 [토네이도]

살아가는 이유

살아가는 데 중요한 세 가지 금이 있습니다. 첫 번째 금은 많은 사람들이 원하며 쫓는 황금이고, 두 번째 금은 음식에 맛을 내주고 간을 맞춰주는 소금이며, 세 번째 금은 바로 지금이라고 합니다. 황금보다도 소중한 지금 여기서 행복해야 할 당신의 이야기 말입니다. 매일 후회하는 새처럼 매일 후회하는 삶이 되면 안 되겠지요. '지금'에 가장 적이 되는 말은 후회입니다. 지금을 까먹고, 지금을 자꾸만 까마득하게 잊고 과거에만 연연해한다든지 먼 미래만 내다보며 산다면 결국은 후회만 하다가 가는 삶이 될 것입니다. 슬퍼도, 힘들어도, 어려워도 그것을 지금의 거름으로, 자양분으로 전환시키는 힘을 만드세요. 이 세상 살아가는 동안 무조건 지금 행복하세요.

고집, 아집, 욕심과 욕망이 뒤엉켜 두 손 두 발 하물며 어금니까지

꽉 물고 붙잡고 있는 것들로 가득 차 있습니다. 모두가 무거운 역기를 들고 달려가는 사람들처럼 힘들어 보입니다. 너무나 많은 것을 갖고도 너무나 많이 얻으려 하기 때문입니다. 아홉을 가졌으면서도 열을 채우려 하다 보니 늘 부족하고 없는 것입니다.

좋은 상황에서만 좋은 것은 사랑이 아닙니다. 나쁘고 안 좋은 상황 조금 자존심이 상하는 상황이라도 그것을 미소로써 유머로써 대화로써 이해하고 넘어가는 것이 사랑입니다. 진짜 사랑이란 그런 상황 속에서 서로 이해하고 감싸주는 것입니다. 진짜 사랑은 언젠가는 상대의 마음에 가서 닿는다는 사실을 깨달았습니다.

우리가 이 세상에 온 이유는 더 나아지기 위해서입니다. 초등학생에서 중고등학생, 대학생으로 나아가듯이 취직하여 대리에서 과장, 부장으로 나아가듯이, 지금 우리가 맞이한 삶도 지난 생에 이어 더 좋은 다음 생으로 나아가기 위한 단계입니다. 그래서 우리는 이 세상에서 공부해야 하는 것입니다.

출처 : 권대웅의 '살아가는 동안 깨달은 한마디' 중에서 [웅진지식하우스]

세계적으로 경제 성장이 둔화되고 경기 불황이 장기화되고 있다. 사회를 떠받치고 있던 시스템의 기본 토대가 뒤흔들리고 있고, 고도성장 시대의 삶의 방식과 행복의 의미 역시 손상되고 있다. 실업과 비정규직의 양산, 급증하는 자살률은 사회를 위태롭게 하고 개인들의 삶을 위협하고 있다.

일본에서는 우울증 환자가 100만 명을 넘고 있고 연 3만 명 이상이 자살하고 있다. 한국 역시 상황이 심각하긴 마찬가지다. 자살률은 일본을 뛰어넘어 일본의 10만 명당 21.2명을 웃도는 10만 명당 33.5명으로 한 해 1만 5566명, 하루에 42.6명이 스스로 세상을 버리고 있다. 2003년 이후 OECD국가 중 자살률 1위의 위치를 유지하고 있다.

자살률의 수치는 한국사회가 삶을 보존하기에 얼마나 불안정하고 부적합한 시스템으로 운영되고 있는지 극명하게 보여주고 있고, 개인들은 불안과 좌절 속에서 힘겨워하고 있다. 이러한 불안과 좌절의 시대에 다시금 생의 의미를 찾고 있다.

어떤 하나의 현상에 대해서 고찰한다는 것은 이성의 질서에 따라서 고찰한다는 것이다. 그러나 자살은 부분적으로는 오히려 열정과 병리학의 질서를 따른다. 이것이 자살에 대해서 생각하고 말하는 것을 어렵게 한다. 자살에 대한 이성적인 논증들을 알고는 있지만 그 논증들이 자살자의 고통을 담고 있는 것은 아니다. 반면 자살자의 고통을 전해주는 말은 이성적인 논증에 이르지 못한다.

인간이 인간을 진실로 이해하기 위해서는 반드시 감정이입이 필요하고, 나의 과학적 논증이 적어도 과학이라고 자처하려면 현상에 의해 일정한 거리를 유지해야 한다. 엄격하게 말하자면, 자살에 관한 논증들은 이 둘 사이를 영원한 평행선처럼 오락가락하는 것이다. 인간은 오직 침묵 속에서만 자신을 가장 잘 제어할 수 있을 뿐이다. 인생이란 어떤 희생을 치러서라도 오래 끌어가지 않으면 안 되는 것과 같은 그런 애착이 가는 것만은 아니라고 생각한다.

그대의 본질이 원래 어떻게 만들어져 있든 간에 남과 마찬가지로 그대 역시 죽지 않을 수 없으며, 품행이 나쁘고 신을 모독하는 일을 해온 사람도 마찬가지로 죽어간다. 그러므로 자연이 인간에게 부여하는 온갖 선물 중에서 적절한 시기에 죽는 것보다 더 좋은 일이 없다는 것을, 각자는 무엇보다도 자기의 영혼의 약으로서 기억해 두는 것이 좋다.

신이라고 할지라도 결코 만능이라고 할 수는 없다고 생각한다. 왜냐하면 신은 설사 스스로 자살하기를 바란다고 하더라도 그것을 할 수 없기 때문이다. 그러나 인간은 그것이 가능하다. 스스로 죽음을 결정하는 것이야말로 신이 인간에게 부여한 가장 최상의 선물이다.

출처 : 이진홍의 '자살' 중에서 [살림]

자살을 고통에서 벗어나려는 욕구라거나 인간의 자유의지라고 아무리 정당화하려고 해도, 그 근저에는 무책임과 현실도피라는 동기가 깔려 있다. 삶의 고통은 자살과 아무런 연관도 가질 수 없으며, 자살의 필요조건도 충분조건도 전혀 될 수 없다. 왜냐하면 삶이 고통스러움에도 불구하고 여전히 삶을 유지하면서 고난을 극복하려고 하는 사람이 여전히 많기 때문이다. 자살자의 고통이 살아있는 사람의 그것보다 훨씬 심하다고 말할 수 있는 것도 아니다. 온 국민이 전쟁과 어려운 경제 상황을 겪고 있을 때도 자살은 심각한 사회문제로 떠오르지 않았다.

출처 : 오진탁의 '자살, 세상에서 가장 불행한 죽음' 중에서 [세종서적]

우선적으로 습관을 들이고 싶은 것은 아침형 인간이 되는 것이다. 그와 관련된 책을 읽고 이해하고 있지만 사실 쉽지만은 않다. 그러던 중 '아침형 인간의 비밀'이라는 책을 접하고는 나 자신을 알게 되었다.

자기 자신을 알게 된다는 뜻은 자기를 인정하고 새롭게 태어난다는 것이다. 자기의 잘못과 문제점 등을 인정하여야만 하는 것이다. 보편적으로 너무 성격이 이기적 이라고 누구에게 들으면 기분이 나쁘다. 그 뜻은 자기를 인정하지 않음을 뜻하고 그 길을 계속 가게 되는 것이다.

아침형 인간의 비밀을 통해서 알게 된 사실은 나에게 '자율신경 실조증'이 있다는 것을 알게 되었다. 이 증상은 잠을 자도 잠이 부족하고 힘들다고 느끼고 불규칙적이고 불안, 기피, 후회 등을 느끼는 증상으로 특히 내성적인 사람들에게서 나타난다.

이제 나는 아침형 인간이 되고자 매일 아침 즐거움을 찾았을 때의 성취감을 느끼면서 아침을 깨운다. 마음이 늙거나 줄어드는 것이니 마음가짐을 최선을 다해야 한다. 그러기에 마음을 움직이기 위해 몸부터 움직이는 일찍 일어나는 습관을 들여 보는 것이다.

- 꿈속에 꿈을 꾸지 말고 현실 속에 꿈을 꾸어라.
- 아침이 바뀌면 마음도 바뀐다.
- 인생은 결과가 아니라 과정이다. 복중에 복은 인연이다.
- 인생은 선택과 해석, 만남의 연속이다.
- 인생에서 열심히 살기 위한 기본은 일찍 일어나는 것이 우선이다.
- 처음 적응이 어려울 때 침대나 요보다, 바닥에서 자라.
- 이틀 정도 잠을 자지 말고 3일째 일찍 자서 5시에 기상하라.
- 일어날 때 힘들면 지체 없이(아무 생각 없이) 벌떡 일어나라.
- 전날 늦게 잤다고, 회식했다고 뒹굴지 마라. 무조건 일어나라.
- 숙면위해 수면 안대가 도움을 준다.
- 숙면위해 목욕을 해서 신진대사를 활발하게 함이 도움을 준다.
- 깨어나면 이불속에 있지 말라.
- 읽어나기 싫으면 몸을 굴려서라도 자리를 벗어나라.
- 일찍 일어나기 위해서는 자기 전에 깊은 잠을 잘 수 있도록 이불 속에서 손을 모아 자기 암시를 하거나 가벼운 체조로 땀을 흘린다.
- 잘 때는 감사하다는 생각으로 자라.
- 몸을 움직인 뒤에 마음을 움직여라. 일어나기 힘든 마음에 몸을 깨워라.
- 혹시나 자는 것이 불규칙적이더라도 일어나는 것은 규칙적이어야 한다.
- 누워서라도 단전호흡이나 간단한 체조를 해보라. 그러다 보면 집중력으로 잠에서 벗어난다. 아침형 인간의 비밀, 아침 1시간

은 일상의 3시간과 같다.

출처 : 사이소 히로시의 '아침형 인간' 중에서 [한스미디어]

점심형 인간으로 성공할 수 있는 길은 성공하는 점심형 인간이 되는 것이다. 각계각층에서 성공한 사람들을 분석하여 일반인들에게 성공 가이드를 전하고 있는 동안 아침형 인간이 트렌드로 떠오르며 마치 여기에 속하지 않으면 성공에서 뒤처지는 것이 아닌가 하는 불안에 싸인 직장인을 위한 구체적인 대안을 소개한다.

점심시간은 활용하기에 따라 자격증 공부도 하고, 책도 읽고, 운동이나 인맥을 쌓기도 하고 외국어 공부도 할 수 있는 황금시간이다. 아침형 인간에 실패했다면 이제 대안은 점심형 인간이라고 말하는 저자는 누구나 마음만 먹으면 점심형 인간으로 라이프스타일을 바꿀 수 있다고 말한다.

점심형 샐러던트를 위한 10가지 법칙은 점심형 인간을 위한 성공적인 생활습관을 소개한다. 확실한 비전과 목표를 세워라, 먼저 작은 성공을 이루어라, 우선순위를 정하라, 오늘부터가 아닌 지금 당장 시작하라 등이 바로 그것이다.

출처 : 김태광의 '성공하는 점심형 인간' 중에서 [소울]

다변이다, 일을 벌인다, 남과 잘 다툰다, 심신을 소모한다, 남 탓으로 돌린다, 편 가르기 좋아 한다, 매사에 아는 것처럼 행동한다. 논리의 검증을 거치지 않은 경험은 잡담이며 경험의 검증을 거치지 않은 논리는 공론이다.

-김대중 대통령

정치, 그것은 인간의 본능까지도 바꾸어버리는 현대의 신이다.

-이어령

정치지도자와 CEO는 역할이 다릅니다. CEO는 시장에서 자기 이익을 추구하는 사람이고, 정치는 경영적 요소가 있긴 하지만, 크게 봐서 정치가 할 역할은 시장이 시장대로 잘 돌아가게 하면서 시장이 실패하는 영역을 추슬러 나가는 것이다. CEO에게 패배자라는 건 무의미한 것이지만 정치가에게는 패배자야말로 중요합니다. 정치가는 패자들을 챙겨서 함께 데리고 앞으로 나아가야 하는 사람입니다.

-노무현 대통령

봄 날씨가 추워지면 보리가 동사하는 것이 많다. 흉년이 든다는 뜻이다. 겨울이 춥지 않으면 여름도 덥지 않다. 겨울이 따뜻한 해는 대개 여름도 덥지 않다. 동짓날이 추워야 풍년이 든다. 동지부터는 본격적으로 겨울철이 시작되기 때문에 추워야 병해충이 얼어 죽게 되므로 풍년이 든다. 돈은 사람들이 원하는 것을 했을 때 벌더라. 내가 하고 싶은 것은 예술이고, 남이 원하는 것은 사업이다. 남들이 싫어하는 하는 것을 하는 사람은 창조자이거나 개척자이다.

-돌 문화 세계화하기의 김재현 공연기획가

잉카, 앙코르, 만리장성, 유럽의 고건축은 돌이 중심이었다. 인생은 외상처럼 잠시 뭔가를 빌렸다가 되돌려 줘야하는 그 무엇이 아닌가? 반드시 갚아야 할 인간적인 고민과 갈등에 서성인다. 경제적으로 행복하지 않으면 사회 활동이 당당하지 못하다. 어떤 의견도 민주주의 꽃이다. 혁명과 같은 변화가 없으면 성장은 늦어진다. 상대의 천성을 바꿀 수 없기에 천성을 바꾸는 것은 갈등이기에 그것도 사랑해야 함을 항상 느끼지만 그 시간이 지나고 나면 정말 잘 했다고 느끼는 기쁨을 잊지 말아야 할 것이다. 계속 갈망하라 무모할 만큼. 그전에 최선을 다했기 때문이다. 죽음을 알고 산다는 게 행복할 때가 있다. 왜냐면 모든 것을 버릴 수 있기에…….

사람이 죽으면 비석과 비슷하다. 비석은 그 사람이 약력을 기록한 것과 같다. 사진은 기록일 수 있고, 사진은 예술일 수도 있다. 나이 50이 넘어가니 지난 세월 생각하니 네가 원했던 것 하고 싶었던 것 들을 했다고 생각하는데 인식과 의식이 흔들린다. 재테크에 대한 해방이 언제 이루어질까? 일까? 신의 영역인가? 아는(경험) 만큼 보이고 보이는 만큼 사랑하고 행복해질 수 있다. 상대방의 비위에 맞추기보다 원칙에 충실 할 때 후회 없다. 전쟁은 적이 있고 정치는 적이 없다. 한국에는 정치가 없다.

먼저 익은 열매가 먼저 떨어진다.

-세익스피어

아름다운 추억이 기적을 이루었다.

-인도네시아 김명희 전도사.

경험이 많으면 말이 적어지고 슬기를 가지면 감정이 억제 된다. 잔잔한 호수에 던진 돌에 상처받는 이들.

-시와 그림이 있는 마당

쓴맛을 보기 전에 단맛을 보지 마라.

-고울링 햄

싸움에 위험이 없으면, 승리해도 영광이 없다.

-코르네 이우

바보는 어려운 것을 쉽게 생각해서 실패하고, 현명한 자는 쉬운 것을 어렵게 생각해서 실패한다.

-콜린스

아리랑은 죽은 임을 보내야 하는 한 많은 노래이다. 오전에는 힘차고 명랑한 노래를 부르고, 오후에는 진지한 노래를 자주 부를 때 음미함이 좋다. 시인의 마음이 사라질 때 젊음은 없다. 사랑은 희망이다. 희망은 불멸이다. 시인은 사라져가는 세월의 존재이다. 아니 존재가치가 사라지지 않는 천연기념물 같은 존재이다. 미움이 없는 분노, 냉소 없이 비판하고, 폭력 없이 투쟁하는 다수의 침묵자들이 입을 닫고 혀를 깊이 감추면 가는 곳마다 몸과 마음이 편안하나 개혁과 변화에 마음이 불편하다.

-시인 박노해

올라 갈 때는 못 보았는데 내려올 때 그 꽃을 보았네, 인생은 하반기가 중요하다. 오를 때는 힘들어도 희망이 있고, 내려 올 대는 끝이 보여 두렵기 때문이다.

-고은

상대방이 타력(장점)을 잘 활용할 수 있는 기술을 습득해라. 타력이란 눈에 보이지 않는 나 이외의 뭔가 커다란 힘이 내 삶의 방식을 떠받치고 있다는 사고방식이다. 나 이외의 타자가 나라는 존재를 떠받치고 있다고 겸허하게 받아들이는 것이 중요하다. 바꿔 말하면 타력이란 눈에 보이지 않는 우주의 커다란 힘이라고 해도 좋다. 커다란 에너지가 보이지 않는 바람처럼 흐르고 있다고 느끼는 것이다.

출처 : 이츠키 히로유키의 '타력' 중에서 [지식여행]

상대방을 이해해야 소유할 수 있다.

-괴테

사람들에게 자신감을 갖는 것들 화목한 가정, 아름다운 가족, 아내, 분위기에 잘 어울리는 조금 비싼 의복, 정보나 지식을 많이 가지거나 얻으면 건방질 수 있다.

-탈무드

바쁘고 일상에 지친 사람들이 꿈꾸는 여유. 여유란 무엇일까? 아무 일도 하지 않고 그저 편히 쉬는 게 여유는 아닐 것이다. 느긋하고 평안한 마음으로, 바쁜 와중에도 느긋하고 차분하게 일을 처리하는 사람들은 여유가 있다. 여유 없이 일하는 사람들은 보기에는 분주하지만 실수가 많아서 오히려 일이 지연되기도 하지만, 여유를 가지고 일하는 사람은 실수나 시행착오를 줄일 수 있다. 늘 생각하고 행동하는 양심가가 되게 하소서. 같은 시간을 보낼지라도 어떤 사람은 정신없이 바쁘게 살고, 어떤 사람은 여유 있게 살고 있다. 모든 것이 빠르게 진행되는 초고속 사회를 살고 있는 우리에게 가장 필요한 것이 마음의 여유이다.

출처 : 최복현의 '여유' 중에서 [휴먼드림]

현대인은 섬처럼 서로 단절되어 누군가 먼저 경계를 허물지 않는다면 결코 고독과 소외감을 극기할 수 없으며 자아에 비해 외부의 세계, 정신에 비해 물질세계가 지나치게 거대화되어 자아는 세계에, 정신을 물질에 종속되고 짓눌려 버림으로써 단절과 소외에서도 자유로울 수 없다.

자아와 정신세계와 물질 사이의 등가화는 자아의 주체화를 획득하는 일이야말로 오늘의 삶에 있어서 가장 절박한 명제가 되어야 하고, 그 소외감과 고독, 외로움을 메꿀 수 있는 희망과 여운의 메세지를 전달할 존재로서의 소외된 인간관계의 회복을 다시금 기대하고 소망하기에 언어공해의 심각성과 모국어의 속살과 항변을 통한 보다 느림의 시학이라는 차원에서 삶의 잠언을 부단히 일깨우려 한다.

출처 : 엄창섭의 '발상의 전환과 느림의 시학' 중에서 [지식과 교양]

왕년이 있었다는 착각

우리가 무엇을 착각하는지 알면 세상을 알 수 있다. "당신은 평균 이상입니까"라는 질문을 받는다면 당신은 이 질문에 과연 뭐라고 답할 것인가. 대부분의 사람들이 자신이 남들보다 머리도 좋고 심성도 착하다. 그래서 모든 사람들은 '평균 이상'이라고 답한다. 모두가 평균 이상이라면 대체 평균 아래에는 누가 존재할까? 혹시 우리 모두 '내가 평균보다 낫다'고 착각하고 있는 건 아닐까? "왜 다들 나만 보는 거야?" 하지만 안타깝게도 사람들은 당신이 생각하는 것만큼 당신을 주목하지 않는다. 만일 그렇다고 생각했다면, 그것은 당신의 '착각'일지도 모른다.

인간은 애초부터 착각할 수밖에 없는 불완전한 존재라고 말한다. 나는 사람 보는 눈이 있다는 착각, 나는 좋은 사람이라는 착각, 그 사람과 친하다는 착각, 우리는 하나라는 착각, 나는 처음부터 다 알고 있었다는 착각, 내가 나서야 일이 된다는 착각, 그리고 나는 착각하지 않는다는 착각 등 세상에는 우리가 알게 모르게 착각하고 있는 수많은 착각들이 존재한다.

인간의 삶을 지배하는 '착각의 실체'를 아찔할 정도로 가끔 착각하며 살자, 희망에 대한 착각, 그랬으면 하는 착각, 멘토나 영웅을 그리는 행복의 착각, 결혼식 때 부인의 아름다운 모습에 대한 착각으로 그때를 그려보는 것이다.

첫사랑과 결혼한 사람은 얼마 되지 않고, 결혼한 10쌍 중 한 쌍은 이혼을 한다. 내가 속한 집단에서 여러 사람들과 부대끼면서 '저 사람은 도대체 왜 저렇게 행동하고 생각하고 느끼는 걸까?'라는 의문을 품어본 적이 있는가? '나라면 저렇게 행동하진 않을 텐데'라고 생각해본 적이, 또는 집단 속에서 한없이 작아지는 나를 느껴본 적이 분명히 있었을 것이다.

사회심리학은 이러한 물음에 과학적인 연구(정확한 데이터를 통해 구현되는 엄격한 검증 절차)를 토대로 도출된 답을 제시하는 학문이다. 즉 다른 사람들과 더불어 살아가면서 겪는 모든 것들에 대한 과학적인 연구라고 할 수 있다.

우리 인간은 꽤나 약한 동물이다. 힘이 강한 것도 아니고 아주 빠른 것도 아니다. 스스로 생존할 수 있을 만큼 성장하는 데에도 오랜 시간이 걸리고 이래저래 혼자 살기에는 어려움이 많은 동물이다. 그래서 자연은 혼자 두기 불안한 동물의 생존전략으로 '집단 이루기'를 선택했다. 그리고 이 전략을 뜻대로 이루기 위한 가장 효과적이고 쉬운 방법으로 '소속욕구Need to Belong'라는 것을 내장시키기로 한다.

인간이라는 동물은 혼자가 되거나 소외되는 것을 견디기 힘들어하는, 사람들에게 사랑받고 인정받을 때 행복을 느끼는 존재로 설정해버린 것이다. 그러나 한편으로는 힘겨운 일들도 많이 겪게 되었다. 다른 사람들을 지나치게 의식하다가 자기 자신을 잃어버린다든가 사람들로부터 거부당한 경험 때문에 소외감과 외로움의 늪에 빠져 허우적댄다든가 하는 것이다.

최근 소외감이나 외로움을 느낄 때 활성화되는 뇌 영역이 신체적 고통을 느낄 때 활성화되는 뇌 영역과 거의 같다는 사실이 연구 결과 밝혀졌다. 즉 소외감이나 외로움을 느끼게 되면 신체적 고통을 느끼는 것처럼 아프고 괴로울 수 있다는 것이다.

많은 연구 끝에 연구자들은 외향성의 핵심이 흔히 생각하는 높은 사회성이 아니라 즐거움을 추구하는 것에 있다는 사실을 발견했다. 다시 말해 외향적인 사람들의 가장 큰 특징은 즐거움을 찾는 데 혈안이 되어 있는 것으로, 그들이 타인과 활발히 어울리기를 좋아하는 것은 사람 자체가 좋아서라기보다 즐거움을 찾다 보니 그렇게 된 것일 뿐이라는 얘기다.

그렇다면 결국 내향적인 사람들이 외향적인 사람들에 비해 사람들과 덜 어울리는 것은 사람들과 어울리는 것이 즐겁지 않아서가 아니라, 외향적인 사람들보다 즐거움을 찾는 욕구가 비교적 덜 하거나 혼자 있어도 지루하거나 심심해지지 않기 때문이라고 생각해볼 수 있다. 즉 외향적인지 내향적인지를 알 수 있는 가장 쉬운 방법은 본인이 쉽게 지루함을 느끼는 편인지 생각해보면 된다는 것이다. 지루함을 쉽게 느끼고 새로운 자극이나 즐거움을 끊임없이 찾으려고 한다면 외향적인 사람일 가능성이, 그렇지 않다면 내향적일 가능성이 높다.

소설가 에드거 앨런 포는 어떤 사람이 어떤 감정 또는 생각을 갖고 있는지 궁금할 때에는 그 사람의 표정을 따라해 본다고 말했다. 표정을 그대로 베낌으로써 감정도 베낄 수 있다고 믿은 것이다. 이 방법은 실제로 사람들의 마음을 읽을 수 있는 좋은 방법이다. 또한 우리가 우리 자신도 모르게 자주 쓰고 있는 방법이기도 하다. 이런 것이 가능한 이유는 감정은 머리로만 느끼는 것이 아니기 때문이다. 예를 들어 기쁜 감정은 웃는 표정, 과장된 제스처 등 여러 가지 행동적인 특성들과 연관된다. 기쁜 감정을 느끼면 자신도 모르게 미소를 짓게 되고 목소리 톤이 올라가는 등 기쁨과 관련된 다양한 행동들을 보이게 된다.

흔히 '짚신도 짝이 있다' '끼리끼리 만난다'는 말은 사실 누구에게 접근할 것인가를 판단하는 단계가 아니라 접근을 한 후 실제 성공률이 나오는 단계에서 적용된다. 사람들은 내가 어떻든 간에 예쁘고 잘생긴 연인을 원하고 이를 위해 부단히 노력하지만 현실은 여유롭지 않다. 매력적인 사람들은 자신과 비슷한 수준으로 매력적인 사람이 접근해 올 때 수락할 확률이 높았다.

단체사진을 볼 때면 우리의 눈은 자연스럽게 자신의 모습을 제일 먼저 찾게 된다. 다른 사람들이 어떻게 나왔든 내 모습이 잘 나왔는지가 제일 궁금해 한다. 하지만 사진 속 사람들 중 나에게 중요한 영향을 미치는 권력자(직속 상사나 지도교수 등)가 있다면 우리 눈은 자신도 모르게 그 사람을 먼저 찾게 된다고 한다. 권력자를 찾아 눈치를 보는 것은 본능적인 행동이라는 것이다. 우리는 우리 자신보다 권력자인 사람들을 잘 찾아낼 뿐 아니라 그 사람들의 감정도 잘 알아차린다. 사회적 계층이 낮은 사람들은 사회적 계층이 높은 사람들에 비해 상대방이 지금 화가 났는지를 잘 눈치 챈다. 높은 사람이 화가 난 상황은 낮은 위치에 있는 사람에게 있어 엄한 불똥이 튈 수 있겠다거나 나 때문에 화가 났을지도 모르겠다는 생각을 하게 하는 위협적인 상황이다. 따라서 낮은 계층 사람들은 높은 계층 사람들의 화에 항상 예민하게 반응하며 이를 잘 알아차리게 된다.

출처 : 박진영의 '눈치 보는 나 착각하는 너' 중에서 [시공사]

누구나 한번쯤은 어떻게 대처하고 어떻게 처신해야 할지 난감한 상황에 맞닥뜨린 적이 있을 것이다. 아무리 주위를 둘러보아도 참고할 만한 것도 전혀 없거니와 그 상황에 대한 아무런 사전 지식도 없는 상태라면 사람들은 어떻게 처신할까?

그럴 때면 대부분의 사람들은 아마도 주위를 두리번거리면서 다른 사람들을 따라 하려고 할 것이다. 문제는 다른 사람들도 나와 똑같은 생각을 한다는 점이다. 내가 쭈뼛거리며 다른 사람들을 살피듯이 그들도 힐끔힐끔 내 눈치를 본다. 이렇듯 어떻게 대처하거나 어떻게 처신해야 할지 파악하기 위해 저마다 다른 사람의 눈치를 살피는 애매한 상황을 사회심리학적 용어로 다원적 무지 현상이라고 한다.

내 말이 맞는 걸까 틀린 걸까. 혹시 저 친구는 이런 상황을 겪어보지 않았을까. 혹시 저 친구는 과학 전공이라 나보다 계산을 더 잘하지 않을까. 사람들은 저마다 그런 식으로 불확실성을 줄이려고 한다. 실험 참여자들은 각자 타당성을 가늠할 만한 객관적인 기준을 갖고 있지 않기 때문에 집단의 다른 구성원들이 내놓은 대답에 자신의 답을 맞힌다.

원래 소문이란 군중 속에서 생겨나 떠돌아다니는 애매한 풍문을 뜻한다. 정보와 첩보의 차이는 발생 지점이다. 실제로 라틴어 '루머Rumor'는 '퍼지는 소문, 애매한 소문, 떠도는 의견'을 뜻하는 말이다. 올포트와 포스트먼은 소문에 대해 "사실의 진위를 확인할 수 있는 구체적인 자료가 전혀 없는 상태에서 사실인 것처럼 전해지는 일반적인 주장"이라고 설명한다. 이러한 정의는 세 가지 가설을 근거로 삼는다. 반박할 수 있는 구체적인 근거가 없는 상태에서 소문이 확산되는 경우, 소문이 주로 사람들 사이에서 말로 전해지는 경우 오늘날은 미디어가 지배적인 역할을 하고 있다. 소문이 일시적인 관심사에 속하는 경우이다. 이 세 가지 정의 속에는 진실과 거짓의 개념이 있다. 따라서 사람들 사이에서 이루어지는 비정상적인 형태의 사회적 의사소통 과정을 이해해야 거짓 소문을 몰아낼 수 있다.

세계를 '우리'와 '그들'로 나누어 생각하는 경향은 상대 집단에 대한 인식뿐만 아니라 자신이 속한 집단에 대한 인식마저도 한쪽으로 치우치게 만든다. 그렇게 해서 자신이 소속된 집단의 구성원들을 지나치게 다르다고 인식하게 되고, 우리는 우리 자신을 특별하게 여길 필요가 있으므로 집단 안에서도 자신은 다른 이들과는 다르다고 생각한다. 그러다 보니 차별화 현상이 거론되는 것이다. 반대로 자신이 속해 있지 않은 다른 집단의 구성원들에 대해서는 서로 고만고만하다는 과장된 인식을 하게 된다.

사람들은 자신이 속한 집단의 구성원들을(내집단 In-grou 이라고 한다) 서로 다른 집단의 구성원들보다(외집단 Out-grou 이라고 한다) 훨씬 독특하고 다양하다고 생각한다. 따라서 자신이 속해 있는 범주는 그 어떤 범주보다 훨씬 더 변화무쌍하게 인식된다.

사람들은 아주 어릴 때부터 가족(어른에 대한 공경)이나 제도적인 상급자(가령, 가족 다음에는 학교, 그 다음에는 회사 등)와 같은 다양한 권위에 복종하도록 학습된다. 이 모든 것은 사회 질서의 내면화를 조장한다. 대개는 순순히 따르면 보상을 받고 반항하면 처벌을 받기 때문이다. 이와 같은 권위에의 복종에 대해 두 가지 심리 상태를 구분지어 해석한다. 하나는 자율성의 상태이고(개인은 개별적으로 자신의 행위에 대해 책임이 있다고 생각해 자신의 양심에 따라 옳다고 생각하는 행동을 택한다), 다른 하나는 대리자 또는 대행자의 상태이다.(개인이 스스로를 자신이 하는 행위의 당사자가 아니라 어떤 권위의 결정에 따라 단순히 집행만 하는 대리자라고 생각하는 면책 상태) 대리자적 상태란 스스로를 자신이 하는 행위의 당사자라고 생각하는 자율적인 상태와는 반대로 스스로를 타인의 의지를 집행하는 대리인이라고 생각하는 조건을 뜻한다. 그 사람은 위계 제도의 도구에 지나지 않고 집행자로서 해야 하는 행동을 할 뿐 스스로 그 행동에 대한 책임감을 느끼지 않는다.

출처 : 실뱅 들루베의 '당신의 이성을 마비시키는 그럴듯한 착각들' 중에서 [지식채널]

부자들을 연령대별로 구분하면 더 흥미로운 결과가 나온다. 50세 이상은 48.7%가 근로소득으로 종잣돈을 모은 반면 49세 이하는 부모의 지원과 상속이 29.9%다. 50세 이상이 자수성가로 종잣돈을 모았다면 49세 이하는 부의 대물림을 통해 부자가 되는 것이다. 거꾸로 말하면 개천에서 용 나는 식의 자수성가는 옛말이 된지 오래고, 대물림하지 않고는 부자가 될 수 없는 부의 양극화 현상이 그만큼 고착화되었다는 뜻이기도 하다.

다른 연령에 비해 30대의 재무 건전성이 특히 나쁜 이유는 주택 마련을 위한 대출의 비중이 높기 때문이다. 총 금융 대출 중 거주주택 및 전월세보증금 마련을 위한 대출이 65.3%에 이른다. 가처분소득 대비 원리금상환액 비율도 19.7%로 40대 다음으로 많았다. 열심히 번 돈 중 대출금을 갚는 데 들어가는 돈의 비중이 그만큼 높다는 뜻이다. 밑 빠진 독에 물 붓기, 죽 쑤어 은행에 갖다 바치기다.

가계부채의 문제는 저소득층만이 아니라 일부 상위계층을 제외한 중산층과 서민층 모두의 문제다. 우리나라의 가계부채는 2016년 말 이미 1,400조 원을 넘어섰다. 우리나라 한 해 예산의 3배나 되며, 가구당 평균 약 4,600만 원이나 된다. 총부채가 총자산보다 많은 순부채 가구의 비중은 13%를 넘으며, 소득 대비 원리금상환금 비율이 40%를 초과하는 과다채무 가구도 8%나 된다.

아이 양육비가 1인당 2억 4,000만 원씩 들기 때문에 아이들과 숨만 쉬고 살았을 때에 내 집을 장만할 수 있다. 내 집을 구입하는 것이 부담이면 전세로 살면 된다. 2억 3,000만 원만 있으면 되는데 월급 200만 원을 10년 동안 숨만 쉬고 모으면 된다.

한마디로 대한민국의 21세기는 푸어Poor의 시대다. 하우스푸어, 허니문푸어, 베이비푸어, 실버푸어, 심지어 화려한 스펙을 가지고도 취업을 못하는 젊은이들을 가리켜 '스펙푸어'라는 말까지 나왔다. 그렇다면 그중에서도 가장 가난한 사람은 누구일까? 바로 '워킹푸어'다. 워킹푸어란 열심히 일해도 빈곤을 벗어날 수 없는 노동자들을 의미한다.

요즘 자녀를 명문대에 진학시키기 위해서는 3가지 능력이 필요하다고 한다. 어머니의 '정보력'과 학생의 '체력', 그리고 할아버지의 '경제력'이다. 입시제도가 너무 복잡하다 보니 어머니의 정보력이 필요한 것이고, 내신·수능·논술 등 갖가지 과외를 받자니 학생의 체력이 필요한 것이며, 그 많은 과외비를 감당하기 위해서 할아버지의 경제력이 필요하다는 것이다.

여기에 아빠의 무관심을 넣는 사람도 있는데, 그 이유는 각자 생각해보시길 바란다. 아무튼 얼핏 들을 때 이 우스갯소리에서 한 가지 의아한 점은 왜 아버지의 경제력이 아니라 할아버지의 경제력인가, 하는 것이다. 한마디로 우리 사회에는 자수성가한 할아버지는 존재할지언정 자수성가한 아버지는 존재하지 않기 때문이다. 부가 나에 의해 창조되는 사회가 아니라 세습되는 사회, 그래서 할아버지로부터 부를 물려받지 못한 아빠는 아무리 몸부림쳐도 아들딸을 명문대학에 보낼 수 없는 사회가 바로 지금의 대한민국이다.

대한민국의 중산층 비율은 OECD국가 중에 하위권에 속한다. 중산층 붕괴가 얼마나 심각한지 알 수 있다. 세계적인 금융위기가 닥친 이래 대한민국은 다른 어느 국가보다 위기를 잘 극복하고 있지만 그 과실은 소수의 가진 사람에게만 집중되고 있다. 때문에 이러한 현상은 갈수록 심화되는 추세다. 일례로 IMF 당시 유행했던 말은 '20대 80의 사회'였지만 21세기를 상징하는 말은 "1%의 탐욕을 위한 99%의 절망"이다. 부의 집중과 그로 인한 양극화 현상이 더욱 심해지고 있음이 명백히 드러난다. 직장인을 대상으로 설문조사한 결과에 따르면 우리나라 직장인들은 부채 없는 아파트 30평, 월 급여 500만 원 이상, 2000cc급 중형차, 예금 잔고 1억 이상, 그리고 해외여행을 1년에 한두 번 다니는 사람을 중산층으로 생각한다고 한다. 이런 기준에서 보았을 때 당신은 중산층에 속하는가? 또 지금 당장은 중산층에 속할지라도 앞으로 계속 중산층일 수 있다고 확신할 수 있는가? 더 큰 문제는 이런 현상이 고착화되고 있을 뿐만 아니라, 가난이 대물림되고 있으며, 사회구조 자체가 한번 하층민으로 전락하면 중산층이나 상류층으로 진입하기가 거의 불가능한 상태로 바뀌고 있다는 사실이다.

출처 : 조준현의 '중산층이라는 착각' 중에서 [위즈덤하우스]

혹시 로또를 사면서 죽기 전에 한 번은 당첨될지도 모른다고 기대한 적 있는가? 로또에 당첨될 확률은 벼락에 두 번 맞아 죽을 확률보다 낮다. 내 자식만은 'SKY대'에 갈 수 있다고 믿은 적은 없는가? 우리나라 전체 청소년의 2% 정도만이 SKY대에 입학한다. 거울을 보면서 문득 내 얼굴 어딘가가 장동건이나 김태희와 비슷하다고 생각해본 적은 없는가? 내 배우자만은 바람을 피우지 않으리라 자신한 적은 없는가.

모든 사찰, 교회, 성당 등에 가면 일 년 내내 소원성취를 기원하는 초, 기와, 등, 쪽지 등을 쉽게 볼 수 있다. 그중 가장 흔한 내용이 자녀, 본인, 손자손녀의 대학합격이다. 각종 종교계에서는 대학합격 기원과 관련된 수입 규모가 어마어마하다고 한다. 꼭 종교가 아니더라도 대학입시 즈음이면 서로 찹쌀떡, 엿, 휴지 등을 선물하며 합격을 빌어준다.

수능시험 날 고사장의 철문에는 여지없이 커다란 엿이 떡하니 붙어 있다. 어떤 부모는 그 엿에 대놓고 열심히 기도한다. 이런 장면을 볼 때마다, 과연 이런 것들이 효과가 있을까, 하는 의문이 든다. 나의 누님을 포함해 그런 노력을 하고 있는 수많은 수험생의 학부모에게 물어봤다. 군대 간 아이가 훈련소에서 나올 때까지 모텔에 투숙하기도 하고 심지어는 배치된 부대근처에 가게를 차려 놓고 매일 기도하는 어머니가 있고, 지휘관은 인터넷에 올린 장병들의 이야기를 먼저 어머님께 답해야 하는 나약한 군대를 만들어 놓고 있다.

"그게 실제 효과가 있을까요?" 그들의 대답은 항상 기대 이상으로 합리적이다. "효과는 무슨? 그냥 내 맘 편하자고 하는 거지." 그런데 그 말에는 재미있지만 슬픈 모순이 존재한다. 만약 그들이 진심으로 그런 행동이 효과가 없다고 믿는다면, 그들의 마음이 편해지는 효과도 없어야 한다.

우리는 받아들여야 한다. 우리가 진실로 믿는다고 해서 그 믿음이 진실이 되지도 않고, 진실을 착각보다 더 확신할 수도 없음을. 우리가 안다고 믿는 많은 진실들이 그냥 지금의 자신에게 그럴듯한 믿음일 뿐이라는 것을, 하지만 더 중요한 착각은 자신은 웬만하면 착각하지 않는다는 착각이다. 더 정확히 말하자면, 대부분의 사람들은 실제 자신이 착각하는 것보다 덜 착각한다고 믿는다. 또한 다른 사람들이 자신보다 훨씬 더 착각한다고 믿는다. 하지만 대부분의 사람들에게 이 믿음은 가장 치명적인 착각이다. 심리학에서 말하는 순진한 사실주의에 따르면, 많은 이들이 자신은 객관적으로 사실관계를 파악하고 신중하게 판단하기 때문에, 착각하거나 편향된 판단을 내리지 않는다고 생각한다.

나는 잘 알고 있다. 착각도 공짜로 생기지 않는다는 것을. 뭔가 믿고 싶으면 최소한의 무언가가 필요하다. 설령 착각하는 그 모든 것을 진실로 만들지는 못할지라도, 그런 최소한의 뭔가를 얻기 위해 우리는 노력하는 것 아닐까? 그래서 나는 착각에서 깨어나기 위해 노력하기보다는 현실을 착각과 비슷하게 만들어보려고 노력한다.

출처 : 허태균의 '가끔은 제정신' 중에서 [쌤앤파커스]

만성적 긴장감, 초조함 그리고 불만족스러운 느낌을 특징으로 하는 고통스러운 정동 상태로 권태는 만족과 자극이 부족하고 단조롭다고 느껴지는 상황에서 발생한다. 이것은 실제 상황을 반영하는 것일 수도 있고, 개인의 성격 구조와 욕구를 반영하는 것일 수도 있다. 권태는 수용할 수 없는 환상이나 충동에 대한 방어적 노력에서 생기는 것으로 해석되어 왔다. 환상과 충동이 방어될 때, 충동의 관념적 내용은 억압되지만 긴장은 정동으로 표출된다. 수동적이고 상황에 의존적인 성격을 가진 유형은 아동과 성인에게 특히 권태를 느끼기 쉽다.

꿈은 우리의 인생이요 제2의 이성이다. 꿈은 모순된 사실과 변태적 욕구들의 복합체이다. 또 다른 꿈은 지나간 기억일 수도 있고 미래에 대한 걱정이나 준비일 수 도 있다. 그런 복합성의 불확실성 때문에 무한한 의미의 확장이 가능하다. 인간의 꿈은 환상일까? 갈매기 꿈처럼 하고 싶은 일을 추구하고자하는 그 무엇에 대한 도전이며, 완벽에 도달하고자 하는 노력이다. 같은 꿈을 꾸는 사람이 많을수록 좋다. 하나보다는 둘이 함께하니.

출처 : 마광수의 '권태' 중에서 [책마루]

갱년기

남자의 갱년기라는 말을 남자의 생리통이라는 말쯤으로 우스꽝스럽게 받아들이는 사람이 아직도 많다. 그렇지만 갈수록 많은 사람들이 남자에게도 이 보편적인 삶의 과도기가 있다는 것을 깨닫는다. 당연 여자에게도 갱년기가 있듯이 남자에게도 있는데 아무래도 좀 무심해지는 건 사실인 것 같다.

남자에게는 생식력의 종식을 뜻하는 뚜렷한 생물학적 징후가 나타나지 않는다는 것은 축복이자 저주다. 남자들은 60대, 70대, 심지어 80대에도 생식력을 유지하기 때문에 왕성한 성욕을 느낄 수 있으며, 적어도 상상으로나마 영원한 젊음을 유지할 수 있다. 그러나 능력대로 살지 못할 때에는 성적 좌절에 빠지며, 흔히 성장이 멈추기도 한다. 50세가 넘은 남자들 중 상당수가 정신적으로는 어린아이 상태에 머물러 있다. 갱년기Menopause는 여자에게 있어서는 생리가 끝나는 시기를 말한다. 다른 말로 폐경기라고도 한다. 메노meno는 여자의 생리 주기를 뜻하는 그리스어에서 비롯된 말이며, 포즈pause는 그 주기의 중단을 뜻한다.

나이 든 여자들 가운데에는 팔팔한 용모와 능력의 상실을 슬퍼하는 여자들이 있다. 그러나 이른바 갱년기 이후의 열정을 느끼며 이 과도기를 제2의 성인기로 여기는 여자들도 있다. 그들은 50세가 넘었음에도 힘을 되찾고 정신적으로 성숙해져 주변 사람들에게 생기를 불어넣기도 한다.

노화란 시간이 지나면서 에너지의 흐름이 물질에 끼치는 영향이다. 이것은 피할 수 없는 현상이다. 시간이 모든 상처를 치유해준다고 한다. 그러나 시간은 노폐물을 쌓게 만들고, 이 노폐물은 병이 전혀 없을 때에도 몸을 쇠약하게 만든다. '남자의 과도기'란 남자가 제1성인기에서 제2성인기로 넘어갈 때의 과도 기간을 말한다. 이때는 생물학적, 심리적, 대인적, 사회적, 정신적 변화가 일어난다.

중년기Midlife Passage는 우리가 삶을 반쯤 살았으며, 앞으로 살아갈 날보다 지금까지 산 날이 더 많다는 생각에서 비롯된 말이다. 삶의 후반기를 살아가는 데 필요한 기술은 삶의 전반기에서 사용한 기술과는 전혀 다르다는 것을 알게 된다. 기억하려 하고, 굶겨서 쇠약하게 만든 일부를 되살리려 하고, 침묵시킨 일부를 표현하고, 어둠 속에 처박아두었던 일부를 밝은 곳으로 끄집어내려 한다.

중년의 위기Midlife Crisis는 갱년기에 나타나는 변화에 대한 반응이다. 삶의 후반기에 나타나는 변화를 두려워하고 회피하면서 젊은 시절의 생활 방식을 고수하려는 사람에게는 이 시기가 위기로 느껴질 수 있다. 그러나 육체적, 정서적, 정신적 변화가 삶의 후반기를 대비하는 데 많은 도움이 된다는 것을 아는 사람에게는, 이 시기가 위기보다는 모험으로 느껴질 것이다.

우리는 갈수록 존중과 배려가 상실되어가는 수치의 문화 속에서 살고 있다. 많은 사람들이 일자리를 구하거나 유지하기 위해 영혼을 판다. 삶에 의미를 부여하는 일을 찾고 싶어 하는 마음이 없는 사람도 많다. 중년에 들어선 많은 남자들이 몸과 마음과 정신의 변화에 낙담한다. 이제 삶의 고개를 넘은 쓸모없는 존재가 되는구나 하고 느낀다. 청소년의 조언자이자 길잡이가 되는 것을 자랑스럽게 여기지 않고, 수치심에 늘 고개를 푹 숙이고 다닌다.

재소자들에게 왜 폭력을 휘둘렀냐고 물어보면 흔히 이렇게 대답한다. "나를 무시했거든요." 상습적으로 폭력을 휘두르는 이들의 어휘와 도덕적 가치관과 정신 역학에서는 무시라는 말이 핵심적인 위치를 차지한다. 이들을 오해하는 것은 매우 위험한 일이다. 자존심과 존엄성과 자긍심 없이 사느니 차라리 남을 죽이거나 불구로 만들든지, 남의 손에 죽거나 불구가 되겠다는 이들의 말은 진심이다. 이들은 불명예보다는 죽음을 택한다.

출처 : 제드 다이몬드의 '남자의 갱년기' 중에서 [이레]

자살 역시 출생시기와 관계가 있을지 모른다는 연구 결과가 나왔다. 늦봄과 초여름 사이, 곧 4~6월에 태어난 사람들이 자살을 더 많이 하는 것으로 드러났다. 영국의 정신병학자인 에머드 샐리브는 자살자 2만 5,000명을 분석한 결과 4~6월생들이 17% 더 많이 자살한 것으로 나타났다고 주장했다. 4~6월생은 7~9월에 임신된다. 샐리브는 태아의 발육 기간에 햇볕이 산모의 호르몬 분비에 영향을 미쳐 태아의 뇌에 변화를 일으키고 결국 훗날 자살을 하게 만드는 것이라고 설명했다. 다른 연구 논문들도 자살이 계절적 영향을 받으며 햇볕이 가장 뜨거운 시기에 자살률이 비교적 높은 것을 밝혀냈다.

자존심이 높은 사람일수록 폭력적인 성향이 강하다는 이른바 '위협받는 자부심 이론'을 제안했다. 바우마이스터의 분석에 의하면 이라크의 사담 후세인은 자존심이 강했기 때문에 호전적으로 행동했다. 아돌프 히틀러가 집권 직후 우생학적 법률인 유전위생법을 공포하고 유럽 점령 지역에서 유대인 등을 수백만 명 살육한 것과 같이 민족이 고등 인종이라는 자부심에서 비롯되었다. 거리의 깡패나 골목대장들도 다른 사람보다 잘났다고 착각하기 때문에 자존심에 상처를 입으면 폭력을 휘두른다.

나와 현상을 인식하고 미래를 설계하는 200가지 과학 아이디어를 통해 과학이란 멀고 먼 학문이 아닌, 우리 생활과 밀접한 관계를 가지고 있는 실용적인 존재라는 것을 깨닫게 한다.

출처 : 이인식의 '이인식의 멋진 과학' 중에서 [고즈윈]

3

삶의 디딤돌

누구나 작은 행복 속에 삶의 지혜를 배운다. 그 속에 나는 누구인가. 운이 없는 사람이 욕심을 부리면 병이 난다. 잘 모르는 지식은 무서운 함정이다. 상처 없는 영광은 없다. 나는 누구인가. 지금은 스스로 자기 삶의 주권을 갖고 열정과 창조성을 되찾아 아름답게 꽃피우는 인생의 황금기이다.

삶의 지혜

경험이 많으면 말이 적어지고 지혜를 깨우치면 감정을 억제한다. 부부는 언어 선택과 표현을 조심하고 답은 진솔하게 해야 한다. 고난 뒤에 축복이 있다는 것을 의심하지 않는다. 전제 조건을 달지 말고 물이 흐르듯 묵상하는 생활. 갈등이 많은 게 인간이며 그게 삶이다.

-시와 그림이 있는 마당

배우자를 먼저 배려하는 마음, 자세, 행동됨이 성숙된 마음

-ME 3일째

끝으로 모든 일을 처리할 때 감정을 억제하면 삶을 관조하는 지혜가 생기고, 침묵을 잘 지키면 사물을 이해하는 슬기가 생긴다. 운(공)이 없는 사람이 욕심을 부리면 병이 나고, 복(타력)이 적은 사람이 욕심을 가지면 하는 일들이 실패

한다.

-미득경전, 천자님 말씀 중에

어린아이가 일어서려면 3천 번 이상 쓰러지고 넘어지고 해야 비로소 걷는다. 채워지지 않는 욕구를 얻으려 할 때 그 가치를 얻으려면 만족을 잃게 되더라. 자신의 삶의 일생도 경영이다. 삶이란 자신의 진로를 선택하고 그 선택을 자신이 경영하는 것이다. 선택을 하고 나면 사물을 다각도에서 보는 눈이 생기는 것은 실패를 두려워하기 때문이다. 잘못된 선택은 10여 년 정도 허송세월을 보내게 하고 심신을 병들게 한다. 그리고 인생이 짧다는 것을 느끼게 한다. 인생을 좀 더 깊이 있게 보는 눈이 생기는 것이나 지혜로운 것도 선택의 정당성을 보고자 하는 것이다. 단순한 판단보다 복잡하며 깊이 있는 정확한 판단을 하는 것이 인생을 조금 더 아는 것이고 진지해지는 것이다. 지혜롭고 깊이 있으며 정확한 판단은 결국 자신이 선택한 삶에 좀 더 진지한 올바른 선택을 했다고 인정하고 싶은 행위다.

만약에 선택이 잘못되었다고 생각하거나 알게 되었다면 그때에는 주저 말고 새로운 선택을 해야 한다. 이런 말을 자주 쓰는 사람은 살아오면서 이런 사람들에게 손해와 아픔을 당했다. 지금은 Now, 다음에는 Next, 반드시 Must, 최고 Top, 최선 Best을 쓰면서 접근하는 사람은 무조건 주의함이 옳다. 또한 자신의 잘못을 남의 탓으로 돌리는 사람도 경계대상이다. 수없이 당하고 만신창이가 된 경험이 있다.

"하늘이 무너져 내리고 땅이 꺼져 버린다 해도 그대만 날 사랑한다면 두려울 것이 없으리"라고 한 샹송의 여왕 에디트 피아프는 노래했다. "주여 그대에게 축복과 사랑을 주소서"라고 했고 성경에서는 "사랑이 있는 곳의 나물 반찬이 사랑이 없는 곳의 진수성찬보다 낫다"라고 했다. 톨스토이는 "죽음의 공포보다 강한 것은 사랑의 감정이다"라고 힘주어 말했다. 독일 속담에 "사랑의 감정은 연기처럼 오래 감추어 두기 어렵다"라고 했다. 우리네 속담에 "남을 사랑하기 인색하면 남도 나를 가벼이 여길 것이다. 남을 사랑할 때 그대도 사랑을 받을 것이다. 사랑은 사랑하는 자에게 찾아가는 마력의 힘을 가진 혼이다." 인도의 격언에 "만약 당신이 사랑하고 기구하고 괴롭다 해도 사랑과 생명의 속삭임 속에 있기에 인간인 것이다"라는 말이 있다. 밀레는 "지혜가 깊을수록 지혜의 모가 나지 않고 사랑 또한 그러하며 참된 예술품도 이와 같다"라고 말했다. 사랑이 깊으면 깊을수록 작은 일도 서운해지는 법이다. 믿음보다 오해가 앞서 간다 해도 사랑하라. 칭찬하라. 감정이 고갈되어 의미를 잃어가기 전에 뜬구름 같은 인생에 그대가 할 수 있는 가장 소중한 일이다. 이성과 겸손은 확신이 없기에 두려운 것이다. 인생을 살아가며 확신할 수 있는 것은 거의 없다. 1시간 후의 일도 모르는 것이 정상이고 예측할 수는 있겠지만 어디까지나 예측이고 교만일 뿐이다.

그러기에 두렵기 때문에 종교를 택하는 것이다. 그러나 믿음이라는 것도 따지고 보면 자신이 믿고 싶은 대로 설정된 것을 믿는 것이 인간이다. 불확실성에 대한 갈망 내지 자신이 믿고 싶은 대상을 찾는 것이다. 불확실성은 이성으로 다스리고 믿음은 낮은 자세, 겸손으로 다스림이 옳을 것이다.

출처 : 이익재의 '삶의 그 아름다운 정원에서' 중에서 [한솜미디어]

행복한 인생

성적과 성과에 대한 고민, 경쟁에서 뒤쳐질지도 모른다는 두려움, 남들과의 비교에서 오는 상실감, 앞날에 대한 걱정, 삶의 목적을 잃어버리거나 찾지 못해서 생기는 방황 등. 대부분의 사람들은 저마다 스트레스를 안고 살아간다. 그리고 더 많은 것, 더 좋은 것을 가져야 한다는 욕심, 다른 사람들보다 못하다는 열등감, 반복되는 실수와 실패에서 오는 무기력감, 인간관계에서 일어나는 수많은 갈등 등. 대부분의 사람들이 저마다 마음에 상처를 안고 살아간다. 이처럼 여러 가지 것들이 우리의 삶을 흔들고 있지만, 우리는 그저 하루하루 거기에 휩쓸려 힘겹게 살아가고 있다. 힘들고 지치고 상처 받은 마음으로 살아가는 사람들에게 지금의 자기 자신의 모습으로 더 행복한 인생을 살 수 있는 지혜를 제시한다.

출처 : 마스노 순묘의 '있는 그대로' 중에서 [라이프맵]

감미로운 노래 속에는 슬픈 생각이 있고, 위대한 드라마, 영화에는 투쟁과 패배의 역경을 그려내고, 비애나 고독은 미적 쾌감을 느끼며 적막함과 평화를 주기도 한다.

-천재화가 변시지

변시지 화백은 26년생으로 6살에 부모와 함께 도일하여 제주대학에서 후학을 양성하였다. 그의 화풍은 제주를 바람의 역사로 시작하여 고독, 불안, 기다림, 한을 주제로 화폭에 힘을 넣었다. 잉여는 단순히 아무것도 할 일 없는 팔자 좋은 백수를 뜻하는 게 아니다. 오히려 그 속에는 이럴 수도, 저럴 수도 없는 딜레마와 불안이 있다. 분명 남부럽지 않은 청춘을 보내고 싶은 열정이 한편으로 있지만, 무엇을 하든 간에 취직이나 현실적인 성공으로 연결되지 않으면 모두 쓸모없는 짓 취급을 받는다. 현 시대에서는 무슨 일을 하던 사람들의 눈에는 그것이 과연 사회적 성공으로 이어질 수 있는가, 돈으로 이어질 수 있는가, 하는 판단이 가장 먼저 일어난다. 이른바 속물주의라고 말할 수 있겠는데, 이는 보다 현실주의적이나 실용주의적이라는 말로 일컬어지며 우리 시대 전반을 장악한 관념이 되었다.

소비와는 다소 다른 형태로 낭비되는 시간이 있다. 여기에서 낭비는 반드시 부정적인 의미인 것만은 아니다. 오히려 낭비는 소비에 비해 다소 긍정적인 의미를 가진다고 할 수 있다. 실제로 삶을 누리는 것은 '삶의 낭비'를 통해서 가능하기 때문이다. 우리가 돈을 버는 시간, 계획을 짜고 사회에서 지위를 쌓는 시간은 사실 소비하기 위한 시간이다. 그러나 그렇게 벌고 소비하는 시간을 벗어난 낭비의 시간이 있다.

현실의 극복은 진실한 이미지, 혹은 진실한 언어(개념, 자아, 정체성)로만 가능하다. 그러나 지금의 청춘은 분열된 이미지와 모호한 언어만을 가지고 있을 뿐이다. 결국 그런 상황 속에서 얼마간 헤매다 보면 생존을 걱정해야 할 시간이 다가오고, 너나할 것 없이 취업 준비에 몰두하게 된다. 청춘이 우리에게 남기는 건 모호한 기억, 모호한 자아, 모호한 열정뿐이다. 그나마 일찍이 취업 전선에 뛰어 들어 스펙 쌓기에 모든 걸 다 바치거나 고시에 뛰어든 이들만이 그래도 무언가 뚜렷한 걸 했다는 기억을 가진다. 그래서 무엇을 해야 할지 모르는 이들이 대학시절에 남는 것은 오직 고시와 스펙뿐이라고 하며, 그러한 일들에만 갈수록 점점 더 몰두하고 있다.

이처럼 분리감은 특히 현대에 이르면 더욱 심화된다. 한국만 보더라도 전통적인 민족 관념의 해체, 가족의 해체, 지역 공동체의 해체, 국가 구성원으로서 함께 힘을 모아 경제 발전을 이끌어가야 한다는 식의 관념 해체 등 모든 종류의 소속감이 박탈되고 있다. 그래서 남는 것은 오직 경쟁과 생존을 위한 자기 자신밖에 없어져간다.

'삶의 우위'는 우리에게 남다른 열정과 집중력을 준다. 삶의 우위, 삶의 집중 속에서는 모든 것이 보다 선명해지고 풍부해진다. 의미 없게 흘러간 시간은 삶에게 포획 당한다. 매년 똑같았던 일상은 삶에 대한 집중력이 해체 당한다. 현실 속에 시간을 내어 '삶'

에 투자하는 시간이야말로 진정한 쾌락의 시간이며, 진정한 집중력의 시간이며, 진정으로 삶과 자아가 선명해지는 시간이다. 이는 끊임없이 현실감을 갈구하는 우리들에게 진정한 의미에서의 현실감을 주는 시간이다.

왜 우리는 우리 자신의 인생의 주인이 되어서 우리의 영혼을 스스로 이끌고 갈 수 있는 삶을 살 수 없는가? 왜 우리는 근본적으로 자신의 삶을 쥐고 삶이 어떠해야할지 엄밀하게 성찰하고 실행할 수 있는 힘이 없는가? 왜 우리는 매일 어딘가로 휩쓸려가는 듯하며 세월은 빠르고 시간은 없어지는 것처럼 느끼는가? 그것은 우리의 근본적 힘이 되어야 할 욕망, 에너지가 끊임없이 다른 데로 새어나가고 있기 때문이다.

출처 : 정지우의 '청춘인문학' 중에서 [이경]

삶의 열정과 작은 행복

자신의 가치를 높여라. 정보지식 함양에 투자하고 노력해라. 대인관계를 확대하는데 시간을 투자해라. 자신의 장점과 매력을 살려라. 미래 안목에 대한 구체적인 계획과 훈련을 게을리 하지 말라. 시간을 잘 활용하고 자신의 철학을 확립해라. 이제는 삶을 지혜로 푸는 것이 아니고, 슬기로 깨우치며 느끼며 즐겨야겠다. 스스로의 칭찬보다는 단점도 사랑해야 할 의무와 책임을 느낀다. 인간은 과시욕을 갖고 있기에 슬기를 배우는 것일까? 사랑받고 싶은 욕구, 자신의 가치를 인정받고 싶은 정서적 욕구가 부족하기 때문에 삶은 의미가 있다.

마음의 문을 열어보자, 인생은 시도이며 학습의 반복을 강요받으며 살아간다. 어렵고 힘들 때 불평하지 않고 감사함을 배우는 마음, 고통과 시련을 준 이에게 반성을, 어렵고 힘든 시절의 회상은 마음의 위안이며 삶의 힘이다. 이 시대에 예술을 한다는 것은 불확실성에 맞선다는 의미이다. 그 삶은 회의와 모순으로 점철되어 있고 아무도 관심을 갖지 않을뿐더러, 청중도 보상도 없을지 모르는 무언가를 무모하게 행하는 삶이다.

예술을 하고자 하는 사람들은 대개 선배들의 운명을 되돌아보며 창작을 시작하고, 그들 중 대다수는 중도에서 포기하고 만다. 이것은 정말 비극이 아닐 수 없다. 더욱 비참한 것은 이것이 불필요한 비극이라는 점이다. 어차피 계속해 나가는 예술가들과 도중하차하는 예술가들은 공통된 감정적 기반 위에 서있기 때문이다. 포기는 중단과 근본적으로 다르다. 중단은 늘 하는 것이지만 포기는 그것으로서 마지막이다. 포기한다는 것은 다시 시작하지 않는다는 것을 의미한다. 시작하고 또 시작해야 하는 것이 예술인 것이다.

교직을 목적으로 예술을 배운다면 아마 종국에는 영업직이 되고 말 것이다. 그러므로 오직 예술 창작을 배우기 위해 예술 창작을 공부하라. 할 만한 가치가 있는 것은 무엇인가? 어떤 예술 문제들은 그 본질이 다른 것들보다 더 흥미로운가? 아니면 더 의미 있는가? 더 어려운가? 또는 더 도발적인가? 현시대의 모든 예술가들은 이러한 문제들에 맞춰 춤추고 있다.

예술을 창조한다는 것은 자신의 목소리로 노래를 부르는 것이다. 이를 위해서는 자신에게 필요한 목소리는 오직 자신이 이미 가지고 있는 목소리라는 것에 대한 인식이 우선해야 한다. 예술 작품이란 별난 것이 아니다. 단지 그 작품을 받아들일 용기와,

예술 창작과 두려움 간의 상호작용을 조정해 나갈 지혜만이 필요하다.

출처 : 데이비드 베일즈, 테드 올랜드의 '예술가여 무엇이 두려운가' 중에서 [루비박스]

인생은 공수래공수거라 말하지만 올 때처럼 갈 때는 빈손이 아니다. 자신의 행적을 후세에 남기고 떠나기 때문이다. 그래서 많은 사람들이 살아 있는 동안 아름다운 발자취를 남기려 애를 쓰고 있는 것이다. 우리는 어려운 시대를 살아가면서 큰 재물을 갖고도 불행한 사람들을 너무나 많이 보아왔다. 또한 권력을 쥐고 한 시대를 풍미하던 사람들의 불행한 말로도 많이 보아왔다. 그들은 현세를 살아가면서 자신의 많은 부와 절대적 권력에도 만족하지 못하고 탐욕스럽게 잡히지 않는 끝없는 행복을 좇아 헤매다가 그만 불행의 늪으로 빠지게 된 것이다. 행복은 권력이나 부에 있는 것이 아니라 자신의 마음속에 있는 것이다. 내가 가난하게 산다 해도 스스로 행복하다면 그게 바로 영원불멸의 아름다운 행복일 것이다.

출처 : 이상규의 '더불어 사는 작은 행복' 중에서 [토담미디어]

베토벤의 피아노 건반에는 나무 막대기에 패인 흔적이 남아 있다. 귀가 들리지 않게 되자 나무 막대기를 입에 물고 치아와 뼈를 통해 귓속으로 전달되는 음을 느끼며 작곡을 했기 때문이다. 멋지게 장애를 극복해 낸 그는 오늘날 좌절에 빠진 우리에게 말한다. “용기를 내라. 비록 육체에 그 어떤 결점이 있다고 해도 우리의 영혼은 이를 극복해야만 한다.” 환희, 그것은 언제나 괴로움의 끝자락에 있다. 괴로울 신辛자에 한 획만 그어 보라. 행복할 행幸자가 보이지 않는가.

상처와 영광

혼다 소이치로의 오른손은 매우 깨끗했다. 하지만 왼손은 상처투성이였다. 오른손은 망치를 들고 두드리는 손이므로 깨끗했지만, 왼손은 망치에 맞아 상처 입지 않은 손가락이 없었던 것이다. 잘릴 뻔한 손가락을 이은 적도 있었다. 이 상처투성이의 왼손에 바로 성공의 비밀이 숨어 있다. “새로운 일을 할 때는 반드시 실패하게 마련이다. 분통이 터질 때도 있다. 그래서 나는 시간 먹는 시간을 줄여 가며 몇 번이고 될 때까지 반복한다.” 상처투성이 왼손, 실패하고 좌절할 때마다 그는 더욱 노력했고, 그 노력만큼 상처도 늘었다. 그 상처가 바로 혼다 소이치로를 세계 최고 기업의 창업주로 만든 비결이다.

만델라는 희생된 많은 동료와 싸우다 쓰러져 간 모든 선배의 마음을 등에 업고 자신에게 투표했다. 생애 첫 투표였다. 투표소의 백인들은 자유국가에 살고 있음을 자랑스러워했고, 흑인들은 처음으로 스스로를 인간답게 느꼈다. 개표 결과 넬슨 만델라가 멋지게 남아프리카공화국의 대통령으로 당선되었다. 그가 대통령에 취임하던 날, 백인은 흑인의 국가를 부르고 흑인은 백인의 국가를 불렀다. 오랫동안 감옥에 갇혀 있으면서도 인간에 대한 희망을 잃지 않았던 만델라는 취임 연설에서 이렇게 말했다. "우리는 스스로에게 묻습니다. 이렇게 영리하고 아름답고 재능 있고 경이로운 존재인 난 누구인가? 우리는 모두 신의 자녀들입니다"

출처 : 히스이 고타로, 시바타 에리의 '마음이 꺾일 때 나를 구하는 한마디'중에서 [부키]

나는 누구인가

공간속에서 문득 나는 누구인가 하는 질문이 떠오른다. 공간속에서 이 질문을 접하고 나서 문득 밝아지는 느낌이다. 지금까지 나에게서 벗어나지 못하고 있었다. 자기만의 고정관념은 스키마처럼 A, AB, B, O형으로 구분하는 것이다. 스키마Schema는 기억 속에 체계적이면서 조직적으로 저장된 지식의 구조를 의미한다. 고정관념에서 벗어나지 못하고 있었다. 그런데도 불구하고 나를 의식하며 끊임없이 나를 추구하고 있었다. 이제야 나의 실체를 확연히 깨달을 수 있다. 나라고 생각되는 그 위에 내가 있을 뿐이었다. 이러한 나를 위하여 스키마는 대상에 대한 개요 혹은 전체적 도식(네트워크 모양의 인식구조)이다. 스키마는 외부에 존재하는 객관적 대상을 전체적으로 묘사하여 기억 속에 재생한 지각의 형태이다. 다시 말해 객관적 실재가 아닌 기억 속의 인식 체계인 셈이다. 원래 스키마는 심리학, 철학 등 학문 분야에서 사용되어 온 개념이다. 스키마는 심리학 이론으로 경영학에 활발하게 접목되면서 고객 행동 분석 틀의 하나다.

인지구조認知構造의 한 단위를 기술하기 위하여 피아제가 사용한 용어로, 행동주의학파行動主義學派에서 말하는 소위 '습관'에 해당되는 말이다. 도식은 어떤 방법으로든 환경을 조작함으로써 이 환경에 적응하도록 하는 데에 관련되는 지식과 기술들을 포함한다. 감각운동 도식 또는 행동적 도식 등은 사물을 신체적으로 조작하는 것과 관련되며 언어적 도식은 언어를 이해하고 사용하는 것과 관계 된다.

출처 : 교육학 용어사전 [서울대학 교육연구소]

실재하는 것부터 버리자. 손에 잡히는 대로, 눈에 보이는 대로, 느껴지는 대로 실행해보는 것이다. 손에 든 담배 한 개비, 어깨에 내려앉은 비듬을 버리고 내친 김에 상사에게 깨져 찡그리고 있던 표정과 짜증도 버리자. 버리기의 목표는 '가벼워지기'다. 집착과 부담의 무게를 하나씩 덜어냄으로써 가뿐해지는 것이다. 비워진 자리에는 자연히 새로운 기쁨과 희망이 찾아와 안착한다.

머슴이 청소는 하지 않고 농땡이만 부리자 주인이 그를 불러다가 혼을 냈다. 그러자 머슴이 답했다. "다시 지저분해질 텐데 뭐 하러 청소를 해요." 주인은 그 말은 들은 다음부터 머슴에게 밥을 주지 않았다. 참다못한 머슴이 화를 내자 주인이 대답했다. "어차피 또

배고파질 텐데 뭐 하러 먹니."

비우고 비워도 다시 쌓일 거라는 생각에 미리부터 버리기를 포기해서는 안 된다. 쉬지 않고 계속해서 덜어내야 한다. 이렇게 되풀이되는 과정 자체가 부담으로 작용해 더욱 버리지 못하는 일이 발생할 수 있다. 그럴 때는 버린다는 생각 자체를 지워버리자. 그 순간 압박이 풀리며 자연히 비우기에 열중하게 된다.

뭇사람들은 가진 게 많아야 행복해진다고 믿는다. 그런데 오히려 내가 가진 걸 버림으로써 행복을 구할 수 있다. 뱃살을 버리고 호주머니 속 쓰레기를 버리고 마음 속 불만을 버리면 그 빈자리에는 세상을 긍정하게 만드는 행복이 찾아온다.

이 놀라운 긍정의 힘은, 가지고 싶은 것에 대한 집착을 버리고 지금 가진 것을 소중히 여기는 마음의 변화를 불러들인다. 고가의 물품에 현혹되었던 시선을 돌려, 아침 창가에 비친 햇살의 따뜻함에 감사하고 봄날의 거리를 지나며 맞는 산들바람에 미소 짓게 한다. 행복은 늘 빈자리로 온다.

누구도 강요하지 않았지만, 한돌 씨는 짬이 날 때마다 홀로 옥상에 올라가 담배를 피우며 고독을 씹었다. 그러면서 자연스레 팀원들과 멀어졌고 업무에 대해 상의하는 것 말고는 소통이 없었다. 그는 이제 더 이상 고독한 팀장 역할을 자처하지 않기로 했다. 스스로에게 자유를 선물하고 싶었다.

무심한 눈으로 세상을 바라볼 때는 그들 또한 마찬가지로 자신을 대한다고 여겼다. 그런데 마음속 무거운 짐을 털어내고 동료들과 똑바로 마주하니 그제야 그들의 진심이 보이기 시작했다. 그들은 애정 어린 눈빛으로 늘 지켜봐주고 있었다. 그 따뜻함이 그대로 전해져 한돌 씨 또한 자신의 속내를 열어 보일 용기가 생겨났다.

나를 위하여 얼마나 아름다운 포장을 하였던 것일까? 그러한 나는 어디에 있는가? 아무데도 없는 나를 위하여 허공에 그림을 그리고 있었다. 그리고는 그것이 나라고 하였다. 나를 찾는 것은 허공을 거머쥐는 것이나 다름없다. 허공은 내가 아니다. 공간이야 말로 진정한 나인 것이다. 전체가 나인 것이다. 나라는 개체는 없다. 전체만이 있을 뿐이다.

언젠가 우리는 모두 왔던 곳으로 되돌아가야 한다. 죽음은 누구에게나 두렵다. 경험해본 사람이 없어서 더욱 그렇다. 나는 누구인가를 발견해 갈 때 행복은 자신이 찾아내는 것이며, 행복은 자신을 발견하는 훈련이며 그것은 감동이다.

출처 : 송진구. 장순옥의 '지금 당장 삶이 달라지는 정리의 기술' 중에서 [책이 있는 마을]

화가의 자화상

자화상은 세상을 바라보는 화가 자신의 모습이다. 나는 누구인가 하는 물음인 동시에 자아 표현의 가장 첨예한 형태이다. 우리는 자화상을 통해 화가의 한 시기 또는 생애 전체를 압축한 정신의 결정체를 만나게 된다. 자화상은 예술가의 지극히 사적인 취지와 함께 정신의 본 모습을 담고 있기 때문에 중요한 작품이다. 보통 '자화상'하면 떠오르는 순수한 의미의 자화상에서부터 특정 주제를 부각시키는 자화상, 인생의 갈피에서 사건으로 솟아오른 자화상, 대표작 속에 숨긴 자화상, 신화 인물로 변장한 자화상 그리고 자서전적 의미의 자화상을 다루고 있다. 대개 자화상을 설명하기 전에 자화상을 그릴 즈음의 개인사를 바탕으로 작가의 예술관과 시대 상황을 조율해 만든 독백을 넣어 작가의 주관적인 심정을 이해하기 쉽게 했다. 화가의 입장에서 본, 다양한 형태의 자화상에

얽힌 이야기를 통해 자화상에 담긴 화가의 속마음을 들여다봄으로써 그들의 그림을 보다 깊이 이해할 수 있게 될 것이다.

화가들이 자신의 얼굴을 그리는 것은 모습을 후세에 남긴다는 의미도 있지만, 자신과의 싸움이라는 인간 본질의 문제를 담고 있다. 생애의 굴곡이 많았거나 자기애가 강한 작가일수록 진정성 있는 자화상을 남겼다. 자화상에는 화가 자신의 겉모습뿐만 아니라 결코 평범하지 않은 화가의 삶이 압축돼 있다. 따라서 자화상을 통해 드라마틱한 생애로 점철된 화가의 내면을 들여다볼 수 있다. 그림 속에 자신을 등장시키는 자화상은 화가 자신의 이야기, 즉 예술에 대한 사회적 인식이나 화가의 신분 보장 같은 것을 적극적으로 말하기 위한 것이다. 예술 창작 능력의 위대함을 사회적 권리로 쟁취하려는 예술가 권익 보호운동인 셈이다. 마사초, 미켈란젤로, 쿠르베 등이 이러한 방법으로 자화상을 남겼는데, 그림 속에 숨은 화가의 모습을 찾아내는 재미가 쏠쏠하다. 자화상은 작가와 모델이 같다는 점을 빼면 초상화와 조금도 다를 바 없다. 그런데 화가는 언제나 자각의 정점에서 자화상을 그린다. 따라서 우리는 자화상을 통해 화가의 자의식을 엿볼 수 있다. 최초로 자화상다운 자화상을 남긴 알브레히트 뒤러, 가장 위대하고 풍요로운 자화상을 남긴 렘브란트, 다양한 자화상을 남긴 프리다 칼로 등이 있다.

출처 : 전준엽의 '나는 누구인가' 중에서 [지식의 숲]

명상과 몰입은 서서히 깊은 이완에 들어가게 한다. 우주에 가득히 존재하는 생명의 빛과 에너지를 온 몸에 받아들이며 백회와 회음이 하나 되는 것을 느낀다. 고요하고 그윽한 순수의 깊은 늪에서 황홀한 순간이 넘실대고 자유로운 영혼은 시공의 경계를 가르며 그냥 존재하고 있다.

주어진 삶에 만족을 하지 못하고, 항상 무언가 찾노라면 우리의 에너지는 고갈될 것이고, 분노와 절망 속에 삶의 허무함을 느낄 것이다. 주어진 삶에 만족을 하고 산다면 여유로운 생활과 즐거운 마음으로 자신의 생활을 아름답게 만들고 항상 넘치는 에너지로 인해 생활은 활력에 넘칠 것이다. 마음의 번뇌를 버리고자 수련을 한다. 번뇌의 끝자락을 붙잡고 제발 내려가 달라고 사정도 하여본다. 무심한 번뇌는 내려갈 생각을 하지 않고 실실 웃으며 주위를 맴돌기만 한다. 그래서 그냥 놔두기로 했다. 네 마음대로 하라고 그리고는 마음속에 있는 내 자신을 생각하기 시작했다.

나는 누구인가? 번뇌조차 내려놓지 못하는 내 자신은 누구인가? 세파에 휘둘리며 온갖 상처 끌어안고 사는 나는 누구인가? 대답이 없다. 묻고 물어도 대답이 없다. 그저 고요할 따름이다. 갑자기 멍해지는 느낌이다. 내가 없어졌다. 내가 누구인지 물어도 대답이 없는 나를 보다가 내가 없어짐을 알았다.

내가 없으니 번뇌도 없다. 그렇다. 내가 있음으로 해서 번뇌가 있었고 내가 없음으로 해서 번뇌가 없어졌다. 문제는 내 자신에 있었구나 여기까지 알고 나니 홀가분하다. 앞으로 내가 없음을 자각해야겠다! 이것을 깨달음이라고 하는가?

자기중심적 부부는 매일 심리적, 정신적 이혼에 머물러 있기 싶다. 그래서 50대는 90%이상 외롭다. 중년인 경우 정서적 욕구를 만족시켜 주거나 충족시키지 못하면 복수심으로 변한다. 감정적 상처를 쉽게 받으며, 외로움이 증가하면 죽음까지 갈 수 있다.

여성은 관심을 가지면 좋고, 남자는 자존심과 신뢰에 산다. 30년간 꾸준히 삶의 만족도를 연구한 끝에 행복해지려면 목적의식과 방향을 제시하는 확실한 인생 목표가 필요하다는 사실을 깨달았다. 우리는 만족감을 주는 16가지 인생 영역에서 자신에게 가장 중요한 요구와 목표, 소원을 이루기 위해 정진할 때 행복을 느낀다. 또 삶의 한 부분에서 목표 달성을 위해 노력하면 그 강력한 파급효과 덕분에 전체적인 삶의 만족도가 올라간다는 사실을 입증하였다.

여성의 경우 44세, 남성은 그보다 몇 년 뒤에 행복도가 최저를 기록하는 이유는 그 시기가 되면 인생 목표 달성에 필요한 본인의 능력에 대한 신뢰를 잃어버리고 힘든 시기를 활기차게 헤쳐 나갈 방법을 찾지 못하기 때문이라고 한다. 다행히 그 시기가 지나면 대부분 나이가 들수록 행복 지수가 오르지만, 노년기에 접어들면서 인생 목표를 달성할 능력이 부족하다는 생각에 불행을 느끼는 쪽은 주로 여성들이다.

훌륭한 인생 목표가 있으면 자신과 미래, 그리고 스스로의 노력으로 얻은 다양한 기회에 대해 기대를 걸 수 있다. 희망 이론의 창시자인 릭 스나이더는 목표가 있는 사람은 달성 방법을 궁리하기 시작하며 이런 '경로 사고' 덕분에 삶을 희망적으로 바라보게 된다고 했다. 희망을 품은 사람은 행복하며 목표 달성을 위해 남보다 훨씬 꾸준히 융통성 있게 노력한다. 인생 목표 이론은 희망적으로 살아가는 법을 알려줄 뿐만 아니라 이것이 목표 달성에 도움이 되는 이유도 깨닫게 될 것이다.

의욕을 높이는 구체적인 목표란 현재 자기 손이 닿지 않는 곳에 있지만 말이나 글로 명확하게 정의할 수 있는 목표다. 의욕을 높이는 구체적인 여가 목표의 예로 뜨개질을 배워 명절 선물로 목도리 2개를 뜨는 것을 들 수 있다. 수백 가지 상황에서 일하는 노동자들을 관찰한 결과 이들의 생산성과 업무 결과를 계속 저하시키는 두 가지 목표가 있다는 사실을 알았다. 그것은 바로 '손쉬운 목표'와 '목표가 아예 없는 것'이다. 손쉬운 목표란 의욕을 높여주지 못하고 자기 능력을 최대한 발휘할 필요가 없는 목표다. 이런 평범한 목표를 세우면 늘 평균 이하의 결과만 얻게 된다.

역사상 가장 뛰어난 수영 선수 가운데 한 명인 마이클 펠프스가 아직 올챙이이던 시절, 그를 가르치던 코치 밥 바우만이 펠프스의 부모를 사무실로 불러 함께 훈련 목표를 세우자고 했다. 바우만은 차후 몇 년간 이어질 대담한 훈련 계획을 제시했는데, 그 훈련의 궁극적인 목표는 펠프스가 아직 10대일 때 올림픽 메달을 따는 것이었다. 하지만 당시 펠프스의 나이는 겨우 11살밖에 안 됐기 때문에 그의 부모는 깜짝 놀라 코치를 바라보면서 제정신이냐고 물었다. 뛰어난 선수를 알아보는 눈을 가진 바우만은 지금은 이런 목표가 비현실적으로 보이겠지만 재능 있는 소년에게 압박감을 주지 않으면서 정상까지 이끌어줄 것이 확실하다고 단언

했다. 기특하게도 어린 펠프스는 이 목표를 자기 것으로 받아들였고 바우만이 예언한 시기가 되기도 전에 그 모든 목표를 달성했다. 비현실적인 듯하던 목표가 실은 자신의 모든 것을 쏟아 붓도록 유도하면서 의욕을 북돋아주는 목표일 수도 있다는 사실을 입증한 것이다.

목표는 본인의 욕구나 꿈과 일치해야 하고 또 다른 목표 실현에도 활용할 수 있어야 한다. 다시 말해 목표를 하나 이루면 이것이 다른 목표 달성에도 도움이 된다는 얘기다. 요가강사가 되어 교습소를 차리는 것이 소원이라면 '매년 가장 친한 친구와 요가 수련원에 들어간다. 인도에 다녀온다. 매주 새로운 요가 자세를 2개씩 연습한다.' 같은 작은 목표를 통해 큰 목표 실현에 도움을 받을 수 있다. 이렇게 다른 목표 실현에 활용할 수 있는 목표는 만족감을 높이고 추진력을 키우며 전체적인 목표 달성 가능성을 높여준다.

꿈을 종이에 자세히 적은 덕분에 이상에 맞지 않는 이들은 모두 걸러내고 상상할 수 있는 가장 건설적이고 확실한 방법을 통해 친구들을 이 문제에 끌어들여 함께 의견을 주고받을 수 있었기 때문이다.

출처 : 캐롤라인 애덤스. 마이클 프리슈의 '어떻게 인생 목표를 이룰까' 중에서 [물푸레]

우리는 누구나 행복한 삶을 추구한다. 하지만 과거 그 어느 때보다도 물질적인 풍요로움을 누리는 오늘날에도 사람들은 여전히 숱한 번뇌로 괴로워하며 밤잠을 설친다. 이 번뇌에서 벗어나지 못하는 한 우리의 삶은 결코 고통에서 자유로울 수 없다. 이러한 번뇌에는 두 가지가 있다. 하나는 과거로부터 쌓여온 번뇌이고 또 하나는 다가오는 미래에 대한 근심걱정, 바램에서 오는 번뇌다. 이 중에 과거로부터 차곡차곡 쌓여온 마음의 고통을 먼저 없애야 순차적으로 미래의 마음의 고통을 없앨 수 있다. 다시 말해서 살아오는 동안 찢기고 할퀴어진 마음의 상처들을 다독거리고 아물게 해주어야만 비로소 내면의 평화를 누릴 수 있게 되는 것이다.

우리의 궁극적인 목적은 행복이다. 하지만 문제는 행복을 구하려 하면 더욱 더 멀어진다는 것이다. 그런데 행복을 아예 피하려 하면 역설적으로 피하기도 힘들다는 것을 알게 될 뿐 아니라 오히려 행복이 찾아온다. 반대로 고통을 피하려 하면 온통 고통뿐이고 행복이란 없는 듯 보이지만, 오로지 고통을 구하다 보면 드문드문 행복도 있음을 깨닫게 된다.

그렇다면 길은 두 가지뿐이다. 하나는 고통과 행복을 둘 다 왔다 갔다 하면서 맛보는 것이다. 행복만을 추구하다가, 고통이 있었음을 인정하다가, 결국 이 둘을 다 여의는 것이 깨달음에 이르는 여정이다. 즉 깨달음이란 이 여정을 통해 우리의 내면에 온전한 평화가 깃들기를 바라고자 하는 방편이다

출처 : 이동호의 '깨달음' 중에서 [좋은책 만들기]

여자의 일생과 행복

누구누구 딸, 여학생, 언니, 누나, 여고생, 처, 이모, 고모, 엄마, 아내, 어머님으로서 여자의 일생은 정리 되어간다.

요즘은 남녀 교제가 쉬워지면서 서로가 이해 할 기회가 많다. 남녀 문제는 복잡하여 이혼율이 네쌍 중 한 쌍이 이혼하는 추세이다. 젊은 커플이 싸움을 하면 말다툼이 사랑싸움이 아니라 육탄전으로 발전되고 있다.

출처 : 이시형의 '여자는 모른다' 중에서 [이다미디어]

어미됨을 부정당하고도 아들의 주검에 무릎을 내준 여인, 창세기 이래 인류의 모든 슬픔을 연약한 두 팔로 끌러 안고 있는 여인상은 미켈란젤로가 24살에 조각한, 예수의 주검을 안고 있는 성모 마리

아이 모습이다. 예수의 한쪽 팔은 몸에서 떨어진 채 세워져 있고, 성모 마리아가 예수의 주검을 뒤에서 안아서 버티고 서 있는 피에타상은 미켈란젤로가 죽기 직전까지 미완성 조각이다.

출처 : 신경숙의 '엄마를 부탁해' 중에서 [창비]

남편과 자식 밖에 모르고 산 옛날 어머니와 자신의 실존과 욕구, 방황을 드러내는 어머니의 슬픈 이야기다. 중년의 어머니는 이제 다른 사람들에게 끝없는 헌신과 희생에서 벗어나 자신의 엄마 노릇을 시작하는 때이다. 스스로 자기 삶의 주권을 갖고 열정과 창조성을 되찾아 아름답게 꽃피우는 인생의 황금기이다. 이때 모든 여성의 몸은 10년 전부터 폐경이 서서히 준비되기 시작한다. 이는 30대 중후반부터 50대 중후반에 걸쳐 일어나며 폐경으로 오는 시련은 새로운 삶을 시작하는 인생의 중요한 시기이다.

출처 : 이상춘의 '다시 태어나는 중년' 중에서 [한문화]

인생은 바다이면서도 우물입니다. 인생은 넓은 바다가 되기만을 바랄 게 아니라 깊은 영혼의 우물을 지닐 수 있는 존재가 되어야 합니다. 우물이 넓기만 하다면 바다이지 우물이 아닙니다. 우물은 넓이도 중요하지만 결국 깊어야 우물로서의 존재가치가 형성됩니다. 인생은 넓은 바다가 되기만을 바랄 게 아니라 깊은 영혼의 우물을 지닐 수 있는 존재가 되어야 합니다.

두 손이 하나가 되면 아름답습니다. 그중에서도 기도하는 손이 가장 아름답습니다. 두 손을 쥐면 각자 주먹이 되지만 두 손을 펴서 가지런히 합치면 기도하는 손이 됩니다. 그 손은 인간에게 겸손과 사랑을 선물합니다. 세상에서 가장 아름다운 손은 기도하는 어머니의 손입니다. 제가 지금까지 제 삶을 비교적 건강하게 유지할 수 있었던 것은 어머니의 기도하는 손 덕분입니다.

인생의 향기도 이와 같이 극심한 고통 중에서 뿜어져 나옵니다. 그래서 고통 없는 인생은 없습니다. 가지와 줄기가 뒤틀렸다고 해서 꽃마저 아름답지 않은 나무는 없습니다. 절망과 고통을 지나며 홀로 베개에 눈물을 적셔본 자만이 별빛이 아름답다는 것을 알게 됩니다. '내 인생에 왜 이렇게 고통이 많나'라고 생각하기보다 '고통 많은 내 인생에도 이런 기쁨이 있었구나' 라고 생각한다면 누구의 인생이든 달라집니다.

유혹 없는 삶은 없습니다. 우리는 유혹의 강 한가운데에 배를 띄워놓고 사는 것과 같습니다. 그렇지만 자살의 유혹만은 받아서도 안 되고 흔들려서도 안 됩니다. 그것은 삶을 완전히 파괴하는 유혹입니다. 저는 그런 유혹에 침을 뱉습니다. 만일 오늘 당신이 자살의 유혹에 빠진다면 자살의 유혹에 침을 뱉으십시오.

출처 : 정호승의 '내 인생에 용기가 되어준 한마디' 중에서 [비채]

연애시 심리이론은 처음 연애할 때는 매력적이며 매혹스런 단계에서 결혼 후 3년가량은 낭만, 행복단계로 성관계가 왕성한 시절을 걸치면서 10년 지난 후에는 갈등과 웬수 단계를 걸치면서 이혼을 하거나 외도, 가출이 심해진다. 그 이후 타협이 잘되거나 이해하면 해결단계로 행복한 결혼이 중년으로 타협, 대화가 황혼을 맞이하게 된다. 남성은 20% 만족하고 여성은 30% 만족하면서 산다. 여성은 관계중심적인 봄의 화신이고, 남성은 이기적이고 성취를 추구하는 가을을 좋아하는 것 같다. 여성의 변화 적응속도는 90%, 남자는 50%, 그래서 여성은 강하다. 남성은 태어날 때부터 권위주의를 갖고 태어난다.

남자들은 아버지, 아들, 남편, 오빠, 형님, 아우, 아저씨, 친구, 의리의 돌쇠 그리고 사나이라는 다양한 이름으로 살아가지만, 남자로 살고 있다는 것 외에 남자인 자신에 대해서 과연 얼마나 알고 있는가? 남자는 태어나는 것이 아니라 만들어지는 것이다.

유교적 가부장제의 막대한 영향력 하에 살아온 대한민국 30, 40대 남자들은 지금 매우 혼란스럽고 피곤하다. 과묵과 박력, 밥벌이만 잘하면 최고의 남자라고 추앙받던 시대가 엊그제 같은데, 이젠 그것만 가지고는 안 된다고 한다. 과묵함보단 대화, 박력보단 배려, 터프보다 자상함, 선이 굵은 남자보다 꽃미남을 선호하는 21세기의 남성상은 계속 남자들에게 업그레이드 될 것을 요구한다.

이 세상에는 인생의 무게에 힘겨워하는 수많은 남자와 수많은 아버지가 있다. 그러나 '이 놈의 세상, 벌어먹고 살기 힘들다'고 푸념하는 남자는 있어도 '힘들어서 아버지 못해 먹겠다'고 자식한테 내뱉는 아버지는 거의 없다. 왜? 아버지이니까. 아버지는 남자보다 훨씬 강하다. '여자는 약하다. 그러나 어머니는 강하다' 남자는 곧 죽어도 큰소리친다. 그러나 아버지는 눈물겹게 큰소리친다.

출처 : 김용전의 '남자는 남자를 모른다' 중에서 [바우하우스]

여자의 심리

1. 여성은 감성의 동물이다. 이성으로 설득 말고 감성에 호소하라.
2. 수시로 변화구를 던져라. 어리둥절하면서 끌려오는 것이 여자다.
3. 여성은 용모보다 목소리에 반한다. 부드러운 음성으로 다정하게 대하라.
4. 얘기를 잘 들어줘라. 적재적소의 바디 랭귀지가 효과를 증대시킨다.
5. 하찮은 행동도 조심하라. 여성의 안테나는 24시간 작동된다.
6. 용모나 화장의 단점을 말하지 말라. 여성에게 미모는 생명보다 중요하다.
7. 적당한 유머가 환영받는다. 유머는 내용보다 연출이 중요하다
8. 때로는 시인이 되고 때로는 야수가 되라. 그래야 짱 소리를 듣

는다.

9. 자존감을 높여줘라. 비싼 줄 알면서도 백화점 가는 것이 여성이다.
10. 상처 한번 받으면 죽어도 잊지 못한다. 불조심보다 말조심이 급하다.
11. 여성의 과거에 집착 말라. 여성은 언제나 현재 진행형이다.
12. 의미를 부여하는 말을 하라. 그것만으로도 존경의 대상이 된다.
13. 호기심을 불러 일으켜라. 호기심은 호감으로 연결된다.
14. 따뜻한 남자가 되라. 용모보다 감싸주는 남자에게 끌리는 것이 여자다.
15. 같은 말은 한번으로 충분하다. 자꾸 반복하면 적개심을 갖는다.
16. 항상 새로운 모습을 보여줘라. 생선도 신선한 놈이 값나간다.
17. 수시로 변신하라. 친구처럼 오빠처럼 때로는 아빠처럼 행동하라.
18. 실수가 있어도 눈감아 줘라. 너그러움에 감동한다.
19. 자신감을 보여줘라. 약한 모습은 자살골과 같다.
20. 그 녀의 친구에게 신경을 써라. 아바타는 그녀의 친구다.
21. 기대하지 않을 때 선물하라. 깜짝 선물은 위대한 힘을 발휘한다.
22. 여성은 승인 받고 싶은 욕구가 강하다. 먼저 인증 샷을 날려라.
23. 몸으로 말하면 친밀감이 강해진다. 스킨십을 활용하라.
24. 여성은 복잡한 서술을 싫어한다. 간단명료하게 말하라.

25. 여성은 분위기에 약하다. 무드 램프도 여자 때문에 생겨난 것이다.

한국인과 유태인 어머님의 차이

○ **공통점 :** 머리가 좋다. 부지런하다. 여성이 주권을 갖고 있다.

○ **다른점 :** 유태인 어머니는 논리적이며 응용을 잘한다. 한국 어머니는 감성적이며 충동적이다.

집은 살 수 있어도 가족은 살 수 없고, 시계는 살 수 있어도 가는 세월을 잡을 수 없다. 실패는 용서할 수 있어도, 게으름은 용서할 수 없다. 아침에 우는 새는 배고파서 울고, 저녁에 우는 새는 님 그리워 운다.

-재일 한국인 1세의 삶 2011. 8. 15

식민지 조국에서 태어난 죄로 전쟁의 노동력으로 강제 동원되어 일본에 건너온 사람들, 해방 후 먹고살기 위해 현해탄을 건넌 사람들, 한국 전쟁과 제주도 학살을 피해 어쩔 수 없이 조국을 떠난 사람들. 하지만 일본에서의 삶은 더욱 녹록치 않았다. 공사판 막노동, 넝마주이, 돼지치기 등 온갖 험한 일을 하며 외국인에 대한 차별과 편견 속에 살아야 했다.

하지만 그들 대부분은 80세가 넘은 고령자들이다. 그들이 세상에 존재할 날도 얼마 남지 않은 것이다. 지금껏 배타적 민족주의에 의해 한국에서도 일본에서도 그들의 삶은 역사의 한 조각으로도 인정받지 못했다. 그러나 그들의 삶 속에는 식민지배의 아픈 역사가, 남북 분단이라는 비극의 역사가, 한국과 일본의 불투명한 외교사의 그림자가 그대로 겹쳐 있다.

출처 : 이붕언, 윤상인의 '재일동포 1세 기억의 저편' 중에서 [동아시아]

어린애가 걷기 위해서는 3천 번 이상 쓰러지고, 넘어지고 나서야 비로소 걸을 수 있다.

-KBS 아침마당, 2011. 8. 18

요셉피나는 작은 말 한마디에 쉽게 동요되는 성격일까? 여유가 없는 것이니까? 하는 일에 격려. 칭찬 받고 싶을까? 자존심 때문일까? 스트레스를 푸는 슬기로운 방법은 용기 그것은 사랑의 기술이며 사랑하는 것은 결심이며, 표현이다. 시련 뒤에 축복이 더욱 빛나리.

-천주교 ME 브리지 2000. 4. 3

내가 요셉피나를 위해서 변화할 부분이 있다면? 요섭피나가 하는 아침 일을 요셉이 한다. 미리 요셉피나 마음을 헤아린다. 스스로의 칭찬보다는 단점도 사랑해야 할 의무와 책임을 느낀다. 사람들이 느끼는 고통의 질량은 같다. 고통과 인내는 비례한다. 외로워 마세요, 기본과 원칙이 있는 쾌락과 환희이며, 신앙은 순종하는 마음으로 따르는 것이고, 신앙은 모든 어려움을 이겨 낼 수 있는 힘이 있다.

진실은 진정성을 갖는 마음의 예술이고 삶의 시이다. 자연의 변화는 종합 예술이다. 지혜는 슬기와 겸손을 주고, 적당히 아는 지식은 오만과 구속을 불러오고, 대충 아는 지식은 무서운 함정이다. 우리의 성품은 습관의 복합체이다. 우리가 생각의 씨앗을 뿌리면 열매를 얻는다. 습관은 성품을 만들고, 성품은 자신의 운명을 결정짓는다.

게메마심, 게사므루, 게사무사, 아무리 힘들어도 구멍은 있다. 목표만을 바라보면 주변이 안 보인다. 행복은 그동안 꿈꾸어 왔던 자아실현이라는 과정을 느끼는 것이다. 후회할 것 같은 일은 사전에 예방하고 부인 말을 존중하자. 비판을 겸허하게 언행은 항상 수준 높게, 자존감을 키워라. 내 삶의 주인은 나, 자신감은 모든 약점을 커버한다. 남하고 비교하자 말고 네가 최고임을 위한 준비와 연습을 꾸준히 하라. 인생의 중요한 삶은 시간을 잘 활용하고 관리를 잘하는 것이다.

세상이 변하는데 본인이 변하지 않으면 설상가상 형, 고도천마의 부탄왕국은 2,000달러 소득으로 자급자족형, 수입보다 지출이 많은 막무가내 형, 소득의 여유를 갖고 여행을 즐기는 금상첨화 형이다.

-MBC 여성시대 2011. 3. 10

경험은 성공의 어머니, 경험은 나를 성숙시키고 인생도 살찌운다. 고통도 즐길 수 있는 내공, 아는 만큼 이해, 사랑, 성취, 행복하게 된다. 인생도 행복도 모자람을 채워 가는 것이다.

-신달자 작가

감정은 어머니와 아이의 관계뿐만 아니라 모든 인간관계에서 나타나는 특징이다. 사람은 누구나 독립적인 개체로서 각자의 필요를 지니고 있으며, 따라서 어느 인간관계에서든 필요의 충돌이란 불가피한 일이기 때문이다. 즉 아무리 사랑에 기초한 관계일지라도 미움이 끼어드는 것은 지극히 정상적이라는 말이다. 부부나 친구, 형제들 사이의 관계를 보면 이 점을 쉽게 이해할 수 있다. 그러나 이토록 당연한 사실이, 유독 어머니와 아이의 관계에서만은 용납되지 않는다. 보다 정확히 말해, 어머니가 아이를 미워한다는 것은 도저히 있을 수 없는 부도덕한 일로 여겨진다. 분명 어머니의 필요와 아이의 필요 또한 서로 충돌하는데 있다. 만약 아이에 대한 미움이 정상적인 현상으로 여겨진다면, 그 미움은 기본적인 사랑의 감정으로 충분히 완화되며, 나아가 어머니와 아이의 관계를 보다 건강하게 발전시키는 유용한 계기가 될 수도 있다. 그러나 비정상적이고 부도덕한 것으로 여겨진다면, 그 미움은 책임의 대상을 찾을 수밖에 없다. 즉 어머니 본인을 탓하여 죄책감을 유발하거나 아이를 비롯한 다른 사람들을 탓하여 수치심을 유발함으로써, 결국 어머니와 아이 모두에게 해로운 영향을 끼치는 것이다.

출처 : 바바라 아몬드의 '어머니는 아이를 사랑하고 미워한다' 중에서 [간장]

각박한 도시생활에서 잠시 잊고 살았던 어머님의 따뜻한 사랑을 느끼게 합니다. 문명의 이기인 전자밥솥과 인스턴트화 되어가는 반찬들에 익숙해진 우리네 삶속에서 어머니 밥상은 솥에서 갓 퍼

올린 김이 모락모락 나는 어머님의 밥상을 받아 놓은 듯 우리 마음을 포근하게 해줍니다. 또한 바쁜 일상 속에서도 꼼꼼히 적어 온 주옥같은 글들은 늘 바쁜 일상에 지쳐 뒤 한번 돌아보지 못한 채 숨 가쁘게 달려온 우리들을 잠시 쉬어 가게 합니다.

어머니 밥상을 보면 시인의 효성의 지극함을 알 수 있습니다. 어머니의 사랑과 그리움과 정겨움이 듬뿍 묻어나면서 어릴 적 고향의 포근함까지 느끼게 합니다. 바쁜 생활 속에서 정신없이 살다가 제 자신을 한번 깊이 들어다 보면서 기도하는 마음으로 자신을 한번 추스르면서 시인의 마음과 모습을 그려봅니다.

출처 : 염기서의 '어머니 밥상' 중에서 [책과나무]

어디서 와서 어디로 가는지 모르는 신기한 인생. 성 테레사님의 말처럼 '낯선 여인숙에서의 하룻밤'과 같은 여정에서 어머니와 아버지, 그리고 누이들은 같은 성을 쓰고 같은 집에서 아빠, 엄마, 누나라는 호칭으로 서로를 부르며 소꿉장난하듯 재미있게 놀다가 '이제는 그만 들어와 밥 먹어라'하는 하느님의 부르심에 먼저 가버린 동무들처럼 느껴진다. 남은 우리들도 언젠가는 정환아, 그만 들어와 밥먹어라하는 소릴 들으면 이 소꿉장난의 낯선 골목길을 떠날 것이다. 울어라, 이불 덮고 통곡해 울어라, 그러면 마음이 편안해 질 것이다. "주여! 도와주소서! 기도드립니다."

가정파괴범죄와 이혼의 증가, 핵가족화 등으로 가족이 급격하게 해체되고 상처받고 있는 이 시대에 우리는 가족의 소중함에 대해 다시 생각하게 된다. 그리고 우리는 얼마나 소중한 사람들을 가볍게 생각하며 사는지도 되새겨 보게 된다.

나의 어머니

세상에서 가장 아름다운 희생과 사랑으로 자식들을 키워 오신 어머니 가족의 중심에서 평생을 희생과 사랑으로 살아오신 우리들의 어머니를 기억하는 것은 진정한 가족애를 다시 깨닫는 일이며, 사랑하는 법을 가르쳐주시고, 사랑이 울타리 속에 우애를 돈독히 하게 하시고, 슬픔을 함께 나누고 기쁨을 배가됨을 깨우치게 됨이다. 이는 우리의 인생을 진지하게 되돌아보는 일이다.

출처 : 최인호의 '어머니는 죽지 않는다' 중에서 [여백]

어머님이 이 세상을 떠난다면, 어머니의 체취와 영혼의 흐름과 흔적들을 그 자리에 박물관을 만들어 드리겠다. 어머니 밥상 위에 마음의 씨를 뿌린 모습만 떠올려도 사랑의 향기가 가득한 밥상에는 못 다한 사랑이 울먹이며 불효한 마음이 어머니에 대한 죄책감에서 콧등이 찡함을 느끼게 한다. 장수하는 모든 어르신에게 예의는 하늘의 울림과 바다의 흔들림, 바람의 폭풍은 모진 역경을 이겨낸 마음의 씨앗을 뿌리는 것이다.

4
삶의 버팀목

삶의 버팀목으로는 건강과 음식 관리가 우선이고,
삶의 치유가 되는 운동 및 취미생활 그리고 꾸준한 일과 함께
건강해지면 종자돈이 생길 수 있다. 노후의 연금은 건강을
담보하여, 자유민주주의 자본국가 목적을 위한 불가피한 구성요소
중의 하나이다. 그리고 평생 할 수 있는 일을 만들어야 한다.
노년은 추억이 많을수록 행복할 수 있다.

음식과 건강관리

어려서 흙을 만지고 자란 아이는 아토피에 걸리지 않는다. 왜냐면 흙은 피부에 면역력을 증가시키기 때문이다. 아토피 피부염은 주로 유아기 혹은 소아기에 시작되는 만성적이고 재발성의 염증성 피부질환으로 소양증(가려움증)과 피부 건조증, 특징적인 습진을 동반한다. 유아기에는 얼굴과 팔다리의 펼쳐진 쪽 부분에 습진으로 시작되지만, 성장하면서 특징적으로 팔이 굽혀지는 부분과 무릎 뒤의 굽혀지는 부위에 습진의 형태로 나타나게 되며, 많은 경우에 성장하면서 자연히 호전되는 경향을 보인다. 어른의 경우 접히는 부위 피부가 두꺼워지는 태선화(장기간에 걸쳐 긁거나 비벼서 피부가 가죽같이 두꺼워진 상태가 나타나는 피부신경이다.)가 나타나고, 유소아기에 비해 얼굴에 습진이 생기는 경우가 많다.

아토피 피부염은 세계적으로 증가하는 추세이며 발병률이 인구의 20%라는 보고도 있다. 간장, 된장, 고추장, 소금 등 네 가지 기본양념과, 다시마와 표고버섯을 우린 국물, 콩가루, 표고버섯가루, 들깨가루, 산초가루 등만을 넣어 조물조물, 또는 끓이고 지지는 것만으로 금세 만들어 내는 사찰요리. 오히려 여러 가지 재료가 들어가지 않아 만들기도 쉬운 사찰요리의 세계가 절밥, 사찰음식 하면 밥과 나물로만 차리는 지루한 밥상, 채식 밥상, 〈마늘, 파, 부추, 달래〉 오신채五辛菜를 넣지 않아 심심할 것 같은 음식을 떠올린다.

하지만 절집 밥상을 한 번이라도 마주한 분들은 모두 그 맛에 놀란다. 특별한 양념도, 희귀한 재료도, 복잡한 조리법도 없다. 그거 간단하게 무치고, 삶고, 볶고, 끓여 최대한 자연의 맛과 향을 그대로 음식 안에 담아낼 뿐인데. 절밥은 무엇과도 비교할 수 없이 맛있다. 맛을 표현하기도 어렵다. 그저 재료 맛이다. 배불리 먹고 나도, 뒷맛이 무겁지 않다. 건강해 질 것만 같은 느낌이 든다. 인공적이고 자극적인 맛에 길들어 있었던 입맛을 새삼 깨닫는다. 배불리 잘 먹었지만 뒷마무리 또한 개운한 것이 절집 밥상의 무한한 매력이다.

이처럼 사찰음식은 자연과 호흡하는 기본에 충실한 음식이다. 대중들은 사찰음식의 가치를 알고는 있었지만 그동안 실천하지 못했다. 기름기를 줄이고, 건강을 찾는 대중들은 사찰음식을 우리네 식탁 위로 옮기려 한다.

출처 : 대안스님의 '열두 달 절집 밥상' 중에서 [웅진리빙하우스]

생강은 대장암 예방, 오리는 성인병 예방 및 해독작용, 토마토는 피로 회복제로 카로틴이 풍부하여 전립선 예방, 소화기계통과 암 예방에 좋다. 고구마는 변비예방, 건강야채인 세우리, 정구지, 부추, 울금은 치매와 변비에 좋다. 녹차는 비타민 C보다 많은 폴리페롤 성분이 들어 있어 종양 발생을 억제하고 항독작용 성분을 갖고 있다. 연어는 불포화 지방산 오메가3이 함유되어 있어 류마티스 관절염과 면역력 증가에 좋다. 또한 비타민 A가 풍부하여 감기, 눈피로, 피부 건조에 좋다. 블루콜리는 칼슘과 비타민C, 셀포라페인이 들어 있어 대장암, 위암 발생을 억제 한다. 특히 오메가3는 몸에서 생성되지 않으므로 들깨를 가끔 먹어야 한다.

혼이 있으면 몸이 건강하고 몸이 건강하면 마음이 풍요롭고, 마음이 풍요로우면 표정이 밝아진다. 표정이 밝으면 에너지가 생기고 에너지가 생기면 즐겁다. 즐거우면 만족하고 모든 일이 잘 풀린다.

쌀은 하늘이 주신 선물, 식혜를 만들고 막걸리, 감주를 만들고 그리고 시간과 환경이 바뀌면 청주를 만든다. 이는 70%가 생명을 다하고 나머지 30%는 미생물을 만들고 사료를 생산하여 쌀은 생명을 다 한다.

자기 개발을 위해 모든 일에 최선을 다하며 새로운 것을 익히는 것에 두려워하지 말라. 희망을 가지고 미래를 위해 도전하며 어떠한 상황이라도 절대로 포기하지 말라. 성급한 마음으로 결과를 바라지 말고 여유를 가지고 결과를 기다리며 결과에 만족해라. 새로운 만남을 소중하게 여기고, 새로운 취미를 찾아 즐기고, 새로운 책을 접해 늘 새로운 마음을 가져라. 모든 일을 자신의 안목으로만 평가하지 말고, 넓은 마음으로 다른 사람의 의견을 받아들여라.

젊은 사람들과 자주 어울려 그들의 신선한 의견이나 행동을 이해하고 배워라. 자신이 해야 할 일을 앉아서 기다리지 말고 스스로 찾아서 하는 적극적인 태도를 잃지 말라. 건강을 위해 몸에 좋다는 보약이나 영양식을 찾기보다는 운동을 통해 건강을 유지하라. 나쁜 것은 듣지도 보지도 행하지도 말고 항상 착한 일만 할 수 있는 마음을 가져라. 자신만을 위해서 일을 하지 말고 다른 사람을 위해 무엇인가를 해줄 수 있는 것을 찾아라.

출처 : 박정수의 '살아있는 동안 꼭 알아야 할 건강상식' 중에서 [매월당]

웰빙 음식이 부각되고 있는 오늘날, 사찰음식은 채식 중심의 건강식으로서 많은 사람들의 관심을 불러일으키고 있습니다. 그 이유는 먹거리의 풍요 속에서 살아가는 현대인들이 어디에서나 쉽게 음식을 구할 수 있지만, 자연의 흐름을 거스르는 인스턴트식품, 냉동식품 등의 홍수 속에서 건강한 삶을 영위할 수 없기 때문이다. 사찰음식은 자연과 함께 생활하고 자연이 길러내 준 자연과 하나 된 음식이라고 할 수 있다. 이것은 바로 다섯 가지의 양념 즉, 오신채가 들어가지 않고 인공조미료를 쓰지 않기 때문에 음식을 조리하는 사람의 손맛과 정성이 그대로 담겨져 있으면서, 동물성 식품을 허용하지 않는다는 점에서 생명존중의 음식이라고 말할 수 있다. 또한 음식이란 단지 배를 채우기 위한 물질을 넘어서서 우리의 삶을 건강하고 풍요롭게 해주는 가장 중요한 삶의 일부라고 할 수 있습니다. 삶의 여행 중 음식문화는 인문학적 풍습으로 관조 할 수 있다. 이러한 점에서 사찰음식은 육체적 건강과 불살생의 생명존중을 통해 정신적 건강까지도 함께 완성하려는 가장 생태적이고 이상적인 불교음식이라고 할 수 있답니다.

요사이 육류의 과다섭취, 인스턴트식품, 패스트푸드의 범람으로 인해 아동과 청소년의 비만 문제가 심각한 사회문제로 대두되고 있는 이 시대에 사찰음식연구소 공양간의 소장으로 있으시면서 사찰음식연구를 하고 계신 공덕심보살과 함께 그의 수제자들께서 좋은 먹거리와 함께 사찰음식의 정신이 담긴 책을 출판한다고 하니 무척 기쁜 일이라고 생각이 듭니다. 요즘 제일 고민을 많이 하는 비만한 아동과 청소년에게 도움이 되는 사찰식 자연 먹거리와 또 사찰식 약선 음식을 함께 읽기 편하게 수록되어 그 또한 기쁜 일이라고 생각이 듭니다. 사찰음식은 가족의 건강을 지켜줄 좋은 음식이면서 가정에서도 쉽게 조리할 수 있는 손쉬운 요리법으로 만들 수 있는 건강식입니다.

출처 : 박상혜의 '사찰음식으로 차리는 건강밥상' 중에서 [인디콤]

60대에 들면서 50%로 이상 불면증을 호소하고 있다. 65세 이상 누구나 3개 이상 질병을 갔고 있다. 그리고 1개 이상 만성질환으로 약을 먹어야 하고, 50%이상 의료비를 지출하고 있다. 20%가 건강한 삶을 위해 음식물 관리 등 건강은 스스로 챙겨야 한다. 그리고 30%가 가족에 의존하고, 50%는 국가에 의존하고 있다 마음의 치유가 되는 삶을 유지하기 위해서 규칙적인 운동과 생활의 변화에 적응해야 한다. 남자는 자존감과 삶의 책무를 가족과 함께 공유해야한다. 나머지 20%는 스스로 해결해 나아가는 창조적 삶을 준비해야 한다. 아니면 요양원에서 버티다가 삶을 마무리 할 밖에 없다.

출처 : 보건복지부 노인실태조사 2015

건강 상식

몸속의 산소 중 남아 있는 5%가 활성산소다. 이를 제거하면 혈관이 부드럽게 된다. 활성산소가 세포의 유전자를 공격하면 암이 되고, 관절을 공격하게 되면 류마티스 관절염, 뇌신경세포를 공격하면 치매가 된다. 이와 같이 활성산소는 인체의 가장 중요한 적이므로 꾸준한 운동과 스트레스를 덜 받으려고 노력해야 한다.

건강하게만 보였던 아버지의 심근경색 현상은 가슴에 통증이 30분 이상 지속되고 심장 혈액이 급격히 떨어지는 현상으로 응급실에 지체 없이 가야 한다. 6시간 이상 지나면 생존 확률이 매우 낮아 돌연사 할 수 있다.

심장질환과 심근경색은 증상 없이 갑자기 찾아오는 것으로 보인다. 압박한다. 뻐근하다 등 육체활동이 마비되면서 온몸이 완전히 비틀리는 통증이다. 스트레스는 만병의 근원으로, 특히 우울증은 현대인의 마음이 병으로 원인은 스트레스가 쌓여진 상태로 해소시킬 만한 공간이 부족하거나 환경을 바꾸어야 한다. 이와 같은 상황이 지속되거나 방치하게 되면 마음의 문이 열리지 않아 두문불출, 외부와 소통차단, 칩거생활의 시작, 그로 인한 허리병 발생과 운동부족, 낮에는 자고 밤에는 불면증으로 가족의 도움이 절대적으로 필요하다.

극한 생각과 행동은 자신의 존재가 무력화 되고 초라하게 느껴질 때 죽음의 선택으로 갈 수 박에 없다. 혼자 지속되는 상태가 계속되면, 약물치료와 병행하여, 하루에 1시간 이상 운동은 꼭 실천해야 한다. 특히 치매는 50만 명 이상으로 가족의 사랑과 관심이 유독 많이 갈 수밖에 없는 노년의 병이다. 어쩌면 가족이 화합하는 계기가 될 수 있고, 괴로움을 동시에 수반한다. 슬기로운 선택은 독자의 의사결정이 매우 중요하다.

마음의 공동체 회복, 복지비용을 충당할 세원 개발, 눈높이 낮추기로 더불어 살아야 된다. 누구나 자신은 젊게 살기를 원한다. 주변 사람으로부터 무시당하지 않고 살길 원한다. 이를 충족시키기 위해 돈은 경제 사회의 근간이 된다. 건강관리는 본인이 연구하고 이를 실천하기 위해 한다. 단순히 이를 실천하기 어려울 때가 있다. 나이가 들면서 오장육부 감각 중 시각이 가장 많이 저하되는 노인성 백내장은 의사의 도움이 절대적으로 필요한 시기이다.

-한국건강 관리 협회 내용요약

몸과 마음치유

최근 들어 의학계에서는 대체의학에 대한 연구가 구체적으로 진행되고 있다. 한의학과 서양의학을 접목시키는 것을 비롯하여, 최면요법, 동종요법, 식이요법, 그림치료, 음악치료, 향기치료, 명상법과 같은 여러 가지 대체의학 요법들이 나오고 있다.

그 효과 또한 뛰어나 다이어트나 소화불량, 편두통과 같은 일상생활속의 가벼운 질환부터 암이나 뇌졸중과 같은 중병에 이르기 까지 여러 사례들로부터 그 효과는 입증되어지고 있다. 이런 여러 대체의학들은 비슷한 공통점을 가지고 있는데, 바로 그것은 육체적인 치유를 위해 사람의 정신건강을 우선적으로 다스린다는 것에 있다. 실제로 거의 대부분의 대체의학은 약물이나 물리적 치료 없이 시각이나 청각 혹은 꾸준한 명상과 같은 간접적인 방법을 통해 환자가 자신의 신체 내에서 스스로 면역력을 기르고 치유물질을 분비하도록 유도하고 있다. 이는 사람의 정신, 즉 마음을 다스림으로서 육체의 질병을 치유하고 건강한 삶을 이끌어내고자 하는 것이다.

대체의학은 식이요법, 해독요법, 심리요법 등의 자연친화적인 방법을 통해 우리 몸 안의 면역 밸런스를 최대한도로 높여 우리 몸이 스스로 질병을 치유하도록 돕는 것이 주된 목적이다. 실로 병원을 이용하기가 쉽지 않았던 시절, 우리는 질병에 걸리면 화학약제 대신 주변에서 구할 수 있는 다양한 약초들이나 식품들을 이용해 병을 치료했다. 나아가 병 치료제를 자연에서 그대로 얻었듯이 그 외에 신선한 공기와 바람 속에서 몸을 다스리는 법, 몸을 따뜻하게 해서 면역력을 높이는 치료법, 쑥 등 향기가 강한 식물을 이용한 요법, 침으로 맥을 다스리는 요법 등 수많은 종류의 자연치료가 존재한다.

최근 효능들이 인정된 아로마요법, 풍욕법, 침술요법, 온열요법 모두가 사실은 우리 조상들이 이미 오래전부터 자연이 준 선물로 받아들여 활발하게 이용해왔던 치료법들인 셈이다. 이런 요법들의 특징은 불필요한 화학 처치를 시도하지 않고 심신을 함께 다스린다는 점에서 환자에게 무리한 방식을 강요해 체력을 고갈시키는 현대의학의 처치와는 현저히 다르다.

출처 : 임성은의 '자연치유 내 몸을 살린다' 중에서 [모아북스]

통합자연치유란 마음과 몸, 영혼, 그리고 가족과 사회의 건강을 조화롭게 하고 자연의 힘을 빌려서 각자가 지니고 있는 생명에너지, 항상성, 자연치유력을 증대시키고 강화시켜줌으로써 우리 인체를 균형과 조화를 찾아 통합적으로 질병을 치유하고 예방하는 전인치유全人治癒이다.

출처 : 이섬백의 '마음과 몸, 영혼의 통합치유' 중에서 [아트하우스]

암세포는 99.9%가 죽어도, 0.1%가 살아남아 다시 자란다. 암의 크기가 1g만 되더라도 암세포 수는 10억 개중 99.9%가 죽고, 0.1%가 살아남는다면, 100만 개나 살아 있는 것이다. 암근원세포는 독한 항암제를 쓰더라도 잘 죽지 않는다. 우리 몸은 에너지원으로 음식을 섭취하는 한편 그 대사 작용에 의해 생겨난 노폐물을 재빨리 배출해야 한다. 이와 같은 배출을 묵묵히 수행하고 있는 것이 혈액과 림프인데, 이 혈액과 림프의 주성분이 바로 물이다

사람을 먼저 보지 않고 병에만 집중되어 병만 다루고 사람을 놓치는 우를 범하고 있다. 화학 약물에 의한 부작용과 수술로 인한 기능 장애로 오는 고통은 환자가 고스란히 받을 수밖에 없고, 수술은 잘 됐는데 환자가 사망했다든지, 항암제로 암은 줄었는데 환자가 사망한다든지 하는 사례들은 결국 공격 일변도의 질병 치료에 편향된 반쪽 의학의 결과인 것이다.

출처 : 조병식의 '자연치유' 중에서 [왕의서재]

죽음은 잘못된 것이라고 믿었고 동물을 원료로 한 제품들을 피하면 죽음을 피할 수 있다고 생각했다. 20년 동안 나의 도덕 원칙에도 확실히 위기가 몇 번 찾아왔었다. 특히 직접 키운 음식을 먹기 시작하면서부터는 더 그랬다. 개미가 가던 길을 멈추고 서로 쓰다듬는 것을 목격했고, 새끼를 위해 목숨을 버리는 거미를 봤다. 나비는 어디를 가면 꿀을 찾을 수 있는지 새끼에게 가르쳤다. 식물을 기르기 위해 의도하지 않았지만 나는 그들을 죽였다. 그런데 그들은 나와 전혀 다르지 않았다. 그들과 나는 모두 눈과 다리와 심장을 만드는 유전자를 가진 존재였다. 일단 집 밖으로 발을 내디뎌 손에 흙을 묻히고 나자, 그래서 직접 벌레들을 내 눈으로 볼 수 있게 되자 나는 그들의 공포, 호기심, 용기, 사랑을 볼 수 있었다.

생태신학자 토머스 베리는 "이 작은 곤충들 하나하나는 생명력이 있는 존재다. 정신과 영혼이 있는 존재인 것이다. 사람의 영혼은 아니지만 곤충의 영혼을 가졌다. 신의 섭리를 표현하는 불가사의한 아름다움이다."라고 썼다. 내가 그들을 죽였을 때 중요한 존재를 죽인 것임을 알았다. 링컨은 어렸을 때 운동장에서 다른 아이들이 개미를 죽이는 것을 말렸다고 한다. "우리에게 우리 생명이 중요한 것만큼 개미에게는 개미의 생명이 중요하다."라고 주장했다.

이 소년이 자라서 노예 해방 헌장에 서명한 것은 그다지 놀라운 일이 아닐 것이다. 그는 우리들 중 가장 사소한 존재, 즉 아주 작고 말도 못하고 다리가 여러 개 달린 개미마저 동정했다. 그러니 인간

색소가 조금 다른 조합으로 피부에 나타난 것쯤이야 아무 문제도 아니었을 것이다. 벌레는 자기 생명을 사랑한다. 마침내 내 눈으로 직접 보기 시작했을 때, 나는 그것을 목격했다. 그리고 그들 중 일부는 내가 살기 위해 죽어야 했다

무기질을 가장 많이 함유한 음식은 해조류다. 프라이스의 연구에서 해안선을 따라 어업을 하며 사는 사람들이 가장 건강한 것으로 나타난 것도 그런 이유에서다. 그다음으로 무기질이 많이 든 것은 육지에 사는 포유류다. 채집인과 목축인이 어업 공동체 다음으로 건강한 것은 물론이다.

동물성 지방을 폄하하고 곡물 소비를 격려하는 현대 영양학의 뒤에는 과학이 아니라 거대 식품 산업의 이익이 있었다. 채식주의자들이 기대고 있는 편리한 가공식품의 영양학적 함정을 날카롭게 파헤친다. 영양표에 근거해 음식을 환원주의적으로 재구성하는 현대 산업 식품만으로는 사람을 먹여 살리지 못한다. 옥수수로 만든 시리얼과 기름을 짜낸 콩 찌꺼기를 산으로 녹여 재활용한 두유를 먹는 채식주의자의 몸이 만신창이가 되는 것은 당연하다. 건강상의 이유로 채식주의자가 되었다면, 건강한 먹거리는 채식만으로 구성된다.

출처 : 리어 키스의 '채식의 배신' 중에서 [부키]

건강한 삶

30대 남편은 아내가 카드 들고 백화점 가면 겁이 덜컥 나고, 40대 남편은 아내가 콱콱 힘차게 샤워할 때 오금이 저린다. 50대 남편은 아내가 화장 할 때 바람난 것이 아닌가 싶어 불안하고, 60대 남편은 아내가 큰 가방 찾을 때 집 나가나 싶어 걱정하고, 70대 남편은 아내가 도장 찾으면 이혼하자는 건가 싶어 벌벌 떨고, 80대 남편은 아내가 목공소 가고자 하면 내 관 맞추러 가나 싶어 꽈당 기절하고 만다.

출처 : 김재화의 '누구라도 쓰러지는 섹시유머 123발' 중에서 [동현출판]

남성 호르몬은 대부분 20대 전후하여 정점을 유지한다. 갱년기의 근본원인은 두 가지이다. 하나는 세포 숫자가 감소하면서 모든 기능이 떨어지게 된다. 둘째는 뇌기능의 저하이다. 조혈작용이 순환이 안 되면 성기능 쇠퇴와 모든 기능의 약화로 근육량 감소, 복부비만과 대사적 기능이 등이 다양한 문제가 발생 할 수 있다.그 외에도 심리 정신적으로 활력이 저하되어 우울감, 극한 피로, 인지 기능이 저하 등의 증상으로 동맥경화, 당뇨, 고혈압, 뇌 ,심장, 오장육부 기능의 급격한 변화는 정상인에 비해 조기 사망할 확률이 높다.

● 남성 갱년기 자가진단

성적흥미감소, 기력의 현저한 쇠퇴, 근력 약화 및 지구력 부족, 웅크린 자세로 인하여 키가 작아진다. 삶에 대한 의욕상실, 우울하거나 불만 속출, 발기강도가 약화, 저녁 식사 후 졸거나 바로 취침, 운동 시 민첩성 둔화, 왕년에 비해 일의 능률저하 등의 자가진단을 통하여 삶의 활력소를 스스로 만들어 나아가야 한다. 그 이상이 되면, 회복 불능의 정신적 고통을 느낀다. 제일 좋은 방법은 지속적인 운동과 적절한 약복용으로 더 이상 심각한 상태가 안 되도록 해야 한다. 건강한 삶은 자신감의 회복이며, 또한 가족에 대한 배려이다. 갱년기로 인한 우울증 현상은 누구나 겪는 현대병이다. 조기에 발견하지 못하면, 1단계 두문불출로 인한 건강약화 이로 인한 허리 통증 유발, 2단계 식욕부진, 3단계 소통부재 전화기 차단 등, 4단계 밤낮이 뒤바뀌고 자살기도 단계를 거침으로 가족들의 세심한 배려와 사랑이 필요한 시기이므로 중요한 관찰이 요구되어야만 삶의 질곡에서 벗어날 수 있다.

● Butterfly(러브홀릭, 영화 '국가대표' OST)

어리석은 세상은 너를 몰라 누에 속에 감춰진 너를 못 봐

나는 알아 내게 보여 그토록 찬란한 너의 날개

겁내지 마 할 수 있어 뜨겁게 꿈틀거리는

날개를 펴 날아올라 세상 위로

태양처럼 빛을 내는 그대여 이 세상이 거칠게 막아서도

빛나는 사람아 난 너를 사랑해

널 세상이 볼 수 있게 날아 저 멀리

꺾여 버린 꽃처럼 아플 때도 쓰러진 나무처럼 초라해도

너를 믿어 나를 믿어 우리는 서로를 믿고 있어

심장의 소리를 느껴봐 힘겹게 접어놓았던

날개를 펴 날아올라 세상 위로

벅차도록 아름다운 그대여 이 세상이 차갑게 등을 보여도

눈부신 사람아 난 너를 사랑해

널 세상이 볼 수 있게 날아 저 멀리

태양처럼 빛을 내는 그대여

이 세상이 거칠게 막아서도

빛나는 사람아 난 너를 사랑해

널 세상이 볼 수 있게 날아 저 멀리

목표가 있는 노후

노인이 되면 기력이 쇠해진다. 장성한 아들딸들이 효도를 하려고 어머니를 유럽여행에 보내 드렸다고 한다. 가이드는 여행 스케줄에 따라 인솔하다보니 노인들에게 깃대를 잘 보고 따라 오라고 하였다. 깃대를 놓치면 말도 통하지 않으니 집에 돌아오지 못한다고 하자 노인들은 5박 6일간 걱정이 되어 깃대만 열심히 보고 귀국하였다.

아들딸들이 공항에서 어머니에게 여행소감을 묻자 '깃대만 보았다'고 하는 에피소드를 들은 적이 있다. 이야기를 듣고 보니 이해가 되었다. 젊고 활기 있을 때는 여행이 낭만이지만 늙고 기력이 쇠하면 어렵겠다는 생각이 들었다. 어디 여행뿐이랴! 모든 일이 늙어지면 쇠한다. 왜 깃대만 보았을까? 노승의 말이 생각난다. 달을 보지 않고 달을 가리키는 손가락만 보는 꼴이다.

나도 살아오면서 깃대만 보며 살아왔다. 삶이 얼마나 아름다운가? 여행을 하면서 들꽃도 행운의 클로버도 그냥 밟고 지나친 일들이 너무나 많았다. 그저 깃대만 보고 그것이 전부인 양 살아왔으니 깃대 인생을 살지 않았다고 부정할 수 없다. 국민의 생명과 재산을 보호한다는 구두선을 목표로 살아온 것이 나의 생애였다. 그것은 직장의 공동 목표였지만 내 입장에서 보면 먹고 살기 위한 방편이었다. 그게 솔직한 나의 직업관이었다.

먹는다는 것은 중요하다. 한마디로 말해 인간은 먹기 위해 산다고 해도 과언이 아니다. 시인 백무산은 밥상에 모든 것이 있다고 했다. 권력, 자본, 그리고 혁명도 있는가 하면 사랑과 화해도 있다. 누구나 하루 세끼를 해결하면서 살아가는 것이 삶이다. 모든 것이 먹는 것과 관련되어 있다. 태어나면서부터 죽을 때까지 누구나 해결해야 하는 일이다. 아침에 눈을 뜨면서부터 저녁까지 매일 세 끼를 먹어야 하니 먹는데 깃대를 꽂고 살아오지나 않았는지 한심한 생각이 들 때도 있다.

늙어서도 먹는 것 타령이다. 나이가 들수록 잘 먹어야한다. 골고루 영양을 섭취하고 운동을 하여 병원신세를 줄이는 것이 이익이다. 늙고 쇠하여 병까지 얻으면 재산이 무슨 소용인가? 건강해야 나와 사회를 위해서도 좋은 일이다. 지금 나의 깃대가 무엇이냐고 묻는다면 건강이다. 이 몸 하나 간수할 때 모든 것이 필요한 것이다.

깃대 인생을 벗어나려고 노력해 보지만 여전히 나의 시야는 깃대에 가려 있다. 깃대가 아니라 선진 외국의 새로운 문물을 접하려면 늙어서도 건강이 뒷받침되어야 한다. 사람 사는 모습이야 동서

양을 막론하고 대동소이 한 게 세상 이치가 아닌가? 열심히 깃대를 보면서라도 세상 끝까지 살아 볼 일이련 싶다.

출처 : 김세명의 '깃대인생' 중에서 [전북대학교평생교육원]

타인을 이해하는 데 어려움을 겪는 주요한 이유는 우리 자신에 대한 이해가 부족하기 때문이다. 조금만 생각해 봐도 왜 그런지 알 수 있다. 우리가 다른 사람을 이해하는 도구는 우리 안에 있다. 인내심을 키우는 것은 저항운동을 통해 신체나 근육을 키우는 것과 유사하다. 인내심의 근섬유를 키우는 데도 세 가지 측면이 있다. 첫째, 목적을 세우고 그것에 집중하는 것이다. 인내심을 더 키우고 싶어 하지만 목적에 대한 강한 열망과 감각이 없는 사람들은 최초의 긴장에 뿌리째 흔들릴 것이다. 둘째는 저항이다. 인내심은 책에서 지식을 습득하는 것처럼 키울 수 있는 것이 아니라 오직 시험과 시련을 통해서만 키울 수 있다.

한 평론가가 말했듯이 "우리는 기술적으로는 거인이지만 윤리적으로는 피그미족"이다. 왜 그런가? 우리의 기술적 성취와 인간관계에서의 성취 사이에 그처럼 커다란 격차가 있는 것이다. 많은 사람들은 자연과학이 사회과학을 능가했으며 더 많은 열의와 자원을 인간관계를 개선하는 데 쏟아 부을 필요가 있다고 생각한다. 한 인간과 그의 행동이나 성과를 구별하는 것은 매우 중요하다. 나쁜 행동을 용인하지 않고 탁월한 성과에 대해 보상할 필요도 있지만, 우리는 먼저 이런 비교나 판단과는 완전히 분리

된, 내재적 가치와 덕성, 존중받는 느낌을 우리 아이들 속에 심어 줄 필요가 있다.

최종적인 자유는 우리 외부에 있는 어떤 사람이나 사물이 우리에게 얼마나 영향을 미치게 할 것인지를 내면적으로 결정하는 권리와 힘이다. 많은 사람들은 자신이 능력과 자유를 가지고 있다는 것을 모른다. 그러므로 자유는 책임 있는 자기 절제이며, 방종의 반대말이다. 우리는 변화하고 변덕스러운 외부의 가치와 현실에 반응하기보다 내부의 신성한 원칙과 양심에 따라 행동해야 한다.

우리는 인생의 가르침과 영원한 생명의 가르침을 모범과 인식 모두를 통해 가르쳐야 한다. 비전을 제시하고 그것에 대해 증언해야 한다. 사랑 없는 비전이 어떤 동기부여도 해내지 못하는 것처럼, 비전 없는 사랑 또한 어떤 목표도, 지침도, 기준도, 향상시키는 힘도 갖지 못한다.

인간관계에서 지속적으로 좋은 결과를 낳는 한 가지 태도가 있다. 그것은 상대방이 선의를 가지고 있다고 가정하는 태도이다. 이는 다른 사람들의 최선을 가정하는 것을 의미하며, 그들이 주어진 일을 잘 해내기를 바라고 또한 그들이 그 일을 잘 해내려 한다는 것을 가정하는 것을 의미한다.

침묵을 지키고 인내하며 열린 창문 밖으로 다툼이 날아가게 하는 힘의 일부분은 바로 이 원칙을 이해하는 데서 오지만, 그것의 주된 부분은 대답하고 정당화하려는 강박적 욕구로부터 자유로워진 내면의 평화와 조화로부터 흘러나오는 것이다. 그리고 이런 평화의 원천은 책임감을 가지고 스스로를 통제하며 양심에 따라 사는 것이다.

소중한 사람에게 우리 자신을 완전히 주기 위하여, 그리고 그곳에 '완전히 존재'하기 위하여 우리는 아무것에도 방해받지 않는 일정 분량의 시간을 마련할 필요가 있다. 조화는 꾸미거나 가장할 수 없다. 만일에 우리가 조화를 가장한다면, 다른 사람들은 결국 그것을 저지할 것이며, 그에 따라 우리의 진지함과 진실함에 대한 그들의 신뢰는 약해질 수 있다.

자신이 가르치는 원칙들로 자기 자신을(혹은 자기 가족이나 직속 부하를) 다스릴 수 없다는 것만큼 그 지도자나 교사에 대한 신뢰를 갉아먹는 것은 없다. 그런 느낌은 전체 조직 내에 퍼져 나가게 되고 결국에는 모든 것을 쏟아 부은 그 봉사마저 망쳐 놓는다. 또한 자기 삶의 핵심적인 사람들에 대한 조화와 배려, 사심 없는 헌신을 모범으로 보이는 것보다 더 그 사람의 리더십과 가르침에 대한 확신을 구축하는 것은 없다. 그런 사람은 스스로에 대해 증언할 필요가 없다. 다른 사람이 증언할 것이고, 그가 하는 일이 증언할 것이기 때문이다.

인간의 기본적인 심리적 욕구는 사랑하고 사랑받는 것이며, 스스로가 자신과 남들에게 가치 있다고 느끼는 것이다. 이런 욕구들을 만족시키고 성취하는 유일한 방법은 책임 있게 행동하고 올바른 일을 하는 것이다. 요컨대, 기분이 좋아지려면 더 좋은 행동을 해야 한다는 것이다.

사랑으로 누그러진 이런 종류의 훈육은 책임감 있고 단련된 삶에서만 나올 수 있는 것이다. 이런 준비가 되어 있지 않다면 우리는 저항이 가장 적은 길을 택하게 될 것이다. 자녀를 사랑할 때에는 굴복하고, 그렇지 않을 때에는 포기하는 길 말이다.

어머니들이여, 아이들이 요구 사항으로 가득 찬 채 학교에서 돌아오기 전에, 그리고 남편이 직장에서 돌아오기 전에(혹은 어떤 재회의 상황이라도 좋다.) 하던 일을 잠시 멈추고 생각해 보라. 스스로를 제어하라. 당신이 쓸 수 있는 자원들을 헤아려 보라. 머리와 마음을 정돈하라. 유쾌함과 쾌활함을 선택하라. 그들에게 주의를 완전히 기울이도록 준비하라. 아버지들이여, 집에 들어가기 전에 자동차 안에 잠시 앉아서 위와 똑같이 해 보라. 그리고 스스로에게 질문하라. "오늘 밤 아내와 아이들을 어떻게 하면 행복하게 해 줄 수 있을까?" 당신이 가진 자원들을 헤아려 보라. 최선의 당신이 되기를 선택하면 피로는 사라지고 정신은 맑아진다.

아이들 중심의 대화는 우리의 자제력과 인내심을 시험하겠지만, 역설적이게도 그것은 또한 다른 시간에 행해지는 우리의 가르침과 훈육의 긍정적인 영향력을 키워 줄 것이다. 영향력은 소통과 마찬가지로 쌍방향 도로인 것이다.

부모와 지도자, 그리고 진지하게 뭔가를 성취하려고 노력하는 모든 이들을 위한 심오하고도 포괄적인 원칙이 있다. 그 원칙이란, 어떤 시도하기 전에 의도하고 있는 결과가 무엇일지에 대한 분명한 그림을 그리라는 것이다

출처 : 스티븐 코비의 '성공적인 인간관계론' 중에서 [바운티풀]

중요한 의사결정은 작두 위를 걷는 심정으로 IMMAGE + ER(만드는 사람) + ING(실행하는 사람) 결국 꿈을 창공에 꼭 잡고 실행 할 수 있는 다리의 힘을 키우는 것이다.

-KBS 아침마당 2011. 1. 11

나무가 있어 꽃이 있듯이, 봄이 와야 가을이 오듯이, 인생의 길도 자연의 섭리이고 도리인 것을, 항상 웃고 기다리는 여유를 가질 때 인생은 풍요롭고 행복할 수 있다. 행복한 분위기, 계량적으로 표현할 수 없는 건전한 정신 상태이다. 이 세상에 변하지 않는 게 있다면 지금 순간도 변하고 있다는 것이다.

-2500년 전 헤라클레스

건강한 노년

뇌의 기증 저하는 여간 불편한 일이 아닐 수 없다. 또한 자기 자신 뿐만 아니라 가족들에게도 큰 문제가 된다. 그렇다고 해서 자의가 아닌 질환에 대해 어디에 하소연 할 수 있을까?

노화란 우리가 꿈꾸던 평온하고 안락한 노년의 생활을 슬프게 만들어 버린다. 의학으로 본다면 노화의 대표 현상인 퇴행성질환이 있다. 각종 성인병이나 관절염, 치매 등 여러 가지이다.

퇴행성 질환 중에 내과적인 질환도 많겠지만 외과적으로 활동의 제한이 있다. 관절염이 퇴행성관절염으로 진행되면서 걷거나 앉거나 하는 등의 일상적인 활동이 자신의 의지로 할 수 없는 지경에 까지 이르게 된다. 또한 정신은 점점 나태해지고 비관적인 생각만 늘어간다. 그로 인해 많은 자괴감과 우울함을 불러 일으켜 정신과 몸 건강에 좋지 않다.

따지고 보면 노년은 그리 행복하지 못하다. 전체적으로 몸이 아프고 의욕도 상실되며, 즐길 수 있는 꺼리도 부족한 상황이다. 노인이 체력이 떨어지고 스트레스로 인해 민감하고 비관을 하는 것도 다 이유가 있는 것이다. 이것이 문제가 되는 것은 바로 우울증과 자살로 이어질 수 있기 때문이다.

그렇다면 이러한 노년 생활에 활력을 넣을 수 있는 것은 없을까? 위에서 말했듯이 노인이 우울한 것은 건강상의 문제인 경우가 많다. 또한 정신적으로 오는 자괴감이 원인인 경우도 많다. 노인이 되면 어린아이가 된다는 말이 있다. 말을 빌리자면 노인일수록 어린아이를 키우는 것처럼 곱의 정성을 드려야 한다. 건강한 노년과 즐거운 인생을 위해 다음과 같은 내용을 생활의 최우선순위로 하는 것은 어떨까?

첫째 걷기, 산책, 자전거, 수영 등과 같은 적당한 운동으로 근력을 강화하고 체중을 조절하는 유산소운동을 하는 것이다. 그러나 너무 과하게 하는 것은 오히려 몸에 독이 될 수 있으니 기분 좋게 땀이 좀 나는 정도로 제한하는 것이 좋다.

둘째, 영양분을 골고루 섭취하는 것이다. 식사를 거르거나 간단한 식품으로 대체하는 경우가 많아 노인건강이 위협받고 있다. 집에서 챙겨줄 사람이 없어 먹지 못하는 경우도 있고 대충 한 끼 때운다는 식의 생각이 지배적이다. 그러나 고른 영향섭취 만으로도 노인의 건강상태를 좌우하는 필수적인 선택임이 될 것이다.

셋째, 취미생활을 가지는 것인데, 시나 구의 문화강좌나 노인대학이나 경로당에서 하는 여러 가지 전문화된 교육을 받거나 젊었을 때 배우고 싶었던 기술이나 악기가 있다면 그런 것을 택해도 좋다. 사실 아무것이나 개인적 취향에 따라 취미생활을 가지면 된다. 취미생활을 가지게 되면 사회성을 잊지 않게 되고 몸을 많이 움직이고 활동적이되 건강한 몸과 정신 상태를 유지 할 수 있다. 노년의 행복을 가꾸는 것은 그리 어려운 일이 아니니다. 그러나 개개인의 상황에 따라 어려운 점도 있을 것이다. 가장 기본적인 것을 잘 알면서도 지키기 어려운 것이다. 어쩜 위에 나열한 말들은 다 필요 없을지도 모른다. 우리가 우리 부모님한테 가지는 관심과 사랑이 오히려 그들에게 더 필요하다.

노년의 삶을 망치는 질환 중 최악의 상황은 잘 낫지도 않으면서 의료비는 꾸준히 들고, 독립생활이 힘들어 누군가에게 간병 신세를 져야하는 경우다. 자식에게도 부담 주는 처지가 된다. 인생 후반에 반드시 피해야하는 10대 질환의 조기 발견법과 예방법을 소개한다.

● 산소통 끼고 사는 만성 폐쇄성 폐질환

기관지에 만성 염증이 생겨 기도가 좁아지는 병이다. 들어 마신 숨을 내뿜기 어려워 허파꽈리가 기능을 잃는다. 만성적 저산소증에 시달린다. 나중에는 이동용 산소통을 옆에 두고 산소 콧줄을 매달고 산다. 폐 기능이 50%까지 떨어져도 숨찬 증상이 없이 모르고 지낼 수 있다. 나이 들면 정기적으로 폐 기능 검사를 받아야 한다.

● 만성 신부전증

2~3일마다 투석실에 들러 네다섯 시간 누워 있어야 한다. 여행도 못 다닌다. 최대 원인은 당뇨병이고 방치된 고혈압도 발생 요인이다. 결국에는 신장 이식을 받아야 산다. 혈당, 혈압 관리 철저히 하고 저염식을 먹어야 한다.

● 움직이면 어지러운 판막 협착증

고령화로 심장 판막이 딱딱해 지는 협착증이 크게 늘고 있다. 대동맥 판막 협착증이 오면 뇌로 방출 되는 피의 양이 줄어 어지럽고 자주 실신한다.

● 누워 지내야 하는 낙상 골절

넘어지면 엉덩이 관절, 넓적다리뼈 상단이 잘 부러진다. 골다공증 치료와 비타민D 공급을 받아야 한다. 하체 근육을 단련하고 시력을 관리하고, 균형감 유지체조와 요가를 꾸준히 해야 한다.

● 세상과 담쌓는 노년 우울증

통증이나 소화불량 등 증상도 우울증에서 나오는 경우가 많다. 여러 만성 질환을 오래 앓아도 우울증이 생긴다. 가족, 친구와 자주 어울리고, 사회적 교제를 늘려야 한다. 햇볕 쬐며 걷기는 과학적으로 입증된 우울증 예방법이다.

● 간병 신세 지는 뇌경색 후유증

잠깐 의식을 잃고 쓰러지는 일종의 뇌경색 발생 경고인 '일과성 대뇌 허혈성 발작'현상이다. 이때 적극적인 치료를 받아야 한다. 갑자기 한쪽 팔다리 감각이나 움직임이 둔해지거나, 말이 어눌해지면 뇌경색을 의심하고 3시간 내에 종합병원에 가야 한다. 이는 뇌신경의 퇴색되거나 혈액순환이 마비되는 현상이다.

● 자식도 못 알아보는 치매

65세 이상은 인지 기능 검사를 받는 게 좋다. 보건소에서 무료로 받을 수 있다. 치매는 조기 발견하면 진행 속도를 늦출 수 있다. 늦은 나이까지 일할수록, 평소에 걷기, 달리기를 자주 할수록 치매 발생은 늦어지고, 앓아도 가볍게 앓는다. 긍정적이고 열린 마음일수록 치매가 적다.

● 앉은뱅이 생활 척추관 협착증

척추 사이 디스크가 퇴행하여 튀어나오면 척추관이 좁아져 하체로 내려가는 신경을 옥죈다. 다리가 저려서 100M도 걷지 못하고 주저앉는다. 바른 자세를 유지하고 척추 스트레칭을 자주하고, 척추주변 근육을 키워서 퇴행성 노화를 늦춰야 한다.

● 시력 상실되는 노인성 망막 질환

황반은 망막에서 시력의 90%를 담당한다. 관리되지 않는 녹내장과 당뇨병도 시력을 잃게 한다. 모두 망막에 생긴 질환이다. 백내장은 수정체를 갈아 끼면 되지만 망막은 회복이 힘들다. 60세가 넘으면 망막 안을 들여다보는 검사가 필요하다.

● 맛있는 거 못 먹는 치주 질환

임종을 앞둔 환자들에게 후회되는 것이 뭐냐고 물어보면 의외로 '맛있는 음식 많이 못 먹는 것'이라고 답하는 이가 많다. 나이 들수록 씹어야 영양 섭취에 좋다. 치아와 잇몸이 맞닿는 곳을 집중적으로 닦아야 한다. 1년에 두번은 스케일링을 받아야 한다.

-조선일보 2016. 4. 18

삶의 사회적 책임

오늘날 대부분 사회는 구성원의 삶의 질을 높여 인간다운 삶을 보장하는 것을 이상으로 삼는다. 근대에는 인간은 자유롭고 개별적인 존재이기 때문에 각 개인이 자신의 복지와 행복을 책임져야 한다는 생각이 지배적이었다. 그러나 20세기 초반에 빈곤, 실업, 빈부 격차, 환경 파괴 등의 문제가 심각해지면서 대다수 구성원의 생존과 복지가 위협받게 되었다. 이에 따라 현대 사회에서는 사회가 적극적으로 개입해 구성원의 행복과 인간다운 삶을 보장해야 한다는 주장이 점차 힘을 얻게 되었다.

국가적 차원에서 삶의 질을 높이는 정책은 최고법인 헌법에 근거해 추진된다. 우리나라 헌법 제10조에서는 "국민은 행복하고 인간다운 생활을 누릴 권리가 있다."라고 밝히고 있으며, 다른 조문에서도 삶의 질 향상에 필수적인 다양한 권리를 명시하고 있다. 그러므로 국가는 이러한 헌법 이념에 따라 국민의 기본권을 보장하고 삶의 질을 향상하기 위한 정책적 노력을 기울여야 한다.

최근에는 공동체의 삶의 질을 높이기 위해 국가뿐만 아니라 다양한 사회 집단이 적극적으로 나서는 추세이다. 경제 정의, 환경 보호 등의 공익을 도모하는 시민 단체의 활동이 증가하고 있으며 사회봉사, 기부 등을 목적으로 하는 사회 복지 단체의 수도 점차 많아지고 있다. 심지어 특수한 이익을 추구하는 기업이나 협동조합도 공동체 전체의 이익과 복지를 증진하기 위해 노력하는 모습을 보이고 있다.

관리자라면 누구나 책임감 있는 직원을 원하기 마련이다. 책임감 있는 직원은 관리자가 일일이 개입하지 않아도 업무가 성공적으로 마무리될 때까지 맡은 바 역할을 다하고, 리스크가 발생했을지라도 다른 직원에게 책임을 전가시켜 피해를 입히는 일 또한 없기 때문이다.

책임감이란 개인의 인성과 관련된 부분이어서 책임감이 강한 직원으로 교육시킨다는 것이 말처럼 쉬운 일은 아니다. 하지만 절대 간과할 수 없는 문제다. 책임감이 없는 직원 하나가 조직 전체에 균열을 가져오고 결국 그 한 사람 때문에 조직이 구멍 난 댐처럼 한 순간에 붕괴될 수도 있기 때문이다. 그것은 책임감이요, 악조건마저 자기를 강하게 단련시키는 토대로 역전시키는 것이다.

무조건 분에 못 이겨 때려치우는 것이 아니라, 극복책을 세우고 그에 따른 전략을 세우는 것이다. 진정한 자존심은 이루어내는 것이요, 성공하는 것이다. 이를 통해 내가 우뚝 솟아 다른 사람이 나를 존중하게 만드는 것이다. 쓸데없는 자존심이나, 사회적 지위 때문에 봐야할 것을 제대로 못 보는 것이 아니라 핵심을 놓치지 않는 것이다. 그리고 이는 내가 사회적으로 어떤 역할을 할 것인가에 따라 판단해야 한다.

책임감은 강하거나 독한 것과는 다르다. 책임감이 강한 사람은 굉장히 힘들 것 같지만 그렇지 않다. 일을 해나가면서도 즐겁다. 책임감이 분명하고, 열심히 하는 사람들은 끈질기고 독하고 고래 심줄처럼 질길 것 같지만 그렇지 않다. 굉장히 유연하고, 풍요롭고, 양보심 강하고, 여유가 있다. 그러니까 양보도 하는 것이다. 그래서 책임감 없는 사람들이나 불안하고 초조하지, 책임감 있는 사람들은 오히려 더 즐겁다.

출처 : 존 마치카의 '직원에게 책임감을 불어넣는 9가지원칙' 중에서 [리더앤리더]

아이가 책임감을 배운다는 것은, 아이 스스로 자기 일을 알아서 하는 습관을 기르는 일만이 아니다. 그것은 아이의 10년, 20년 그리고 그 후의 삶을 결정짓는 힘을 기르는 일이다. 만만치 않은 세상 속에서 스스로 생각하고 선택하며 그 결과에 책임을 지는 자세와 실망과 좌절, 고통을 극복하는 힘을 아이에게 길러 줄 수만 있다면, 그로써 부모의 소임을 다했다 할 수 있다. 아이에게 책임감을 가르치는 일은 자녀교육의 시작이며 끝인 것이다.

사랑과 원칙을 가진 부모 밑에서 아이가 책임감을 어떻게 배우는지를 설명한다. 이들의 사랑은 아이에게 관대하기만 한 사랑도, 아이의 불손함을 참아 주는 사랑도 아니다. 그것은 아이에게 실수할 기회를 허락하고 자기 문제를 스스로 해결하도록 믿고 지켜봐 줄 수 있을 만큼 강한 사랑이다.

그러면 아이는 책임감을 어떻게 배울까? 책임감도 다른 모든 일과 비슷하다. 책임감은 입으로 가르칠 수 있는 게 아니라 체험으로 익히는 것이다. 아이가 어릴 때부터 자기 나이와 이해력에 맞는 문제들에 대해 스스로 선택할 수 있게 해주면, 아이는 스스로 생각하고 현명한 결정을 내리는 법을 배우게 된다. 선택의 기회를 더 많이 가질수록 더 책임감 있는 아이가 되는 것이다.

출처 : 포스터 클라인의 '아이는 책임감을 어떻게 배우나' 중에서 [북라인]

나는 누구이고, 어떤 사람인가? 나는 정말 나에 대해 잘 알고 있는가? 지금까지 내가 알고 있었던 내가 진짜 내가 아니라면, 그렇다면 진짜 나는 누구인가? 내가 누구인지 혼란스럽고, 수많은 콤플렉스로 인해 매사에 부정적이고, 대인관계에 문제만 생기는 이유는 무엇일까? 이러한 물음들에 대한 원인과 이를 해결할 수 있는 심리학적인 처방을 담고 있다.

잃어버린 나를 찾아서 제대로 된 마음의 여행을 떠날 것을 당부한다. 마음여행의 핵심은 편협한 자아에서 벗어나 내면의 근원적인 존재인 자기를 느끼는 것이다. 자신에 대해 다시 한 번 생각하는 계기를 만들고, 자신이 몰랐던 자신을 알고 진심으로 이해할 수 있을 것이다. '가짜 나'의 얼굴은 다양하다. 내면에서 올라오는 진짜 감정이나 생각대로 행동하지 못하는 나, 다른 사람의 요구에만 맞추려고 하는 나, 매사에 불안한 나, 불만으로 가득 차 있는 나. '가짜 나'가 나를 지배하기 시작하면 자아가 왜곡될 뿐 아니라 삶도 왜곡된다. 가짜 나는 반드시 문제와 증상을 만들어 낸다. 그런데도 왜 사람들은 자신의 참모습을 모르고 살아가는가? 겉모습으로 나타나는 자아를 진짜 자신인 양 살아가는가? 그 이유를 건강하지 못한 자아의 존재에서 찾는다. 작은 자아에서 벗어나 내면의 내가 주는 흔들리지 않는 자신감을 느껴야 한다. 자기를 깨닫고 그동안 너무 힘들었을 상처받은 자아를 위로할 때 내면의 긍정성과 사랑을 느낄 수 있다.

출처 : 김정수의 '나는 누구인가 나는 무엇인가' 중에서 [소울메이트]

모방은 힘

인간은 눈을 뜨는 순간부터 남의 행동을 모방하며 자라난다. 지식을 습득하고, 통찰력을 키우는 데 '따라 하기'만 한 것은 없다. 사실 신이 세상을 창조한 이후에 그 어떤 것도 무에서 유를 창조한 사례는 없다. 따라 해보고, 베껴보고, 비틀어 보면서 '창조적 부산물'을 탄생시켰다. 그럼에도 모방은 '짝퉁' 혹은 '카피'와 같은 부정적인 의미를 떠올리게 만든다.

'모방의 힘'은 그 이유가 모방에 대한 적확한 논의와 '좋은 모방'에 대한 구체적 방법론이 다뤄지지 않았기 때문이다. 모방 행동은 다양한 층위로 설명할 수 있는데, 아직까지는 각각의 모방을 제대로 구분한 지식이 없기에 모방을 그저 '베끼기'로만 본다는 것이다.

모방의 형태와 적용 대상에 따라 4가지 유형, 복제형, 원리형, 이식형, 창조형의 유형으로 모방을 구분하면서 모방에 대한 오해와 혼란을 줄이고자 노력했다. 또한 모방 유형들 가운데 가장 부작용이 적고 파급 효과가 큰 창조형 모방의 구체적인 방법론을 정립하기에 이른다. 흔히 모방 하면 '짝퉁 카피 모조'와 같은 뜻을 가장 먼저 떠올리고 이러한 의미들이 곧 모방의 모든 것으로 인식된다. 하지만 이는 앞서 설명했듯이 머릿속에서 쉽게 떠오르는 기억만을 떠올리는 인지적 오류로 인해 발생하는 현상이다.

문제는 모방에 대한 부정적인 인식으로 인해 위대한 혁신의 원천이 될 수 있는 모방 행동이 위축될 수 있다는 점이다. 과감하고 적극적인 모방을 구사하려는 노력이 위축되면 혁신적 상품이나 서비스, 새로운 사업모델의 등장이 제한될 수 있다.

출처 : 김남국의 '창조가 쉬워지는 모방의 힘' 중에서 [위즈덤하우스]

고통 없이 얻는 것은 없다는 말처럼 고통을 즐기면 대부분 그 대가로 하나를 반드시 얻는다. 그 쾌감을 아는 사람들은 나와 같은 성향을 이해하고, 그걸 모르는 사람들은 잘 이해하지 못한다. 그러다 보니까 보는 시각에 따라서 평은 상당히 다르다. 변화를 수용하고 만들어내는 사람이 발전한다. 늦거나 빠르거나 정도의 차이는 있지만 그건 분명하다. 그러나 매 순간마다 자기 앞에 닥친 새로운 도전들을 두려워하지 않고 받아들이고 즐기는 것이다.

변화에는 도전이 연결된다. 변화하려다 보면 안 해봤기 때문에 벽에 부딪힌다. 그 벽을 넘기 위해서 끊임없이 노력하게 된다. 사실 창의성은 별것 아니다. 이 방법 해봐서 안 되면 저 방법 써보고 어떤 것이 가장 생산성 있는 방법인가를 찾아내는 것으로 시행착오 없이는 찾아낼 수 없다. 그래서 변화에 적응하는 데 있어서 실행력이 아주 중요하다. 구슬이 많아도 꿰어야 보배라고 행동으로 옮기는 실행력 없이는 변화를 이끄는 사람이 될 수 없다. 구슬이 없으면 만들어야 한다는 전제가 있어야 한다. 여기서 리더십도 중요하다. 일을 시켜놓고 확인하는 사람도 없고, 확인을 하면서도 아무도 문제의식을 갖지 않았다는 것이 무서운 것이다.

창조를 위한 모방생명의 탄생만을 고집해서는 창조하기가 어렵다. 모방할 때, 창조가 쉬워진다. 모방하면 비용도 적게 들고 불확실성도 적다. 하지만 단순 복제는 안 된다. 차별적이고 창조적인 모방이어야 한다. 성공도 마찬가지다. 전혀 새로운 성공만이 성공인 것은 아니다. 기존의 성공을 베껴서 차별화하는 것도 성공이다. 창조의 사례들은 쉬운 것에서부터 아주 복잡한 것에 이르기까지 다양하다. 우리가 어떤 영역에서 일하든지, 곧 주부든지, 학생이든지, 직장인이든지 여기의 사례 하나 하나를 모방해서 우리의 현안에 연결시켜 봄으로써 또 다른 창조의 사례를 추가하는 창조자가 될 수 있을 것이다.

하늘 아래 모방을 거치지 않은 새것은 없다. 모방은 더 나은 하이

브리드를 생산하는 창조의 필수과정이다. 시인 푸슈킨도, 화가 피카소도 모두 모방의 천재였다. 모방은 가장 탁월한 창조의 전략이므로 모방을 하다보면 창조적인 무언가가 나올 수 있다. 진정한 고수는 남의 것을 베낀다. 하지만 하수는 자기의 것을 쥐어짠다. 그 결과 고수는 창조하고 하수는 제자리걸음이다. 모방을 축적하다보면 한 순간, 창조의 한 방이 나온다. 그러나 모방에만 머물러서는 안 된다. 모방이 모방으로 끝나지 않으려면 어떠한 연결이 있어야 한다. 모방과 연결한 창조가 한통속으로 엮여야 하는 것이다. 이전 것들의 모방, 내 문제와의 연결, 그리고 이런 모방과 연결의 반복적인 심화작업이 새로운 창조를 낳는다. 모방과 연결은 개인과 기업, 국가를 모두 창조적으로 만드는 불변의 공식이다. 머리가 빽빽할 때마다 하루에 하나씩, 의외로 손쉽게 창조라는 것을 할 수 있을 것이다. 창조는 어렵지 않다. 모방이 곧 창조다. 창조자는 늘 모방한다. 모방하고 연결하고 창조하라. 그러면 평범한 사람도 자신의 영역을 넘어 세상을 더 멋지고 아름답게 만드는, 창조의 주인공이 될 것이다.

출처 : 김종춘의 '끼고, 훔치고, 창조하라' 중에서 [매일경제신문사]

시간이란 야생마와 흡사하다. 잘 길들인 사람은 빠른 속도로 목표를 향해 달려간다. 그러나 길들이는 데 실패한 사람은 말 뒷발에 차이거나 말에서 떨어져 돌이킬 수 없는 상처를 입기도 한다.

제대로 된 시간 관리를 하고 싶다면 시간을 절약하는 기법에 연연하기보다는 자신이 간절히 원하는 삶이 무엇인지부터 깨달아야 한다. 그래야 거기에 맞춰 인생 전반의 계획표를 짜고, 거침없이 목표를 향해서 달려갈 수 있다. 시간을 가치 있는 곳에 사용하는 습관을 길러라. 그것이야말로 후회 없는 인생을 위한 첫걸음이다. 인생을 산뜻하게 살기 위해서는 내 인생의 주제를 명확히 설정할 필요가 있다. 주제에 따라 글이 달라지듯, 인생 자체가 달라지기 때문이다.

시간을 효율적으로 사용하고 싶다면 한 시간을 쪼개서 사용하는 습관을 길러다. 초발심을 유지하려면 집중력 있게 일을 추진하기 위해서는 중간 점검이 필요하다. 특히 기간이 오래 걸리는 일이라면 반드시 중간 점검을 해야 한다.

출처 : 한창욱의 '나를 변화시키는 좋은 습관' 중에서 [새론북스]

연금의 역할

노후대책, 주거, 의료, 교육 등 국민 각자의 재정계획이나 생활안정을 위한 사회금융은 제도적인 장치들이 지속적으로 확대되면서 그 규모도 커지고 있다. 우리나라의 경우에도 각종 사회보장성 연기금 즉 보험들이 분야별로 만들어져 상당한 규모로 운용되고 있다. 그 중 가장 대표적인 것은 국민연금, 건강보험, 노인요양보험, 주택청약저축, 교육보험, 질병보험, 주택 모지기 등이다. 이를 다시 직업적 분류로 보면 군인, 공무원, 교사 등 분야별로 공제적 기능을 가진 연기금으로 운용되는 등 그 양태가 다양하다. 그러나 이러한 공공성 사회자본들이 결과적으로는 모두 수익성 위주의 상업적 자본운용시장과 연동하여 그 성과를 내려고 한다는 점에서 작금의 세계적인 금융위기를 계기로 그 운용의 철학과 원칙에 대한 사회적 논의가 요구되고 있다.

특히 미국의 서브프라임 모기지Sub-prime mortgage 사건 이후 복지제도가 발전한 유럽에서는 정부의 재정위기가 악화되면서 연금의 수혜를 줄이거나 세입의 부담을 늘리게 되어 국가나 사회적 장치에 의존하여 집단적 복지재원을 관리하고 창출한다는 문제는 새로운 논의가 필요하다는 것을 시사하고 있다. 현실적으로 전 세계의 금융자본들이 상당수 미국이나 유럽에서 운용되고 있는 상황에서 이들 시장에서 운용되고 있는 각국의 국부펀드나 사회적 연기금들이 어느 하나라도 현재의 글로벌 금융위기에서 자유로울 수 없는 상황이다.

과연 복지사회 금융자본들은 이처럼 변동성이 높고 수익지향적인 재무적 운용을 하는 것이 바람직한 것인지 이제는 온 사회가 함께 논의할 필요가 있다고 본다. 복지부는 국민연금 기금운용위원회를 통화하여 국민연금 운용계획을 확정 발표했다.

지금 전 세계는 미증유의 금융위기와 함께 세계 동시적인 장기불황의 우려 속에 극심한 불안감에 빠져 있다. 도대체 무슨 근거와 확신으로 이 민감한 시기에 온 국민의 미래를 관리하는 대한민국 국민연금이 논리적으로 보아 국내보다 상대적으로 위험한 해외투자에다 불확실성 자산인 주식과 부동산 투자규모를 확대한다는 소식을 세상에 알리는지 알다가도 모를 일이다.

비슷한 시기에 군인공제회가 향후에는 부동산 투자 비중을 낮추고 수익률보다는 안전성 위주로 자산을 관리하겠다고 밝혔다. 그런데 8조 원가량의 자금을 앞으로는 6대4의 비율로 금융자산과 부동산으로 안배하여 관리하겠다고 방침을 밝히면서, 현재 80% 정도의 대체투자 자산을 낮추고 대신 채권투자 비중을 높이고 주식 투자도 늘리겠다고 했다. 취지는 그동안 수익성 위주의 자산운용 전략을 앞으로는 다소 완화하겠다는 얘기지만 그래도 이론적으로 이 정도면 여전히 공격적이다.

사회안전망의 역할을 하는 사회자본을 운용하는 기관에서 이처럼 수익지향적인 자산을 운용해 오고 있는지, 또 이 엄청난 세계적인 경제재난 속에서도 다분히 공격적으로 비쳐지는 자산운영 계획을 견지하고 있는지 궁금하다.

연금이든 기금이든 보험이든 사회자본성 공공적 금융은 그 취지가 원금의 보전이고 영원한 사회적 약속의 이행이다. 만일 수익을 낸다면 절대 원금보전의 원칙 아래 그 취지가 공공의 이익에 부합되는 선에서 조심스럽게 획득해야 할 것이다.

오늘날 세계적인 조직과 우수한 인재를 가지고도 자신들의 삶의 터전인 글로벌 금융시장의 위기를 막지 못하고 오히려 세계경제위기의 주범이 되어 역사의 비판을 받고 있는 그 유명했던 글로벌 투자은행들의 비참한 결과를 보면서 한국의 복지사회 자본들이 왜 이런 투자은행식 자산운용을 하려드는지 그 저의를 알 수가 없다.

누가 뭐라고 해도 복지사회 자본은 첫째도 안전이고 둘째도 원금보전이다. 서방경제를 유린하고 있는 작금의 금융위기와 재정위기는 반드시 긴 실물경제의 침체를 수반하게 될 것이다. 그러면서 종국에는 에너지, 원자재, 제조원가 등이 서서히 안정을 찾아야 할 것이다. 그러지 않고 다시 중국이나 미국, 유럽 등이 돈을 풀어 위기를 막고자 한다면 급기야 또다시 물가상승과 실질소득 저하의 이중고로 서민들의 삶은 고단해질 것이다.

지난 30년 이상 세계는 긴축다운 긴축을 해보지 못하고 급하면 돈만 풀고 금리만 내려와 지금 통화가치나 물가관리는 세계적으로 논의할 가치도 없는 상황이 되었다. 항상 금융자본의 안정과 눈앞의 문제를 풀기 위해 돈을 풀기만 한다면 이것은 결코 미래가 있는 경제운용이 아니다. 세계가 건전한 생산과 검소한 소비와 알뜰한 저축의 진실한 삶의 가치를 깨닫는 날까지 이 위기는 본질적으로 살아있는 불씨다.

우리나라 국가채무는 많은 편이 아니다. 지난 15년간 국가채무가 급증했으나 이는 경제위기 수습 과정에서 발생한 예외적인 상황이지 만성적인 적자는 아니다. 다른 OECD 선진국들과 비교해도 우리나라의 공식적인 국가채무 규모는 작은 편이다. 그렇다면 왜 많은 사람이 국가채무가 문제라고 할까? 주로 두 가지 때문이다. 하나는 공기업 채무, 또 하나는 미래에 발생할 공적연금 지출 때문이다.

국가채무에 대한 공식적인 정의는 '정부가 직접적인 상환 의무를 지는 확정채무'다. 이 기준에 따르면 공기업 채무와 미래의 공적연금 지출은 모두 국가채무에 포함되지 않는다. 공기업은 공공기관이지만 정부가 아니다. 그래서 공기업이 망해도 정부가 공기업 채무를 승계할 의무는 없다. 미래의 공적연금급여 지출액은 제도에 따라 얼마든지 바뀔 수 있고 미래에 지급할 연금급여를 두고 정부가 국민에게 빚진 것이라고 하기는 어렵다.

그러나 여기서 중요한 것은 이것이 국가채무에 포함되느냐 아니냐가 아니다. 어디서, 누가 빚을 지든 결국 국민에게 부담으로 돌아오게 되어 있다. 따라서 앞으로 국민 부담이 얼마나 늘어날지, 재정 지속이 가능한지가 훨씬 중요한 문제다. 이런 측면에서 본다면 국가채무가 아닐지라도 공기업 채무는 미래 세대에게 문제가 된다. 그리고 미래의 공적연금 지출은 그보다 훨씬 큰 문제다.

비용과 혜택의 불일치와 성과의 불확실성은 정부가 시장보다 비효율적인 가장 중요한 이유다. 이러한 특성 때문에 시장과 달리 정부 산출물의 수급에 가격기구가 작동하지 않는다. 시장에서는 가격기구에 의해 무엇을 얼마나 어떻게 생산할지 결정된다. 가격이 오르면 더 많이 생산하라는 신호고, 가격이 내리면 줄이라는 신호다. 그러나 정부 산출물은 그렇지 않다. 가격기구가 작동할 수 없기 때문에 정부 산출물의 수급은 이해관계자들의 상호작용 속에서 정치적으로 결정된다.

이해관계자는 세 집단으로 구분할 수 있다. 정책을 결정하는 정치인, 정책의 비용을 부담하고 혜택을 받는 정책 대상자, 정책을 집행하는 공무원이다. 이 세 집단의 상호작용 속에서 정부는 무엇을 얼마나 생산할지 결정하며, 어떻게 생산하는지도 정해진다.

출처 : 김태일의 '국가는 내 돈을 어떻게 쓰는가' 중에서 [웅진지식하우스]

오늘의 연금

연금은 지정된 기간 동안 주기적으로, 당신에게 일정 금액을 지불할 것을 보험회사와 약속하는 것이다. 연금은 일종의 퇴직 소득보험을 제공한다. 연금보험료는 나중에 인생의 보장된 소득흐름과 교환이다. 일반적으로 연금은 퇴직 후 최저 소득의 흐름을 보장하고자 하는 사람들이 준비를 한다.

연기연금은 필요 사항을 충족시키도록 구성이 되어 있다. 수입을 벌어들이는 동안 자본을 축적하여 은퇴를 위한 상당한 소득 흐름을 만들어내는 것이다. 연금을 가입하면 세금의 혜택도 얻을 수 있기에 이제는 반드시 필요한 노후의 준비와 함께 세제혜택도 가능하다.

남은 생애와 배우자의 삶에 대한 월별 지불금을 받도록 선택한다. 이 배당 협정을 선택하고 오랫동안 은퇴 생활을 한다면, 연금

계약에서 받는 총 가치는 자신이 지불한 연금의 금액보다 훨씬 클 수 있다. 연금은 세금에 대한 혜택을 제공하며 장기간의 가입으로 퇴직 후 장기간, 안정적인 수익을 만들어 낼 수 있는 장치다. 연금의 보장된 소득 흐름으로 안심을 할 수 있으며, 인생에 어떤 위험이 다가올지 모르지만 최소 생계를 걱정하지 않아도 된다는 점에서 삶의 큰 고민의 하나를 덜어 줄 수 있다.

지금 자신이 생각하는 것보다 더 많은 방법으로 은퇴의 가치를 더할 수 있기에 연금준비는 전체적인 투자 전략의 일부로 보고 지금부터 준비해나가야 할 고려대상이라 생각해야 된다. 연금은 마음의 그릇이다. 삶이 힘들어도 참고 있노라면 그 일들이 쌓이면 실력이 되고, 습관처럼 했던 일들이 쌓이면 고수가 된다. 버릇처럼 하는 일들이 젖어 들면 최고의 고수가 될 수 있다. 오늘의 행복은 당신의 아름다운 꽃이다.

추억이 있어 행복한 사람들

행복이란 마음이 가치를 발견하고 열매를 맺는 것이다. 가치를 공유하고 마음의 양식을 얻고 가족공동체를 이루면서 따뜻한 사람들이 살고, 서로 도우며 사는 양택이 흐르는 집일 것이다.

-KBS 아침마당 2008. 5. 12 박동규 교수

자신의 삶을 유지하고 발전하기 위한 자기 존중의 원칙은 자신에 대한 사랑에서 비롯된다. 그리고 진정한 행복은 자기 자신에게는 물론 타인에게도 만족감을 주는 데서 온다. 그럴 때 남과 더불어 사는 행복한 삶을 산다고 말할 수 있다. 러셀 역시 "확실히 우리는 자기가 사랑하는 사람의 행복을 바라야 한다. 그러나 우리 자신의 행복과 바꾸는 것이어서는 안 된다"라고 말하면서 행복은 타인과 자신의 조화에 있다고 강조했다.

철학자 디오게네스는 작은 통 속에 살았어도 행복했지만, 알렉산드로스는 지중해를 손에 넣고도 만족하지 못하고 세계를 정복하려다가 꿈을 이루지 못한 채 젊은 나이에 죽고 말았다. 작은 통 속에 산 디오게네스는 모든 것을 소유한 진정한 부자였고, 천하를 호령하는 황제였던 알렉산드로스는 항상 굶주림에 시달린 가난한 사람이었다. 마음이 부유한 사람은 자신의 분수를 알며 자신에게 걸맞은 옷을 입고 그것에 만족하고 감사한다. 마음이 부유한 사람은 불평이 없어 하루하루를 매우 즐겁게 지낸다.

진정한 지혜로운 사람이 되려면 서로 다른 철학자들을 만나고 그 철학자들을 통해 자신이 보지 못한 세상을 깨닫고, 깨달음을 바탕으로 전체를 조망하여 점진적으로 인생의 지도를 만들어 가야 한다. 철학자들의 가르침을 받아들이는 데 그치지 않고 그것을 다시 조율하여 인생의 청사진을 그려 보는 사람이야말로 지혜로운 사람이라 할 수 있다. "지혜로운 사람도 자기 눈썹을 볼 수 없다"는 한비자의 말처럼 자신을 알기란 쉽지 않다. 자신이 원하는 것이 무엇이며 진정하고자 하는 것이 무엇인지를 제대로 아는 사람이 몇이나 될까. 자신을 사랑하고 존경하는 데 익숙하지 못하면 불행하게 된다. 사회는 자신보다 남을 먼저 사랑하라고 가르치고 자기를 사랑하는 것은 이기적이고 교만하다고 가르치지만 자신이 원하는 삶을 살지 않으면 절망과 후회스러운 삶을 살 수밖에 없다. 일단 자신이 무엇을 하고자 하는지를 알아야 한다. 자신을 알아야 인생을 제대로 설계할 수 있다.

합리적으로 거절하는 것이 불합리한 승낙보다 훌륭한 선택이라는 것은 분명하다. 상대방의 기분을 상하게 할까 봐 거절하지 못하면 자신의 소중한 시간을 쓸데없이 낭비하게 되며 불필요한 고통에 시달리게 된다. 자신의 일도 하지 못한 채 남의 일에 끌려 다니는 것처럼 괴로운 것도 없다. 그래서 마르쿠스 아우렐리우스는 "이웃 사람들이 무슨 말을 하고 무슨 일을 하며 어떤 생각을 하고 있는지 알려고 할 필요가 없다"라고 말하면서 값싼 동정심은 금물이라고 강조하였다.

춘추시대 초나라 명군 장왕은 연회장에서 자신의 애첩을 술김에 희롱한 부하를 그 자리에서 잡아서 죽일 수 있었지만, 분노하지 않고 술김에 그럴 수 있다고 여기고 무례함을 용서하였다. 그 결과 그 부하는 그것에 보답하여 전장에서 목숨을 걸고 싸워 나라에 큰 공을 세웠다. 이처럼 현명한 사람이 되기 위해서는 포용력을 가져야 한다.

성공이나 행복은 원하는 대로 빨리 오지 않는다. 짓궂은 운명처럼 세 박자 늦게 오거나 쓰러지기 직전에 찾아오기도 한다. 그래서 조급한 사람들은 쉽게 자포자기하여 상실감에 빠진다. 급할수록 돌아가라는 말은 예나 지금이나 변하지 않는 진리이다. 조급함에 쫓기지 않고 마음의 여유를 가지고 때를 기다리면 기회는 반드시 찾아온다. 맹자도 "어떤 일을 한다는 것은 우물을 파는 것과 같은데, 아무리 깊이 파고 들어 갔다 하더라도 지하수가 솟는 데까지 도달하지 못한 채 그만둔다면 그것은 우물 파기를 중도에 포기한 것과 같다"라고 하였다.

성인군자가 돼라. 이것으로 모든 얘기는 다한 셈이다. 미덕은 모든 완벽함을 묶어 주는 끈이며 행복의 중심이다. 미덕은 인간을 이성적이고 신중하고 지혜롭고 분별력 있게 하며, 현명하고 용기 있고 사려 깊고 정직하고 행복하게 만들고, 다른 이의 호감을 사고 진실 되게 하여 그를 모든 점에서 영웅답게 해 준다. 세 가지의 것이 우리를 행복하게 만든다. 그것은 성스러움과 건강함 그리고 지혜이다. 미덕을 지닌 사람은 살아 있는 동안 사랑을 받으며 죽은 후에는 사람들의 기억 속에 남는다.

출처 : 황상규의 '인생의 절반에서 행복의 길을 묻다' 중에서 [평단문화]

고인들이 잠들어있는 묘지를 볼 때마다 항상 머릿속에서 상상되는 궁금함이 있다. 저 분은 어디서 어떻게 사시던 분일까? 할아버지일까 할머니일까 가난하게 살았을까 넉넉하게 살았을까? 건강하게 사시던 분일까? 의문이 꼬리를 물지만 그냥 눈에 들어오는 대로 추측을 해보곤 한다. 지나던 길에 깨끗하고 아름답게 꾸며놓은 가족 산소를 보았다. 어쩌면 저리도 정성들여 가꾸어 놓았을까 하고 감탄사가 절로 나온다. 주단 같은 잔디와 잘 다듬어 놓은 주목나무 그리고 생 울타리로 심어놓은 꽃나무들도 질서 정연하게 심어져 있다. 양옆에 자리한 숲속에도 몇 개의 산소가 있는데 숲마저도 깔끔한 상태로 유지되어 있는 모양이 정말로 경탄스러울 지경이다. 관리자가 누구인지는 모르겠으나 성격이 깔끔한 사람인 것 같다.

망자들이 모여 사는 마을을 우리는 공동묘지이거나 가족묘지라고 부른다. 가족구성원들만 자격이 주어지는 작은 규모의 공동묘지인 셈이다. 묘지가 이렇듯 깨끗하게 관리되고 아늑한 곳에 자리 잡고 있다는 것은 망자나 산자 모두가 행복한 사람들이며 내가 보기에도 아름다운 풍경이다.

내가 가장 흔하게 들었던 말은 삶은 공평하지 않다는 것과 그것이 삶이다라는 것이었다. 그렇지만 나는 '그것이 인생이다'가 아니라 '이것이 인생이다'라고 말하고 싶었다. 누가 뭐래도 공평하고 멋지게 살아내어 언젠가는 진흙탕 속에서도 아름답게 꽃을 피우는 연꽃처럼 소박하고 은은한 향기를 뿜어내고 싶었다.

연꽃은 진흙 속에서도 뿌리가 썩지 않는다. 그러기 위해 배수가 잘되도록 속을 비우고 커다란 구멍들을 제 뿌리에 내어 눈부신 꽃을 피워낸다. 나도 연꽃이 되고 싶었으므로, 고향과도 같은 가난과 무지와 차별에 대한 분노와 좌절감을 걷어내고 마음을 비우기 위해 끊임없이 노력해야만 했다. 언젠가는 내 삶이 알차게 영글어 아름다운 꽃을 피울 수 있게 될 것이며, 행복한 삶을 살게 될 거라는 믿음으로 때로는 무모해 보이기까지 하는 도전 앞에서도 주저하지 않았다. 그래서 밑바닥을 기어야 할 때도 불평을 하지 않고 '오늘은 돼지, 내일은 용!'이라고 외쳤다. 기어 봐야지 걸을 수 있고, 뛰어 봐야지 날 수 있는 희망을 꿈꿀 수 있다고 생각했기 때문이다.

행복은 희망의 끈을 놓지 않는 사람에게 찾아온다. 행복은 나 자신과 나, 둘만이 할 수 있는 소중한 약속이다. 행복한 기적이 당신 삶 속에서도 이루어지길 바란다.

출처 : 김영희의 '행복한 기적' 중에서 [다밋]

내 생활을 되돌아보면서 느낀 것은 정말 인생에 있어서 목적의식과 목표를 가지는 것이 생활의 활력소이며 원동력이 될 수 있다고 생각한다. 그리고 목표, 목적의식을 가지면 항상 그것들을 유념하고 있기 때문에 내적으로 긴장감과 책임감을 부여해 내 자신이 목표들을 향해 전진하는 모습을 보고 좀 더 민첩해진 느낌이 들어 기분이 좋다. 여기서 목적의식은 해야 하는 일 즉, 의무감에서 하는 일이 아니라, 하고 싶은 일, 즐거운 일, 마음에서 우러나는 일을 하는 것이다. 모든 일을 이런 마음가짐으로 대한다면 단 하루를 살아도 아름다운 인생을 살 수 있을 것 같다.

5
삶의 마무리

노년기를 궁핍과 상실, 병고와 소외된 외로움의 시기로
생각하기 보다는 완성과 성숙의 기회, 즐거움과 행복을 부담 없이
누릴 좋은 때라고 생각하며 담담하고 아름다운 마음으로 만들어
가야 한다. 노년이야말로 삶의 끝자락을 멋지게 장식하고 영원한
내세를 위해 절대자의 진리를 깨닫고 배우며 사람으로서의 의무를
다하기 위한 절호의 기회인 것이다.

우아하고 아름다운 노년

의료과학이 발달된 21세기의 노년생활을 되짚어보면서 오늘도 어떻게 살아야 할 것인가를 고민한다. 1945년에 평균 수명이 45세이고, 현재는 85세 이상 노인인구가 11%로 증가로 사회갈등 문제가 대두되면서 각종사고와 복지 기본권 보장 등이 문제를 갖고 있다. 한국 100세 노인인구는 2천 명으로 상승하고 있다.

한국의 100세 이상 인구는 1,836명이다. 제주의 100세 이상 장수인구는 97명으로 남자가 7명으로 매년 증가하고 있다. 이는 주거환경과 식생활의 풍요로움 때문이며, 의료기술이 발달되어 수명이 연장될 수 있었다.

여성들의 장수는 부지런한 삶과 자식에게 의존하지 않는 자립심이 비결이다. 50대에 지적으로 완성되고, 60대에 부의 충만, 70대에 건강관리가, 80대에 삶의 마무리가 중요하다. 나이가 들어감에 따라 세계인구 80% 정도가 허리 통증을 느낀다.

100세 이상 한국인의 건강장수비결은 무조건 소식하지 말고, 젊었을 때보다 적게 먹고, 규칙적인 기상, 식사, 노동, 취침과 외로움을 달래기 위해 친우를 많이 사귀는 것이 건강장수 비결이다. 장수의 원인으로는 의술과 식생활, 적당한 운동의 환경요인으로 보지만, 100세 이상 고령자조사에서 장수비결은 소식을 하고, 가족과 함께 낙천적인 생활 습관이었으나, 최근 장수비결은 평균 9시간이상 수면과 세끼 밥을 규칙적으로 식사하는 것이다.

또한 장수노인의 공통점은 절제된 식생활습관(30.3%), 낙천적 성격(17.2%), 규칙적인 생활(13.7%), 원만한 가족관계(5%), 운동과 건강관리(2.9%)로 나타났다. 한국 여성은 남성보다 평균 7년을 더 사는 것으로 나왔다. 현재 세계 최고령은 쿠바의 로드리게 할머니가 128세이다.

평균 수명이 늘어나 모두들 오래 살게 된 고령화 시대에 늙음의 시간이 많아 그 연장된 시간을 어떻게 보느냐가 문제인데, 각자의 삶이 제각각이기에 뭐라고 말할 수 없지만 통일된 공통점은 건강하게 살면서 행복한 노후 생활로 인생을 마감해야 한다는 것이다. 평균수명의 연장은 국가, 사회, 가정의 문제로 경제, 도덕적 논리와 유교관점에서 적극적으로 접근해야 하는 연구과제이다.

사실 자신이 젊었을 때 노후 준비를 안 한 세대와 착실히 먼 앞날을 내다보고 뭔가 대비한 사람들이 갈등 속에서 같은 방법으로 살기란 참으로 어려운 것이다. 그런데 언제부터인가 모르지만 자신도 모르게 노령인구의 삶을 살아가면서 그저 아프면 병원에 가고 약국에서 약을 사 먹으며 죽기를 거부하면서 변화에 적극적으로 대비하지 못하고 있는 것이 현실이다.

또한 우리의 삶에서 변함없는 진리는 언젠가 우리는 모두 죽는다는 사실이다. 늦었다든지 하는 생각이 건강한 노년을 위한 빠른 시작이라는 것을 명심하고 지금부터라도 우아하고 아름다운 노년을 위해 준비해야 한다면 나를 사랑하는 사람들과 더불어 살 수 있기를 바랄뿐이다.

인생을 살아가면서 변화를 일구려면 때로는 도움을 구해야 하고, 때로는 의지나 자아의 욕망보다 강한 외부의 힘에 자신을 양보해야 한다. 인생의 후반부에서는 변화와 함께 기본적이면서도 중요한 이동 현상이 발생한다. 야망에서 의미로 삶의 무게중심이 이동하는 것이다.

이러한 이동에는 예기치 못한 일상의 변화가 수반되기도 한다. 새로운 대상에 대해서 갑자기 관심이 생기거나 직업을 바꾸는 경우도 있고, 심각한 상실이나 이혼을 경험할 수도 있다. 또 새로운 곳으로 거처를 옮기기도 한다. 물론 이러한 변화는 진정으로 우리의 마음을 움직이고 우리에게 의미 있는 그 무엇과 관계가 있을지도 모른다. 그러나 삶의 중심 이동이 일어나는 초기에는 불안과 초조, 성마름, 근심, 불만과 같은 요인들이 따르게 된다.

때문에 우리는 삶의 이력과 주변의 관계에 대한 선택 동기에 깊은 의문을 갖게 된다. 모든 것을 재고하는 시기인 것이다. 사회적 지위나 권력, 금력, 명예, 전략적 관계 따위를 얻기 위해 품었던 이전의 욕망과 선택은 의미를 잃게 되며, 그를 통해 얻었던 만족감은 더 이상 느낄 수 없게 된다.

대신 장중한 조화와 진정한 성취에 대한 욕구가 발현되면서 한때는 의미 있게 여겼던 자기중심적 욕구들이 급격히 줄어들기도 한다. 이렇게 '야망'에서 '의미'로의 중심 이동은 변화의 시작을 알리는 여덟 개 관문의 문지방으로 우리를 인도한다. 이 과정에서 우리는 우리의 내면을 향한 두 종류의 여정을 한 갈래로 합쳐야 한다.

첫 번째는 원형적이고 수직적인 '상하의 여정'이다. 이 여정에서 우리는 진정한 자아를 이끌어내고 어긋난 자아를 해방시킨다. 두 번째는 내면적인 경험과 외면적인 경험이라는 두 가닥의 실을 엮어 가는 '수평의 여정'이다. 상하, 수평의 두 여정은 우리에게 무척이나 중요하다. 인격을 성숙시키고 지혜를 얻어 정신적인 성숙을 이루고자 한다면 이 여정을 받아들여야 한다.

누구나 꼬부려야 할 때 초라하게 보이는 것을 의식한다. 그러나 남이 나를 어떻게 보느냐보다 내가 나를 냉철하게 보는 것이 더 중요하다. 꼬부림은 나를 움츠리는 비겁함이 아니라 조금 쉬면서 세상과 통하는 문을 여는 쉼표와 같다. 그것은 미래를 내다보는 숨고르기이다. 그래서 꼬부림은 더 큰 도전을 위한 예비 동작이 된다. 젊을 때는 단단한 것이 강한 것이라 믿고 살기 쉬우나, 중년을 넘기면 단단할수록 죽음에 가까워진다는 것을 알아야 한다. 중년의 나이는 단단한 마음에 물을 뿌려 부드럽게 가꾸는 노력을 해야 하는 나이이다.

출처 : 마르깃 쉰베르거, 안젤레스 에리엔의 '아름다운 중년을 위한 특별 세트' 중에서 [눈과 마음]

행복한 노년의 길

우아하고 행복한 노년으로 살기위한 최선의 길과 그 방법을 찾으려 노력하는 것은 격려와 박수갈채를 받아 마땅한 작업인 것이다. 행복한 노년으로 가는 길을 찾는 것은 넓은 의미에서는 노년만의 일이 아니고 젊은이와 노인 모든 연령층에 해당되는 문제이나 현실적으로 가장 절박한 계층은 지금의 노년층임을 부정할 수 없다.

노년기를 궁핍과 상실 병고와 소외 외로움의 시기로 생각하기보다는 완성과 성숙의 기회, 즐거움과 행복을 부담 없이 누릴 좋은 때라고 생각하며 담담하고 아름다운 마음으로 만들며 가는 것이다. 노년이 되면 병들고 외로우며, 경제적 어려움을 감수하며 사는 것이 우리들 주위에 일반적인 모습이고 비교적 많은 현상이지만 이런 어려움을 당하지 않고 행복하며 우아하게 사는 노년층도 있는 것이 사실이다.

우아한 노년으로 살아가려면 다양한 조건들이 구비되어야 하겠지만 아래 조건들을 어느 정도 만족시킬 수만 있다면 우아하고 행복한 노년이 될 것이다. 행복한 노년과 불행한 노년을 결정하는 요소 중에 하나는 지나온 시간과 앞으로 올 귀한 시간들을 어떤 마음 자세로 대하느냐 하는 것이다.

절제하는 마음과 방탕한 마음, 원망하는 마음과 감사하는 마음, 미숙한 마음과 성숙한 마음, 미워하는 마음과 사랑하는 마음, 긍정적인 마음과 부정적인 마음 중에서 어느 쪽 마음을 택하여 오랜 동안 살아가느냐 하는 것이 행복과 불행 우아함을 결정하는 요소가 된다.

절제는 건강을 증진시키고 방탕은 가난의 기원이며 원망은 기쁨을 몰아내고 감사는 만족의 어머니임으로 행복의 씨앗이 됨을 아는 것이 중요하다. 일반적으로 사람은 건강하고 경제적 여유가 있으며 할일이 있고, 마음이 통하는 친구가 있다면 행복하고 우아한 노년을 보낼 수 있다는 말을 하지만 여기에 더하여 자기관리를 철저히 해야만 우아하고 행복한 노년을 맞이할 수 있는 것이다.

자기관리는 욕심을 줄여가는 것이며 너그럽고 푸근한 마음을 가지는 것이고 넓은 마음으로 생을 관조하는 것이고 일상의 사소한 일 속에서도 나름대로의 특별한 의미를 부여하고 새로운 아름다움을 발견하고 이를 즐기며 여기에 더하여 모든 삶 속에는 경이로움과 신비와 사랑이 가득하다고 생각하며 이를 가슴에 담아

두며 스스로 신비의 주인공이고 기적에 참여하는 주인공이 되는 것이다.

노년이야 말로 삶의 끝자락을 멋지게 장식하고 영원한 내세를 위해 절대자의 진리를 깨닫고 배우며 사람으로서의 의무를 다하기 위한 절호의 기회인 것이다. 절제하는 마음으로 인간의 책임을 아름답게 완수하려는 끈질긴 노력이 바로 우아한 노년이 되는 길이다. 한 사람의 성격과 행위, 그리고 그 사람이 겪는 고통과 기쁨, 행복과 불행은 모두 그의 마음속에 있는 생각에 그 뿌리를 두고 있다. 사람을 속박하는 것은 외부 상황이 아니라 그것에 대한 그의 생각이며, 생각이 바뀌면 세상도 다르게 보이고 감정도 다르게 일어난다.

그러므로 자기 마음속에 있는 생각들을 주의 깊게 자각하고, 나쁘고 그릇된 생각들은 점차 몰아내고 좋은 생각들과 옳은 생각들을 마음속에 계속 품을 수만 있다면 자신의 행위와 성격과 감정을 원하는 방향으로 변화시킬 수 있고, 그 결과 행복과 성공, 성숙한 인격까지도 이룰 수가 있다. 더 나아가서 모든 현상의 배후에 있는 불변의 법칙과 원리들을 알아보고 그 법칙과 원리에 자기 생각을 고정시킬 수 있다면 모든 고통의 뿌리를 끊고 영원한 기쁨을 누릴 수 있다

출처 : 제임스 알렌의 '마음의 평화를 이르는 길' 중에서 [물푸레]

사람에게는 동물과 구별되는 여러 가지 특징이 있지만 그 중의

하나는 사람은 동물과 달리 지난 일을 돌아보고 반성할 줄 알며 스스로 행동을 성찰하는 것이다. 그것의 한 형태로 사람들은 대개 연말이면 사건별, 목표별로 이런저런 정리를 하며 한 해를 마감한다. 하지만 자기 내면의 마음 흐름과, 마음의 결정, 마음의 모습을 돌아보는 경우는 거의 없다. 그 이유는 평상시 우리의 마음에 대해서 별다르게 인식하지 않고 그 중요함에 대해 생각할 기회를 갖기 어렵기 때문이다.

하지만 마음을 인간 에너지의 근원으로 바라보고 그 마음에 관심을 기울인다면 놀라운 자기 경험을 할 수 있다. 원효의 깨달음은 바로 그 마음의 힘을 깨닫는 것에서 시작했다. 해골에 담긴 물을 달콤하게 먹을 수 있는 것도, 뒤늦게 구역질을 하는 것도 다 마음에서 일어나는 변화 때문이다.

우리는 하루가 다르게 무서운 속도로 변화하는 첨단 테크놀로지 시대에 살며 국제화라는 미명 하에 무한경쟁을 강요받고 있다. 냉정한 자본의 논리는 '효율과 이윤'의 논리로만 사람을 대할 뿐이며 경쟁력을 갖추지 못한 사람은 인간으로서의 존엄마저도 빼앗아 버린다.

오지에 살면서 스스로 자급자족하지 않는 한 우리는 모두 경쟁을 강요받을 수밖에 없고 특히 무원칙한 개발로 오염된 도시는 사람들에게 여유라는 것을 절대로 허락하지 않고 엄청난 고통과 스트레스를 안겨준다. 그렇다고 모두 도시를 탈출해 오지로 떠날 수는 없다.

출처 : 프레드 L. 밀러 '마음의 평화' 중에서 [나무처럼]

학문적 연구의 결과나 통계적 수치보다는 아름다운 삶을 산 사람들의 영혼과 실천에 무게를 두면서 현실과 비교도 해 보고 또 자신과 견주어 보면서 다른 사람을 생각한다. 늙음의 시간이 연장되었다고 행복과 직결되지 않으며 삶의 질이 행상된 것도 아니기에 노후를 보내는 우아한 삶이 어떤 것인가를 스스로 찾아야 한다.

사람마다 각자의 삶과 가치관의 차이 때문에 꼭 '어떻다'라고 말하기는 어렵지만 우리가 공통적으로 공유하는 보편타당한 어떤 기준을 얻을 수 있다. 나이 들어 인생 후반기에 들어가면 주변 사람들로부터 조금은 존경받아야 한다.

그리고 어느 자리이건 초대되어 원로라는 이름으로 대접받는 것이 자연스러워야 한다. 그리고 누가 뭐라고 하든지 말든지 자기 나름대로 일정부분 자기 몫을 해야 한다. 사회에 도움이 되는 역할을 하며 다른 사람으로부터 인정을 받으면 모범된 삶이 되고도 남는다. 또 수신제가하여 좋은 가정, 단란한 가족생활로 칭찬 받아야 한다. 인생말년이 좋아야 한다는 것이다. 자식을 잘 가르쳐 훌륭하게 키운 부모가 되어야하고, 좋은 친구와 매일 즐겁게 지낼 수 있으면 더욱 좋으며, 건강하게 여행할 수 있는 형편이면 금상첨화 격이 되고도 남는다.

출처 : 데이비드 스노든의 '우아한 노년' 중에서 [사이언스 북스]

영원한 청춘은 없다. 우리는 언젠가 늙는다. 인간은 반드시 늙는다. 성장을 멈춘 순간부터, 다시 말해 생식 기능이 완성된 순간부터 서서히 늙기 시작한다. 언제부터인지 하나 둘씩 흰머리가 생기기 시작하더니, 자꾸만 물건을 잃어버리거나 불과 며칠 전에 한 약속을 잊어버린다. 심지어 드라마에 나오는 알츠하이머병 환자를 보면서 치매가 아닐지 의심을 한다. 그럴 때마다 나이가 들어서 그런 거라고 입버릇처럼 말은 하지만 실제로 내 육체와 정신이 늙어가고 있다는 것을 제대로 받아들이는 사람은 매우 드물다.

누구나 죽는다. 하지만 죽음은 사람들에게 두려움과 공포를 불러일으키는 말이기도 하다. 사람들은 이 말을 가볍게 사용하는 것을 꺼리며, 생각하는 것조차 불쾌해 한다. 하지만 죽음은 피한다고 비켜가거나 사라지는 것이 아니다. 생명체라면 언제든 맞이하게 되는 것이 바로 죽음이다. 그렇다면 좋은 죽음을 맞이하기 위해서 어떤 준비를 해야 할까? 먼저 긍정적인 마음가짐이 중요하다. 죽음은 생각보다 천천히 오기 때문에 이 시기를 잘 보내야 한다.

심리학자인 칼 융은 "사람이 노력해서 이룰 수 있는 목표를 죽음에서 찾는 것은 건강에 좋다. 죽음을 겁내는 것은 인생의 후반기에 달성할 수 있는 목적을 빼앗아가는 비정상적이고 불건전한 행위이다"라고 말했다. 죽는 것을 두려워하는 데 시간을 낭비하며, 정작 필요한 것은 하지 못하는 사람들의 정신을 일깨워주는 말이다.

출처 : 루이스 윌퍼드의 '당신 참 좋아 보이네요' 중에서 [알키]

아무리 유능하고 성실한 직장인이라도 피해갈 수 없는 시간이 있다. 바로 '정년퇴직'이다. 계속 일을 하고 싶어도, 다른 일을 계획하려고 해도 안타깝고 막막할 수밖에 없는 위기의 순간이다. 가정과 사회의 든든한 주역에서 하루아침에 밀려나 사회적 약자의 대우를 받는다는 것은 감당하기 어려운 정신적 고통으로 다가올 수밖에 없다. 그 고독과 소외감을 이기지 못하여 퇴직자의 반 정도는 5년 이내에 세상과 작별한다고 한다. 게다가 당장은 목돈 같아 보이는 퇴직금이나 연금도 이내 최소생활의 유일한 밑천이라는 냉혹한 현실과 마주하게 된다. 자식농사 잘 지으면 알아서 부양하던 시절도 오래 전에 끝났다. 제 앞가림하기 바쁜 자식들 도우려다 그나마 퇴직금과 연금을 모두 잃는 사람도 심심찮게 볼 수 있다.

죽음을 맞이할 준비가 되어 있는 사람과 그렇지 않은 사람은 여생을 살아가는 데 있어 분명한 차이점이 있다. 죽음을 올바르게 인식하고 이에 대한 준비와 대비를 한다면 미리미리 우리의 삶 속에서 생기는 어려운 문제를 이겨낼 수 있고 가족 간의 갈등도 잘 다스릴 수 있으며 미처 마무리 짓지 못한 일들도 원만하게 해결할 수 있어서 훗날 걱정과 근심이 없는 편안하고 인간다운 죽음을 맞이할 수 있다.

출처 : 이충호의 '정년 후' 중에서 [하늘아래]

인생은 무엇인가. 인생은 바라는 '소원의 여정'이다. 한참 일할 때는 직장생활로, 가족들의 대. 소사일로 혹은 다양한 사회활동으로 늘 시간이 짧은 시간 속에서 사소한 행동, 두려움 없는 생활, 다른 사람에 대한 봉사 지원을 통해 얻어 지는 행복감도 다르게 느껴짐은 물론이다. 우리들의 삶을 채우는 사소한 일들이 더 소중하고 행복감을 느끼는 사람들이 많을 것이다.

인생의 물리적인 24시간을 어떻게 보내느냐에 따라 삶의 질이 달라지게 마련이지만 대개 물질적 부富보다 정신적인 행복, 즉 '비물질적인 기쁨'을 찬양한다. 삶을 위해서는 물질적인 풍요보다 시간의 풍요함을 추구하라고 외친다. 우리 모두는 어느 시간 속에 존재하는 삶이다. 그런 시간의 경제학은 변하고 있다. 벤자민 프랭클린의 격언인 '시간은 돈이다'라는 말은 경제논리와 도덕적 자유민주주의에 부합될 수 있다.

요새는 각자의 시간 관리에 대한 새로운 인식으로 '시간의 풍요함'이라는 개념이 관심을 끌고 있다. 개인의 행복에 장애가 되는 것은 시간의 부족으로써 물질 재산보다 시간의 풍요함이 우리 삶에 더 큰 행복감을 안겨준다는 것이다. 그런데 이러한 '시간의 풍요함'은 매일 일하지 않고 허송하는 시간을 의미하지 않는다. 열심히 일을 하면서도 개인적으로 의미 있는 일을 만들어 즐기는 것이다. 게으름을 피우면서, 태만하게 보내면서 얻어지는 시간이 아니다.

다시 말해 무위가 아니다. 노자에서 말하는 무위無爲란 아무것도 하지 않는 것이 아니라 어떤 틀에도 구속되지 않는 자유로움을 의미한다. 바쁜 가운데서도 계속 일하며 틈을 내서 음악을 듣고, 일기를 쓰고, 독서를 하는 것은 자기 삶의 목표와 주어진 시간과의 조화로운 삶을 만들어 가는 방법들이다.

우리는 사회적 관계에서 권리, 계약, 약속, 의무, 책임 등 일상적 관습들로부터 해방되기를 원한다. 고통의 대 재앙의 현장에서 벗어나려는 심연 속에서 나만의 시간을 소망한다. 경험적으로 느끼는 것이지만 꼭 많은 돈을 지불하지 않아도 시간의 풍요함 속에서서 내적 정신적 감정을 만들어 갈 수 있다. 영혼을 자극하는 기쁨은 풍요한 시간 속에서 찾을 수 있다.

이때의 행복감이란 단순히 감정으로 느끼는 즐거움과 다르다. 행복은 삶의 과정에서 자신의 삶을 긍정적으로 평가하는 삶의 만족도와 관계되는 개념이다. 돈 걱정으로부터 해방되는 것이 사람들의 일차적 목표라는 것이다. 당신이 돈을 사용하지 않으면 그것이 당신을 가지고 논다. 당신이 돈을 지배하지 않으면 어느 순간 반대로 지배한다는 철학적 논리를 펴고 있다.

행복의 근원을 재산으로 보기 때문이다. 지금까지 소득이나 외모, 매력이 행복과 상관관계를 갖는다는 것은 많은 사람이 인정한다. 그래서 직장인들은 직위의 상승, 연봉 액수에 목을 맨다. 돈 때문에 죽고 사는 일이 생긴다. 그러면 돈(재화) 없이 행복을 달성할 수 없는 것일까? 물질의 소유가 곧 행복의 기준인가. 몇 년 전 보다 소득이 10% 올랐다면 더 행복할까. 이에 대한 대답은 각자 삶의 방식에서 다를 것이다.

다만 이런 감정은 각자 내부에서 만들어 지는 마음이다. 수입이 늘어나도 더 나쁜 환경에 빠질 수 있다. 돈으로 건강과 행복을 살 수 없다는 사실은 누구나 알고 있는 말이다. 오히려 현자들은 돈이 전부는 아니라면서 돈이 없어도 재미있게 살 수 있다고 위로한다. "재산은 당신에게 잠시 맡겨진 것일 뿐이다." 라고 달랜다.

그런데 행복에 영향을 미치는 요인은 크게 두 가지다. 하나는 물질적 요인이고 다른 하나는 정신적 요인이다. 물질적 요인으로 풍요가 웰빙의 주요 수단으로 생각한다. 정량화된 물질적(소득, 재산)요소가 행복을 가져다준다고 믿는다. 이러한 사고와 믿음은 인생의 철학적 삶이 내제 되었을 때 가능하다.

철학적 삶은 인간의 고통, 슬픔 죽음까지는 아니지만, 소크라테스는 정의를 위해 목숨과 죽음을 스스로 선택 했으며 ,예수는 죽음을 통하여 영혼과 영생을 믿게 하였다. 또한 공자는 한자라는 언어를 통하여 삶의 진정한 의미를 미화하였고 그리스신화는 역사의 중요성을 일깨워 주었다.

그러나 물질적 욕구에는 한계가 없다. 더 많이 갖는다고 만족감이 높아지지 않는다. 그 생활에 자연히 익숙해지고 당연하게 여겨지면서 더 높은 만족을 채우려고 하기 때문이다. 사실 만족은 매우 잠깐의 감정이다. 유물론은 장기적으로 더 불행한 마음을 가져다준다.

정신적 요소는 행복, 안정, 평안, 평화, 사랑, 감사, 배려, 관용 등의 형이상학적 가치를 포함한다. 이런 침묵의 가치들이 쉽게 무시되거나 돈과 명예, 지배감정을 추구할시 정신적 요소는 배제되기 쉽다. 돈만 추구할시 정신건강이 낮아질 수 있고 행복해질 가능성이 희박해 진다. 말인즉 우리 삶에서 가장 중요한 것은 우리가 갖고 있는 어떤 소유물이 아니라 우리 자신이 누구인가 하는 점이 중요하다.

문제는 내가 갖는 삶의 초점을 어디에 두느냐의 문제다. 가치 있는 삶이란 살아가는 이유가 명확한 사람이다. 정신적 풍요함 내지 시간의 풍요함인가? 아니면 물질적 풍요함인가? 하는 자기 신념의 확신 말이다. 불행하게도 풍족한 사회에서도 불행, 불안감, 빈곤감은 여전하다. 지금 사회는 분명히 풍족한 사회, 사회적 부가 증가하고 있지만 사람들은 더 피곤하고 소외감과 박탈감은 더 커져만 가고 있다.

돈을 많이 벌어서 사고 싶은 집과 좋은 자동차를 타고, 명품쇼핑으로 얻은 야심찬 소유의 기쁨도 잠시일 뿐이다. 말인즉 재화의 환상에 빠질 수 있다. 삶의 만족도와 소득 간에는 어느 정도 상관관계가 있다. 행복지수가 높은 국가들의 경우 행복은 경제적 부富 뿐만 아니라 개인의 심리 사회적 욕구가 충족되는가에 달려 있다고 했다.

재화와 행복을 균형 있게 연결하는 지혜가 필요한 것이다. 물질을 구하였으면 그 물질로 많은 사람을 섬기어야 한다는 뜻이다. 결국 살아가면서 느끼는 낮은 자존감, 외로움, 불만 등을 해소하기 위해 여가, 취미활동, 역량강화 등을 통해서 얻어지는 심리적 정신적 풍요함이 중시된다.

시간의 풍요함을 통해서 자아발견, 자아실현의 기회 등 늘 가치 있게, 생동감 있게, 즐겁게 만족스럽게 살아가는 정신적 풍요를 느끼는 사람들이 행복한 사람들이다. 결론적으로 다수의 연구는 기본 생존 욕구가 충족되면 더 이상 행복해지지 않는다는 사실을 논증하고 있다. 기본욕구의 충족, 안전, 부와 웰빙을 넘어 더 강력한 욕구가 한없이 작용하기 때문에 지속적 행복감을 느낄 수 없다는 것이다. 오히려 자신의 시간을 재미있게 보내기 위해서는 외부보상(재산 돈 인기 매력)보다 시간의 풍요함을 느끼는 것이 더 행복하다는 주장이다. 물질(돈)보다 시간부자가 더 풍요한 삶을 살아갈 수 있다.

기본적으로 물질적 빈곤 상태에서 벗어날 때 시간의 풍요함도 즐길 수 있다고 믿는다. 현자들은 돈이 모든 악의 근원이라고 하지만 노년기에는 돈이 없으면 빨리 늙게 마련이다. 물신주의를 말하는 것이 아니라 자기 생활수준에 맞는 돈은 어느 정도 충족되어야만 노후생활이 편안해 진다.

행복하다는 감정은 젊은 사람들이 더 많이 느끼고 흥분하는 일이지만 노인들은 시간이 지남에 따라 그 행복감은 현실적 생명의 안전, 질병 없는 건강, 평온한 삶 속에서 삶의 만족감을 찾기 마련이다. 무엇보다 물질적 뒷받침이 보장 될 때 시간의 풍요함을 누릴 수 있다. 개인적으로 의미 있는 활동을 추구할 수 있는 여유로운 돈과 시간이 균형 있게 주어 질 때 삶의 만족감이 높아질 것이다.

노년의 행복지수

세계은행에서 사용하고 있는 인간개발지수Human Development Index는 우리에게 잘 알려진 후생지표이다. 인간개발지수는 1인당 평균소득과 같은 물질적 부뿐만 아니라 예상수명, 영아사망률, 문맹률, 교육수준 등 삶의 질과 같은 측면을 포함하고 있다. 이와 함께 진정진보지수, 녹색국민총생산, 빈곤지수 등도 제안되었다. 이제 성장을 대신하는 새로운 지표의 개발은 새로운 성장 산업이 되었다.

성장을 대신하는 새로운 후생지표 가운데 세계의 관심을 끌고 있는 것은 국민행복지수이다. 국민행복지수(GNH)란 히말라야의 작은 나라 부탄의 왕추크 국왕이 1998년 국민의 삶의 질을 높이겠다는 국정 철학을 밝힌 데서 비롯된 용어다. 그는 GDP(국내총생산) 대신 GNH(국민행복지수)를 높이는 것을 국정목표로 삼고, 웰빙과 건강, 생태계 보호 등 국민의 행복을 증진시키는 방법을 찾았다.

인도의 간청에도 불구하고 자연생태계 보전을 위해 나무를 팔지 않고 국토의 60%를 산림으로 유지해야 한다는 헌법 규정을 만들었으며, 외국관광객의 입국도 제한했다. 그 결과, 부탄 국민의 97%가 스스로 행복하다고 느끼며 살고 있다. 비록 GDP는 2천 달러도 안 되지만 4만 달러인 미국인보다 국민행복지수가 높게 나온다. 그래서 식량, 거주지, 의료 등 생존을 위한 몇 가지 요건만 충족되면 더 이상 소득의 증가가 개인의 행복에 큰 영향을 미치지 못하기 때문이다.

그러나 가족이나 친구와 함께 보내는 시간이 많고, 즐길 수 있는 직업에 종사하며, 자연과 함께하는 시간이 길수록 행복지수는 증가할 것이다. 행복은 갑자기 하늘에서 뚝 떨어지는 감이 아니다. 가족과 친구와 이웃과 행복하게 살아가기 위해 어떤 노력을 하고 있는가.

행복지수라는 참신한 아이디어의 포스터 모델은 부탄정부이다. 부탄은 히말라야 산맥 동쪽에 티베트와 인도와 접한 사방이 온통 산으로 둘러 싸여진 인구가 100만 명도 안 되는 왕국이다. 1972년 당시의 통치자였던 지그메 싱계 왕추크 전 국왕은 국민들이 물질적 풍요와 전통적 가치를 보존하는 국가에서 살 수 있는 경제를 국정목표로 설정했다. 그는 이러한 후생지표를 국민행복이라고 명명하고 부탄왕국은 국민총생산에서 벗어나 국민행복을 추구할 것을 역설했다. 이에 따라 부탄정부가 국민의 행복 증진을 위해 설정한 목표는 성장보다는 지속 가능한 경제발전, 환경 보호, 문화 진흥, 그리고 좋은 통치이다.

시간의 사용 영역은 삶의 질을 나타내는 가장 효과적인 창문이다. 사람들이 시간을 어떻게 사용했는지를 측정하는 이유는 노동 이외의 시간이 행복에서 차지하는 역할 때문이다. 수면과 자기 계발, 공동체 활동, 교육과 학습, 종교와 사회 및 문화적인 활동, 운동과 여가활동, 그리고 여행 등에 활용한 시간은 삶을 풍요하게 하고 행복을 증진시킨다. 살림을 하고, 애들을 키우고, 가족 가운데 아픈 사람을 돌보는 가사활동은 시장에서 거래되지 않는 경제활동이기 때문에 국민소득 계정에는 포함되지 않으나 우리의 후생과 복지를 증진시키는 요인이기 때문에 국민행복지수에서는 매우 중요한 몫을 차지한다.

공동체의 활력 영역은 개인과 공동체와의 관계, 공동체 내에서의 개인사이의 상호관계에 초점을 두고 있다. 이 영역은 신뢰의 본질, 공동체의 귀속감, 가정과 공동체의 안전, 나눔과 자원봉사 등을 포함된다. 공동체의 활력 영역의 지표는 가족, 안전, 상호의존, 신뢰, 사회적인 봉사, 공동체 참여도, 그리고 친척과의 친밀도로 구성되어 있다.

출처: Babasteve at en.wikipedia.org

문화적 전통의 유지는 부탄의 중요한 정책 목표 가운데 하나이다. 전통과 문화의 다양성은 부탄인의 정체성과 가치관, 그리고 창의력의 배양에 크게 공헌한다고 믿기 때문이다. 문화 영역은 문화적 전통의 다양성과 강점에 초점을 두고 있다. 이 영역은 문화시설, 언어사용의 형태, 그리고 공동체 축제와 전통적 오락의 참여 정도를 조사한다. 이러한 지표들은 부탄인의 핵심적 가치를 측정하고 가치관과 전통의 변화를 추정한다. 문화의 다양성과 유연성을 측정하는 지표는 방언, 전통, 운동, 공동체 축제, 예술적 기능, 가치관의 전파, 기본적 통찰력 지표이다.

좋은 통치 영역은 행정의 질이나 효율성, 정직성에 대한 국민의 평가를 반영한다. 통치 영역의 지표는 인권, 정부 각 부처나 기관의 지도력, 불평등과 부패를 추방하기 위한 정부의 감독 및 정책 능력을 포함시킨다. 이와 함께 언론매체와 사법부 그리고 경찰에 대한 국민의 신뢰지수도 포함된다. 즉 정부의 업적, 자유, 그리고 제도와 기관에 대한 신뢰가 통치영역에 포함된다.

영국에 본부를 둔 유럽 신경제재단(NEF)은 지난 해 국가별로 행복지수를 조사했다. 이 조사에서 부탄은 1위를 차지했다. 1인당 국내총생산이 2,000 달러에도 미치지 못하는 부탄은 응답한 국민 가운데 97%가 행복하다고 답변했기 때문이다. 부탄에 비해 1인당 국내총생산이 10배나 높은 대한민국은 143개국 가운데 68위에 그쳤다.

출처: gettyimages

한국국민의 행복지수는 2012년 미국갤럽여론조사 기관이 148개 나라 15세 이상 1천명을 대상으로 ① 잘 쉬고 있는지 ② 존경받는지 ③ 많이 웃는지 ④ 재미있게 일하고 배우는지 ⑤ 즐겁다고 자주 느끼는지 질문에 대한 결과, 파나마와 파라과이 국민의 85%가 이 질문들에 그렇다고 답해 공동 1위를 차지했다. 특이한 점은 10위권 안에 든 나라는 태국과 필리핀을 제외하면 모두 중남미 국가라는 점이다. 엘살바도르, 베네수엘라 등 중남권이 상위권이며, 미국과 중국 33위, 일본 59위, 한국 97위, 싱가포르가 가장 행복하지 않는 국가로 조사되었다. 한국의 경우 63%가 그렇다고 답해 그리스, 몽골, 카자흐스탄, 체코 등과 같은 순위를 기록했다

나이 드는 것의 미덕

나이 들어간다는 것은 조금씩 익어 가는 것이다. 각박한 세상을 사는 현대인들에게 노령화의 의미는 삶이 농축되면서 두려움이 함께 흐른다. 이와 같이 삶의 마무리는 시대에 점점 뒤처지는 생각이 들며, 초조한 느낌은 좀체 떨치기 힘들어진다.

지미 카터(24년생) 전 미국 대통령이 펴낸 에세이 '나이 드는 것의 미덕'은 대통령직을 물러난 후 아내 로잘린과 함께 노년을 보내면서 일상생활 속에서 그가 느낀 점들을 솔직하게 담은 수상록이다. 나이 들어가는 것이 얼마나 멋진 일인지를 자신의 이야기를 들려주며 조용히 그러나 설득력 있게 전한다.

카터가 생각하는 성공적으로 나이 드는 것이란 어떤 것일까. 질병으로부터 자유롭고, 정신적 신체적 기능을 유지하고 있으며, 삶과 계속적인 유대를 갖고 있는지 여부다. 특히 삶과의 유대는 그가 강조하는 점이다. 일상생활에 적응하는 과정에서 필연적으로 만나는 책임감, 도전, 고통 등을 겪으면서 자기 존중감을 키우고 인생에서 주인의식을 갖게 된다는 설명이다.

물론 노년의 건강 또한 중요하다. 그는 건강을 유지하려고 노력하는 것 자체가 즐거운 도전임을 발견했다고 회고한다. 건강이란 신체적으로 이상이 없는 것뿐 아니라 자기 일에 대해 통제력을 행사할 수 있는 상태라고 말한다. 이런 건강은 저절로 찾아오는 것이 아니라 열심히 추구해서 얻어야 한다는 것이다. 약이나 치료에 매달리는 대신 다양한 오락과 여가활동을 하라고 그는 충고한다. 그러나 카터 자신도 나이 드는 것이 두려웠다고 솔직히 고백한다. 듬성듬성 빠지는 머리카락, 줄어드는 소득, 나이든 사람에 대한 주위의 편견으로 우울해 있을 때 그를 추슬러준 것은 바로 가족이었다고 감사해 한다. 어느새 훌쩍 커버린 자식들 그리고 그들이 안겨준 소중한 손자들이 무럭무럭 자라는 만큼 행복의 키도 함께 커 간다고 자랑한다. 실제로 카터는 스무 명 가까이 되는 온 가족과 함께 미국 전역으로 여행 다니는 즐거움을 누리고 있다. 물론 경비가 만만치 않지만 그는 이것이 최고의 투자라고 자신 있게 이야기한다.

카터는 나이가 들어서도 늘 새로운 것에 도전하라고 권한다. 80대 중반인 지금에도 모르는 것을 배우려 노력하고 있다고 자신의 경험을 소개한다. 나이 예순에 첫 도전한 히말라야 등반에서 자신감을 얻은 그는 4년 후엔 킬리만자로 정상까지 등정하는 노익장을 과시했다. 손자의 손을 잡고 나서는 계곡 낚시와 새 관찰, 목공예, 사냥 등 레저 활동도 다양하게 즐긴다. 퇴임 후에도 국제 분쟁의 해결사로 활약하는 힘은 물론 여기서 나온다. 미지의 세계에 대한 도전은 노년을 풍요롭게 하는 중요한 요소라고 그는 강조한다.

사실 카터 집안은 유전적으로 췌장암 빈도가 높은 불행한 가정이다. 아버지와 세 명의 동생이 모두 이 병으로 일찍 세상을 떴다. 그래서 그는 정기적인 검사를 통해 발병 징후를 감지하려는 노력을 잠시도 게을리 할 수 없는 형편이다. 그럼에도 그는 마음의 평안함과 유머를 잃지 않고 있다고 말한다. 항상 긍정적인 사고방식으로 행복한 노년을 즐기고 있는 그가 세상 사람들에게 던지는 메시지는 명쾌하다.

출처 : 지미 카터의 '나이 드는 것이 미덕' 중에서 [끌리오]

노년에 있어 중요한 것은 체력이 아닌 정신력과 마음가짐이며 체력이 약하다는 것은 비단 노년의 건강상태의 공통된 약점이다. 그리고 자신이 원하는 멋진 노년을 위해 젊어서부터 하루하루 준비를 해야 한다는 점이다. 그 준비란 거창한 것이 아니라 책을 읽거나 자기분야에 관한 공부를 하는 등 자신이 노년에 이룩하고자 하는 모습을 위해 조금씩 할 수 있는 것들이다.

우리들은 20세 전 후 청년시절에 만나 인연을 맺게 되었다. 지금 보는 우리의 모습이 20세 전후 그 모습과 다르지 않으며, 조용하고 살며시 스며든 세월을 느끼면 노년도 그러하리라 생각한다. 노년에 대해 생각해 본적이 있는가? 나는 결코 노년에 대해 생각해 본적이 없다. 짧게는 내일, 길게는 고작 5년에서 10년 정도 후에 자신의 삶에 대해 문득 그려보곤 했던 것 같다. 노년은 나에게 있어 먼 미래의 추억으로 아름다운 인생 이야기가 많을 때 행복해 질 것이다.

나이 들면서 경험하게 되는 습관들

동경대형 : 동트면 경로당에 직행하여 온종일 보내는 형

하와이대형 : 하루 종일 아내를 이리 저리 오라는 타입

전국대형 : 전국 철도를 누비는 사람

예일대형 : 예고 없이 일을 저지르는 사람(나쁜 쪽으로)

지금, 나의 하루하루 모습이 쌓여 노년의 내가 된다. 이건 너무나 당연하지만, 의식하며 살진 않았던 것 같다. 죽음에 관한 이야기도 나오는데, 노년과 죽음은 간과 할 수 없는 것이지만, 죽음은 나이를 가리지 않는다.

출처 : 키케로의 '노년에 관하여' 중에서 [궁리출판]

삶과 죽음의 철학

먼저 활짝 미소 짓는다. 상대방 눈높이에 시선을 맞춘다. 눈과 입이 활짝 웃으면서 두 손을 잡고 악수한다. 한번 말하고 두 번 듣고 세번 맞장구치는 것으로써 말 잘하는 만큼 잘 듣고 대응하는 화술은 대화의 중요성을 강조하고 있다. 센스 있는 맞장구는 적극적으로 화자의 뜻을 이끌어내는 화법이다. 그것은 단순히 리듬을 맞추는 것뿐 아니라, 화제의 본질에 접근해가는 과정이다.

부모가 자식에게 삶의 방법을 훈련시키는 것처럼, 화자는 무의식중에 자신의 경험에서 나온 노하우를 말하고 싶어 한다. 하지만 그 수혜자는 귀를 기울이는 사람뿐이다. 이런 화자의 심리를 이용하면 최고의 정보를 얻을 수가 있다. 그것을 어떻게 끌어내는가.

우선 상대방의 말을 긍정적으로 받아들이고 동조하자. 그리고 천천히 그 내용에 박자를 맞춘다. 그렇게 분위기가 고조되면 화자는 자신의 내면의 기밀까지도 무의식중에 풀어 놓는다.

출처 : 데일 카네기의 '화술 123 법칙' 중에서 [들녘미디어]

누구에게나 기다림은 찾아온다. 버스를 기다리거나 친구를 기다리거나 아니면 일어나지 않을 일에 대한 막연한 기다림이다. 이러한 기다림의 시간은 우리에게 무의미한 시간들은 아니다. 그 순간으로 생각에 깊게 잠길 수 있는 자기만의 시간이 될 수도 있고, 아니면 더 좋은 생각이 문득 지나갈 수도 있고, 재미있는 상황들이 앞에서 벌어질 수 있을 것이다. 기다림의 시간들, 기다림의 순간, 마음이 급급한 사람들에게 기다림의 시간들이 필요하다.

긴급한 일이 있더라도 기도하는 시간을 우선시하자.(항상 기도하되, 특히 밤 12시부터)

어차피 같이 살아야 하는 운명이라면 어머니께서 무엇을 하시던, 어떻게 말씀하시던 인정하고, 너무 부지런한 성품인지라 내가 감당하기 힘들어 스스로 스트레스를 많이 받아왔다.

프랑스 수학자 데카르트는 이렇게 말했다. "나는 생각한다. 고로 나는 존재한다."라고 말이다. 자신에게 주어진 문제나 관심사에 대하여 사색하고 고뇌하며 자신만의 결론에 이르는 이러한 과정들은 삶의 기쁨이 되고 긍정적인 방향으로 발전시키는 계기가 된다. 현대의 바쁜 일상과 획일화된 삶을 살아가는 우리들은 어쩌면 매일 같은 생각과 결론들을 내리며 살아가는지도 모른다. 다른 생각과 삶의 방식은 마치 외톨이가 될 것처럼 말이다. 그러나 차별화된 상상력과 실천은 인류문명의 발달에 꼭 필요한 것이었으며 인간이 동물과 구별되는 가장 중요하면서도 가치 있는 것이다. 현재의 우리의 꿈은 먼 미래의 현실이 될 것이다. 이런 면에서 어릴 적부터 다양한 지식을 접하면서 정리하고 자신만의 생각을 가미하는 능력에 뛰어났던 저자의 모습에 나는 부러움과 탄성을 보일 수밖에 없었다.

죽음이라는 부분의 너무 많은 것을 서술하려고 해도 명확하게 설명할 수는 없다. "실존한다는 것은 죽음에 직면하여 서 있는 것을 의미 한다"는 이 한마디를 하고 싶어서 그렇게 긴 책 한권을 쓴 것은 아니라고 믿고 싶지만 내려진 결론은 죽음을 두려워하는 것은 지혜가 없으면서 마치 지혜가 있는 것처럼 생각하기 때문이다. 죽음이 무엇인지 모르면서도 그것을 알고 있다고 생각하는 것이 될 것이다. 그것은 죽음이라는 것이 사람에게 좋은 것인지, 그렇지 못한 것인지 아무도 모르면서 그것이 마치 가장 나쁜 것임을 알고 있기나 한 것처럼 두려워하기 때문이다. 그런데 이것이야말로 가장 비판받아야 한다. 즉 모르면서도 아는 체하는 것은 무지가 아니고 무엇인가. 나는 아마 이 점에서 다른 많은 사람들과 다를 것이고, 만약 내가 어떤 점에서 다른 사람들보다 지혜롭다고 말할 수가 있다면, 그것은 나의 사후의 일에 대하여 잘 모르고 있기 때문에 그대로 모른다고 생각하고 있는 점에서일 것이다. 하지만 이젠 떠날 때가 되었다. 나는 죽기 위해서, 그리고 여러분은 살기 위해서, 그러나 우리들 가운데서 누가 더 좋은 일을 만나게 될지는 신밖에는 아무도 모른다.

세네카는 인간의 삶을 연회에 비유했다. 그에 의하면, 이 연회에 초대된 손님들은 너무 일찍 자리에 떠서 주인을 섭섭하게 해서도, 그렇다고 너무 늦게까지 머물러 주인에게 폐가 돼서도 안 된다. 그들은 그들이 자리에서 일어나야 할 가장 적절한 때를 선택해 작별을 고해야 한다는 것이다. 즉 죽음을 임의로 앞당기거나 침착하게 그리고 기꺼이 자연의 섭리에 순응해야 한다는 뜻이다. 세네카는 또 인간의 삶을 연극에서의 한 역할에 비유해, 사람은 자신에게 주어진 역할에서 이탈함이 없이 정성을 다해 그 역할을 수행하고 조용히 삶의 무대에서 물러나야 한다고 했다.

쇼펜하우어는 자살에 대신하여 삶의 고통으로부터의 해방을 위한 두 개의 길을 제시하였다. 하나는 예술을 통한 길이요, 다른 하나는 불교적 의미의 고행의 길이다. 아무런 이해관계 없이 순수한 마음으로 예술 작품, 그 중에서도 특히 음악을 감상하고 거기에 몰입하게 되면, 우리는 의지의 속박에서 해방되어 예술에 내포되어 있는 영원한 관념을 명상할 수 있게 된다. 시간의 진행은 멈추고 마음의 동요도 사라진다. 그리하여 우리는 고통을 야기하는 온갖 의지들을 잠재우고 마음의 평정을 얻을 수 있게 된다. 그러나 이 같은 미적 경험은 오래 지속되지 못한다. 따라서 예술을 통한 해방은 일시적인 것일 수밖에 없다.

인간은 자연의 아주 연약한 갈대이다. 그러나 그는 생각하는 갈대이다. 그를 없애기 위하여 온 우주가 동원될 필요는 없다. 약간의 증기, 한 방울의 물이면 그를 죽이기에 충분하다. 그러나 우주가 인간을 없앨 때 인간은 우주보다 더 고귀한 것으로 된다. 왜냐하면 그는 자기가 죽는다는 것을 알고 있기 때문이다. 우주는 인간 앞에서 자신이 어떤 장점을 가지고 있는지 모른다. 따라서 우리의 모든 존엄성은 사고 속에 근거하는 것이다.

보편적인 운명도 아니다. 죽는다는 것은 개개인이 소명하지 않으면 안 되는 죽음을 향한 존재이다. 현 존재는 외형적으로는 죽음에 의해 구애받지 않는다. 따라서 죽음의 객관적인 관찰이란 원칙적으로 실존에 부적당한 일이다. 실존에게 있어서 죽음은, 죽음의 필연성은 인간의 현존재에게 절대적으로 귀속된다는 것을 실존이 이해할 때에야 비로소 본질적인 것이 된다. 즉 죽음이란 모든 순간 현존재의 모든 행동을 결정하는 요소인 것이다. 죽음이란 외형상의 세상과의 끝남이라는 의미와는 반대로 이 유한성을 분명히 알고 받아들이는 일이다.

죽음에 대한 나의 태도는 오히려 삶을 통해 변화하기 때문에, 나는 죽음은 나와 더불어 변화한다고 말할 수가 있다. 그렇기 때문에 인간이 자신의 본질을 다 동원해서 삶에 매달리고, 허망한 비존재보다 현존재의 모든 현실을 선택할 때에도, 그리고 모순과 우매함 속에서 삶을 사랑하면서 또한 삶을 경시할 때에도, 인간은 자기 자신과 하등의 모순이 되지 않는다.

다시 말해서 죽음에 절망하는 것처럼 보이면서도 죽음에 직면해서는 자신의 본래적인 존재를 의식할 때, 죽음을 이해하지 못하면서도 죽음에 의지할 때, 무를 보면서 자신의 존재를 확실하게 깨달을 때, 죽음을 친구이면서 적으로 바라보며 죽음을 피하면서도 동경할 때에 인간은 자신과 아무런 모순을 갖지 않는다. 죽음은 단지 현사실로서만 항상 동일한 사실이며, 한계 상황에서 죽음의 존재는 중지하는 것이 아니라 그 모습을 통해 변화하며, 마치 내가 그때그때 실존으로서 존재하고 있는 것과 같이 존재한다. 현재 있는 그대로의 죽음은 최종적인 것이 아니라 나의 현상적 실존의 역사성 내에 수용되어 있는 것이다.

자유로운 인간은 결코 죽음에 대해서 생각하지 않는다. 그의 지혜는 죽음에 관한 것이 아니라 생명에 관한 명상에서 유래하는 것이다. 자유로운 인간, 즉 오직 이성의 인도에 의해 살아가는 인간은 결코 죽음의 공포에 의해 이끌리지 않는다. 그는 오히려 선한 것을 갈망한다. 즉 그는 자기 자신의 유용성을 추구한다는 원칙에 따라 행동하고, 살아가고, 그리고 자신의 존재를 보존하기를 갈망한다.

정지되어 있는 것은 이미 생명을 잃게 된 것이다. 참다운 실존은 지속을 바라는 의지를 단념할 때에만 달성될 수 있다. 변신을 원하라! 변천 속에 몸을 던지고 그 속에 잠겨라.

어쨌든 아직도 생철학적으로 이해될 이 사상은, 여기에서 말하는 변신이 어떻게 보다 더 구체적으로 규정되는가 하는 그 방법과 양식에 의해서 비로소 그의 실존적인 의의를 가지게 된다. 모든 '변신'은 일종의 소멸이다. 한 상태로부터 어떤 동등한 다른 상태로의 변동뿐만 아니라, 성숙된 현존재로의 향상도 필연적으로 자연적인 삶의 영역 속에 있는 미숙한 성격의 감소를 의미한다. 그러므로 변신은 동시에 어떤 안이한 상태에 있는 현존재의 한계를 뛰어넘는 일종의 '초월'이다.

초월을 바란다는 것은, 인간이 그 자신의 부정을 원하여야 한다는 것을 의미하게 될 것이다. 그런 것이 아니라면 이 초월은, 각 순간에 새로이 수행될 초월 속에 바로 인간의 참다운 존재가 가로놓여있다는 의미에서 비로소 초월의 완전한 실존철학적인 깊이를 가진다.

이와 같이 초월은 단순히 죽음에 있어서의 부정에 그치는 것이 아니라 부정의 모든 확고한 영역들을 초월한다. 결국 이렇게 될 때에 죽음 속에서 최후적으로 일어나는 것이, 원칙적으로 같은 방법으로 진정한 실존의 각 순간에 일어나는 것을 가장 순수하게 구현하게 된다.

그러므로 죽음의 기능은 인간으로 하여금 일상적인 안이한 삶의 테두리로부터 벗어나게 하고, 그의 모든 계획과 시도가 믿을 수 없다는 것을, 곧 고정적인 존속은 있을 수 없고 모든 고정적인 것은 오직 착각이라는 것을 눈앞에 여실히 보여주는 데에 있다.

죽음은 특히 삶을 극단적으로 안전하지 못한 상태로 강요한다. 이렇게 함으로써 비로소 인간은 그의 참다운 실존의 과제를 위해 삶을 자유스러운 방향으로 움직이게 한다. 자신의 죽음을 향하여 미리 달려가면서 자유스러워질 때에만이 우연히 들이닥치는 여러 가지 가능성 속으로 자기를 상실하는 것으로부터 벗어날 수 있다. 그리하여 앞지를 수 없는 최후의 가능성 앞에 있는 여러 헌신적인 가능성들을 이해하고 선택하게 된다. 실존한다는 것은 죽음에 직면하여 서 있는 것을 의미 한다.

출처 : 로네의 '죽음의 철학' 중에서

공자는 이렇게 말한다. '생도 모르는데, 죽음을 어떻게 알 수 있느냐.' 맞는 말이다. 하지만 이 책은 죽음에 대해 이야기한다. 현대 사회에서 죽음이 가지는 철학적 의미, 법적, 의학적 정의에 대해서 논하며, 이것이 가지는 어려움에 대해서 설명했다.

우리 사회 사람들은 자기가 살고 있는 집 근처에 화장터가 들어오는 것을 극도로 꺼려한다. 그런데 문제는 전국의 화장장의 수는 47개이며, 이 중 인구의 절반 가까이 살고 있는 수도권에는 불과 4곳에 불과하다. 그런데 사람들은 화장터를 강하게 반대한다. 이로 인해 많은 사회적, 경제적 문제점들이 발생하고 있음에도 불구하고. 즉, 죽음의 흔적은 꼴도 보기 싫다는 것이다. 그런데 이는 톨스토이나 비트겐슈타인의 생각대로 사람들이 '죽음을 두려워하는 것은 삶을 잘못 살고 있다.' 아니면 건강과 젊음, 생명 연장에 대한 우리 사회 사람들의 강한 집착은 하이데거가 지적했듯이 죽음에서 느끼는 허무감과 두려움에서 도망치려는 내적 동기의 표현이다.

어느 날 테레사 수녀에게 한 여인이 찾아왔다. 소중한 사람을 죽음으로 잃은 그녀는 "그 사람이 하늘나라로 가버렸어요"라고 비통한 심정으로 호소했다. 이 때 테레사 수녀는 사람들이 흔히 하듯 같이 슬퍼하며 위로하는 대신 너무나 단순명쾌하게 말했다고 한다. "오, 하늘나라, 행복한 곳이지요."

하지만 우리 사회 사람들이 그렇게 생각할까. 어쩌면 우리 사회에 진정으로 필요한 것은 '죽음학'일지도 모르겠다. 죽음과 자연스럽게 같이 하면서(화장터나 공원묘지, 납골당을 지역 사회의 공원으로 만든다거나, 죽음에 대한 교육을 강화하는 방식으로) 우리 사회는 조금의 여유를 찾을 수 있지 않을까 하는 생각을 해보게 된다.

하지만 죽음이 가지는 문제는 다른 곳에도 있다. 생명 윤리의 측면에서 발생한 죽음의 정의가 바로 그것이다. 어떤 사람이 두뇌를 다쳐 두뇌가 불가역적으로 정지해서 호흡조절 역할을 하지 못할 때, 인공호흡기를 달아줌으로써 호흡이 계속 유지되고 그리하여 심장도 계속 뛸 수 있게 된 것이다. 이것이 뇌사상태이다.

뇌사상태 환자는 대개 며칠이나 몇 주 안에 폐나 심장에 합병증이 생겨 심폐사한다.(3일 이내 약 50%, 10일 이내 약 90%). 그리고 뇌사상태는 자발 호흡이 불가능하고 회복 가능성이 전혀 없다. 이렇게 인간들이 전통적으로 알고 있던 산 자와도 다르고 죽은 자와도 다른 뇌사 상태라는 것이 새로 발생함에 따라 이 상태를 죽은 것으로 볼 것인가 말 것인가에 대한 입장 차이가 나타난 것이다. 그리고 모든 이들이 수긍하는 공감대가 형성되지 못하고 있다. 종합병원 중환자실에 입실함과 동시에 죽음을 철저하게 준비해야 한다. 가족들은 연명이 존엄함을 인정해야 한다, 이렇게 할 때 죽음의 현실에서 해방 될 수 있다.

죽음이 나쁜 것으로 인식되는 것에 대해서는 박탈이론Deprivation

theory을 통해 '자신으로부터 좋은 것들을 박탈하기 때문'이라고 하면서도 이에 대해서도 유보적인 입장을 취한다. 죽음에도 철학이 있어야 한다. 인간은 죽음의 의미를 통해, 삶을 제대로 살아갈 수 있기 때문이다. 삶 그 자체만으로는 삶이 무엇이며 어떻게 살 것인지, 불가해 한 것으로, 죽음에 대한 이해가 수반되어야 하는 것이다. 무릇 죽음의 문제는 삶에 있어서 중요한 문제이기에, 고대에서 오늘에 이르기까지 많은 철학자들의 주된 관심사가 되어 왔다.

사실 사람은 그 누구도 죽음을 경험할 수가 없다. 죽음을 경험한 자는 바로 생명을 다한 그 사람뿐이다. 그러기에 죽음의 정의를 내리기란 매우 지난한 것이다. 어느 날 공자의 제자 자로가 공자에게 죽음에 대해 묻자, 공자 왈 "삶도 모르는데 어찌 죽음을 알겠는가"라고 했다.

그러면 죽음이란 무엇인가? 이른바 죽음이란 '한 생명체의 기능이 완전히 정지되어 사라져 버리는 현상'을 말한다. 그러므로 죽음은 인간의 경험과 지각의 영역을 넘어서는 차원의 세계에 속한다. 인간은 필연적으로 죽지 않으면 안 되는 유한한 존재이다. 고로 자신의 생애를 잘 다스려 가야 한다. 이를 위해서는 '삶의 철학'으로, 진정한 의미의 삶이란 무엇이며, 어떻게 살아야 하는 것인지에 대해, 깊은 사유와 통찰이 있어야 한다.

소크라테스는 정의를 위해 죽음의 가치가 있는 삶을 영위하기 위해서 자신의 삶에 대해 깊은 성찰을 고찰하였다. 우리가 성찰한다는 것은 스스로에게 질문을 끊임없이 던지는 것으로. 이에 의해 의미 있고 가치 있는 삶을 터득할 수가 있는 것이다. 이와 더불어 '죽음의 철학'을 통해, 과연 죽음이란 무엇이며 어떻게 죽어야 하는가를, 진지하게 헤아려 보아야 한다. 살면서 죽음을 진지하게 생각하면 할수록, 하루하루가 그 만큼 소중하고 충실해질 수 있는 것이다.

그렇다. 인간은 죽음을 통해 삶의 유한성을 깨달아, 비로소 시간을 지각함으로써, 비로소 주어진 시간을 의미 있고 가치 있게 채워갈 수가 있는 것이다. 유한한 인생, 결코 시간을 낭비해서는 안 된다. 모름지기 죽음의 철학을 바탕으로 자신의 인생관과 가치관을 바르게 정립하여, 주도적으로 충실하게 사는 것이 본래적 삶이다.

자신 스스로 살지 않고 누군가를 따라서 하루하루 생활함은 본래적 삶이 아니다. 주도적· 능동적으로 살아야 한다. 모쪼록 나와 세상을 조용히 바라보고, 자신의 참다운 내면의 소리에 귀 기울이며 살아가자. 그리하면, 참다운 인생 그리고 행복한 삶을 얻을 수가 있는 것이다. 다른 한편으로 지나친 욕심을 버리고 오늘을 간절하고 진지하게 살아가자. 결국 '죽음의 철학은 곧 바람직한 삶의 철학'이다.

출처 : 루트거 뤼트케하우스의 '탄생 철학' 중에서 [이학사]

의식해 오락가락하고 인공호흡기를 연결함과 동시에 철저한 죽음을 준비하는 것이 중환자실이다. 우리가 풀 수 있는 생명의 실타래가 얼마나 남았는지 알 길이 없다. 실제로 많이 남아 있다면 오래 살고 싶은 마음의 충동을 느낄 것이다. 그러나 노화와 질병으로 인해 심신의 오장육부 기능이 점차 쇠약해 질 때 죽음을 준비하는 이에게 경건한 삶을 제공하려면 순수한 의학적 선택을 제한 할 필요가 있다. 너무 깊이 개입해서 생명을 연장하는 욕구를 참아야 한다.

출처 : 아툴 가완디의 '어떻게 죽을 것인가' 중에서 [부키]

탄생과 죽음의 준비

탄생과 삶의 의미는 철학 및 종교에서 다루는 실존, 의식, 행복에 대한 개념과 깊게 연관되어 있다. 또한, 상징적 의미, 존재론, 가치, 도덕, 선악, 자유의지, 신에 대한 개념, 신의 존재 여부, 영혼, 사후세계 등의 문제와도 연관되어 있다. 과학은 이 세계에 대한 경험적 관찰을 통해 여러 가지 사실을 밝혀냄으로써, 앞의 문제들에 대한 설명에 간접적으로 기여한다.

좀 더 인간 중심적인 접근인 나의 삶의 의미는 무엇인가라는 질문도 가능하다. 궁극적인 진실, 통일성, 또는 성스러움에의 도달이 삶의 목적에 대한 질문의 가치일 수 있다. 죽음과 죽어감에 있어, 유태인의 임종의식은 고백이고, 한국은 삼우제, 삭망, 소상, 대상이다. 결국 주어진 삶을 충실하게 사는 것이 잘 죽는 것이며 잘 죽어가는 것이다. 미국은 어린 가족에게 매장을 못 보게 한다.

최고의 몸 상태가 완성되는 나이는 여자가 24-28세, 남자는 27-32세이다. 시기를 지나, 당신도 고령화가 바로 긴 병의 일종임을 몸소 깨닫게 될 것이다. 종교를 지닌 환자와 그렇지 않은 환자의 정신 상태는 별다른 차이가 없는 듯하다. 우리가 그 차이를 발견하기 어려운 까닭은 아마도 우리가 아직 종교를 지녔다는 것이 무엇을 의미하는지 명확하게 규정하지 못하고 있기 때문일 것이다. 여기서 말할 수 있는 것은, 환자들 가운데 내면적으로 깊은 신앙을 갖춘 참된 종교인은 극소수에 불과하다는 것을 발견할 수 있었다. 대다수의 환자는 어느 정도까지 신앙을 지니고 있지만 심리적 충돌이나 두려움을 벗어나는데 그 신앙이 별다른 역할을 하지 못하고 있다.

삶과 죽음의 문제가 영원히 존재하는 한 우리의 종교적 추구도 끊임없이 계속될 것이고, 이것이 바로 영적인 종교의 운명이다. 반反종교론자인 프로이트, 마르크스, 러셀, 사르트르 등은 자신들의 사유의 제한 때문에 세속적인 생명의 차원에 머무를 수밖에 없어서, 궁극적 진리에 관여하는 종교적 구도의 정신적 의의를 체험할 수 없었다. 우리는 삶과 죽음이라는 궁극적 의의의 성찰을 본질로 삼는 종교의 참뜻을 재인식해야 한다. 그러기 위해 우리는 개별 실존, true and authentic religion과 institutionalized and inauthentic religion을 구분해야 한다.

건전한 생사관을 확립하려고 하지도 않고 인생을 일종의 임무나 사명으로 여기지도 않으며, 다만 사후의 아름다운 세계로 도피하려고만 하는 무책임한 태도로는 생명의 시련을 이겨내지 못할 것이다.

출처 : 부위훈의 '죽음 그 마지막 성장' 중에서 [청계]

약의 비밀

-만성적으로 두통(10%)을 겪는 환자들의 70퍼센트는 약물이 원인인 것으로 추정된다.

-수면제는 정상적인 수면 사이클을 방해해 다양한 부작용을 낳으며 중독이 되기 쉽다.

-관절염에 쓰이는 아스피린, 이부프로펜, 기타 비스테로이드성 약물은 연골조직의 형성을 억제함으로써 관절파괴를 유발한다.

-비스테로이드성 약물은 미국에서 연간 16,500건의 사망을 유발하며 수만 명이 그 부작용으로 병원에 입원한다.

-아세트아미노펜의 과다 복용은 급성 간부전과 전체 신부전 중 10퍼센트의 원인이 된다.

-팍실(Paxil), 졸로프트(Zoloft), 프로작(Prozac)은 비만을 유발한다는 연구결과가 있는데도, 체중 증가는 이들 약물의 일반적인 부작용으로 간주되지 않고 있다.

출처 : 마이클 머레이의 '내 몸을 살리는 건강기능 식품' 중에서 [용안미디어]

우선 시간의 방향성에 대해 생각해보자. 우리는 과거로부터 미래로 시간의 흐름이 진행되고 이것은 돌이킬 수 없다는(비가역적이라는)것을 알고 있다. 컵이 떨어져서 깨지는 일은 일어나도 떨어진 컵이 다시 붙는 일은 일어나지 않는 것이다. 그런데 물리학의 방정식들은 대부분 이러한 시간의 방향성을 표현하고 있지 않다. 다시 말해, 일반적인 물리학의 방정식은 컵이 떨어져 깨지는 과정과 그 반대로 떨어진 컵이 다시 붙어서 하나의 온전한 컵이 되는 과정을 본질적으로 다르게 보지 않는다. 이에 비해 엔트로피 개념은 시간의 방향성이 물리학에서 표현되는 보기 드문 경우이다. 시간의 방향에 따라 엔트로피는 증가하는 성질을 갖고 있으며 이것은 비가역적인, 즉 돌이킬 수 없는 과정이기 때문이다. 이시간의 방향성이 미시적인 입자들의 운동에 의해 거시적인 레벨에서 통계적으로 나타난다는 점 또한 흥미롭다.

미시적인 입자 레벨에서는 시간의 방향성을 찾을 수 없는 것처럼 보이지만, 이 입자들이 모여서 만든 거시적인 물리계의 상태에서는 시간의 방향성이 존재한다. 물리계는 질서 있는 상태보다는 무질서한 상태(열평형)를 이룰 확률이 훨씬 높기 때문이다.

출처 : 김원기의 '꿈꾸는 과학' 중에서 [풀로엮은집]

현대 농법은 편리성과 상업성에 따라 자연에서 얻는 질 좋은 퇴비보다 대량 생산된 화학비료를 사용하고 많은 양의 살충제를 살포하여 토양이 황폐화 되어 우리 몸이 필요로 하는 충분한 영양소를 공급하지 못하고 있다. 수송 및 보관기간 등을 이유로 완전히 익지 않은 상태에서 수확을 하게 되어 고유한 식물 영양소를 충분히 제공할 수 없다.

6

삶의 여행

인생은 저 푸른 하늘에 두둥실 떠가는 한 조각구름과 같다.
창공에 떠가는 구름은 무수한 습기가 모여서 한 조각의 구름을
이루었듯이, 태어나는 것도 지地, 정화수水, 화火, 청풍風이 모여
인연이 된다. 그러다가 지수화풍의 인연이 다하여 흩어지면
바람에 날려 흔적 없이 사라진다. 우리의 여행은 한 척의 배를 타고
생사의 바다를 건너 피안에 이르는 길이다.

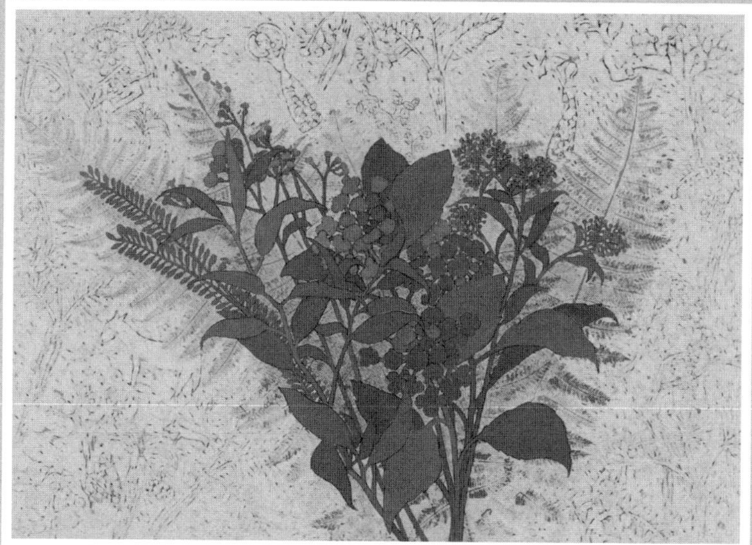

비움과 채움 여행

그 동안 가짜 욕망이 지배한 삶을 버리고 가슴 뛰는 삶으로 여행하고 싶다. 대한민국은 돈 한 푼 없이 차, 밥, 잠을 해결하는 무전여행을 곳곳에서 할 수 있다. 여행은 다양한 분야가 연결되는 행위이다. 여행인문학은 여행의 접점이 있었냐 한다. 인문학적 감수성이란 세상과 사람에 대한 자신만이 해석을 할 수 있는 감성을 말한다. 이와 같이 인문학적 감수성을 키우기 위해서는 끊임없는 배움이 전제되어야 한다. 여행이라는 용광로는 전혀 어울릴 것 같지 않는 사물과 대상이라는 개념을 접목 시키고, 연결하는 등의 노력을 해야 한다. 최고로 잘하지 말고, 다르게 생각하도록 노력해야 한다.

세상을 보는 창은 책과 길 위의 여행이다. 길 위에서 만난 사물을 모두 인문적 시각으로 해석하고 보이는 만큼 알 수 있다. 길 속에서 만나면 숲 인문학이고, 길 위에서 만나면 사물인문학이다. 보이는 만큼 해석하고 아는 만큼 느끼는 것이다.

자연을 다루는 자연과학에 대립되는 영역으로, 자연과학이 객관적으로 존재하는 자연현상을 다루는 데 반하여 인문학은 인간의 가치탐구와 표현활동을 대상으로 한다. 광범위한 학문영역이 인문학에 포함되는데, 미국 국회법에 의해서 규정된 것을 따르면 언어·언어학·문학·역사·법률·철학·고고학·예술사·비평·예술의 이론과 실천, 그리고 인간을 내용으로 하는 학문이 이에 포함된다. 그러나 그 기준을 설정하기는 매우 어렵기 때문에 이에 대한 의견의 일치가 이루어지지 않고 있다. 예를 들면 역사와 예술이 인문학에 포함되느냐 안 되느냐에 대한 이론들이 있기도 하다.

결국 인간을 위해 만들어 낸 학문이라고 하는데, 솔직히 요즘 같은 세상에서 돈 벌어먹고 살기는 힘든 학문이다. 주변에 사학과나 철학과를 나온 친구들이 있는데 대부분 후회만 한다고 한다. 하지만 다시 생각해 보면 돈을 위한 학문은 결국 사람이 기계화 되는 것에 불과하다는 생각이 든다.

개인적으로 내가 책을 신청해서 받아보았을 때 나의 와이프님께서 내 책을 읽어보신 적이 거의 없다. 이유는 간단하다. 만날 경제학 경영학 서적인데다가 그냥 봐도 머리가 아픈 듯한 책들만 보고 있으니 관심이 없는 게 당연하겠지만 이번에는 조금 반대가 되었다. 나는 이 책을 언제 다 볼까 고민하고 있던 찰나에 와이프님께서 짬짬이 읽다보니 나보다 더 많이 읽었다. 그만큼 책의 재미는 보장이 되는 때문일 것이다. 특히 여성분들은 기본적인 인문학 상식이 부족하다 여기면 꼭 한 번 읽어볼만 하다. 주제가 워낙 여러 가지라서 조금 산만하게 느낄지 모르겠지만 하나 하나 읽다보면 아주 깊게 들어가진 않더라도 아, 이정도면 다른 사람이랑 대화할 때 충분히 이해할 수 있겠구나' 라는 생각을 할 수 있을 것이다.

인문학적 관찰

그러면 왜 인문학이 필요한 것일까. 사실 미술과 공학, 전혀 관계가 없는 것 같지만 미술을 통해 여러 공학적 페인트라던가 물품들이 발전할 수 있었고 그림이 귀해지면서 그것을 내다 팔 수 있는 경매가 발달하면서 금융도 발전할 수 있었다. 물론 약간 지나친 확대라고 볼 수도 있겠지만 그만큼 인문학이 발전함에 따라 파생된 여러 학문들이 있다는 것이다. 하지만 어느덧 인문학은 점차 사람들에게서 멀어져 가고 당장 눈앞의 돈이 되는 학문들만 즐비하게 되어 대학에서도 아예 인문학과는 취업이 안 되니 축소하거나 폐지로 가는 대학들이 많이 있다고 한다.

시장 경제의 원리에 따르면 그것이 맞는 사실이지만 반대쪽에서 보자면 발전할 수 있는 기회를 너무 많이 버리고 있는 것이 아닐지 모르겠다. 여러 경영자들은 경영을 하다보면 인문학이 정말 필요할 시기가 있다고 하는데 정작 인문학적 소양을 기를 수 있는 시설은 거의 없거나 너무 부실하기 때문에 조금은 맞지 않는 것 같다.

사실 책은 인문학적 소양을 기를 수 있는 가장 빠른 방법 중에 하나다. 공간적인 제약도 없고 시간적인 제약도 없기 때문이다. 하지만 그렇기 때문에 사람들이 더 다가가지 않는 방법이기도 하다. 그래서 이 책은 평소에 어느 정도 알고 있던 사실에 대해서 좀 더 넓게 설명을 하고 있다. 상황에 대한 연설이 아닌 그 사람의 일대기, 불행했던 부유했던 어떤 삶을 살았는지, 이와 같은 이야기를 제공함으로서 인문학에 좀 더 다가갈 수 있도록 도움을 준다.

요즘 트렌드가 읽기 어려운 책이 아닌 누구나 읽을 수 있는 책이 트렌드다. 적어도 책을 읽고 나서 도대체 이게 뭔 소리인지 모르겠네 라는 걱정은 안 해도 될 테니 꼭 한 번 읽어보면 좋을 것이다. 그리고 주위 사람에게 조금은 유식한 척, 아는 척 할 수 있는 기회를 가질 수 있으면 된다.

친구들과 대화하다 보면 자주 듣는 말들이 있다. '역사를 왜 공부하는 거야?'단순히 역사를 잊은 민족에게 과거는 없다거나 역사를 통해 배우는 것들이 있다고 말할 수도 있지만 이런 주장들은 지나치게 민족감성에 호소하거나 모호한 느낌이다. 역사를 잊은 민족에게 과거가 없다면 탈민족주의는 어떻게 해석해야 하며, 역사를 통해 배우는 것들이 오직 역사를 통해서만 배울 수 있는 것들일까? 역사학, 더 나아가 인문학의 역할이란 무엇일까. 인문학은 그 의미 자체가 사람의 학문이다. 즉 인문학의 본질은 인간의 본질과 가장 가까이 연결되어 있다.

우리는 공학수학이나 물리학이 인간을 이해하는 학문이라 생각하지 않는다. 이것은 인간의 본질과는 거리가 멀기 때문이리라. 따라서 인문학의 의미를 따지기 이전에 우리는 이것들을 만든 인간의 본질을 이해할 필요가 있다. 인간은 무엇일까? 동물과 인간은 어떤 점에서 차이가 있는가. 철학자들이나 여러 학자들이 가장 강하게 주장하는 차이점은 이성과 자유의지이다. 달라 보이면서도 하나로 이어져 있는 이것은 인간이 스스로를 독립적인 개체로 인정하고 높은 사고를 하며 본성의 요구 외의 행동을 자유롭게 한다. 번식과 생존만을 요구하는 본능과 어느 정도 타협을 할 수 있으니 인간은 동물에 비해 자유롭고 그 삶 또한 다채롭다. 동물은 철저한 본능의 지배를 받는다.

뇌의 발달이 인간보다 적어서 그런지 몰라도 그들은 철저한 생존과 번식을 위한 삶을 살아가며, 그 방식은 선대에서 내려온 유전자에 담겨 있다. 그러니 동물들의 삶은 극도로 단조로울 수밖에 없다. 우리는 흔히 다큐멘터리에서 등장하는 생애 등의 소재를 통해 다른 동물의 삶을 이해한다. 이는 유전자와 본능대로만 살아가는 동물들에게는 충분히 가능하다.

그러나 이것이 인간에게 이어진다면 어떻게 될까, 우리는 '나 혼자 산다' 방송을 통해 인간의 생애를 이해하려 하지 않는다. 예측할 수 없고 수많은 가능성을 잠재하고 있다. 즉 열려있는 상태인 것이다. 나는 이것이 결국 인문학과 인간의 근본적 공통점이라고 본다. 다른 동물과 구별되는 인간만의 특징 '열려있음'이 곧 인간의 학문만의 특징으로 직결되는 것이다. 앞의 내용이 전부 맞는다고 가정하면 과연 인문학의 목적을 정의하는 것이 가능한가? 어려울 것이다.

목적을 정하는 것은 자신의 삶이나 일에 인문학이 필요한 사람들의 몫이다. 이러한 점에서 볼 때 인문학자들은 원유를 시추하는 사람들과 유사해 보인다. 원유 그 자체가 단 한 가지 목적만을 가지고 땅속에서 솟아나는 것은 아니다. 원유는 자동차 연료, 타르, 샤프심 등 셀 수 없이 많은 목적으로 가공될 수 있다. 만약 누군가 원유를 어디에 쓰느냐고 물었을 때 단순히 타르를 만들 때 쓴다고 말하면 이는 분명 사실이 아닐 것이다.

각 업자들이 자신의 목적에 따라 원유를 받아가 자신이 설정한 용도대로 가공하는 것이다. 이렇게 해석할 때 인문학 자체에 목적을 설정할 수는 없다. 민족주의자 정치인들은 국민을 단결시키기 위해 역사를 공부한다고 할 것이고, 장교나 직업군인들은 선현들의 지식에서 배울 것이 있기 때문이라고 말할 것이며, 애니메이션 제작자들은 그것들을 콘텐츠화 하면 굉장히 매력적이기 때문이라고 주장할 것이다.

삶의 원동력은 여행

나는 특이한 모습과 행동에 대해 그리고 스쳐가는 보석 같은 내용들을 메모하여 하루를 뒤돌아보고 내일에 대한 설계를 종종 메모하곤 한다. 메모는 탐색하고 연구하는 모든 이들의 토대이자 더욱 멀리 나아갈 원동력이 된다. 작가는 여기에 함몰 되어 지거나, 무아의 상태에 매혹되어 몰입 된다. 메모는 예측할 수 없는 것 같은 여자의 마음, 럭비공 같은 인생을 메모함으로써 현재와 미래에 상상력을 키워나간다.

이것이 메모의 힘이다. 소리 없이 똑박 똑박 길을 걷거나 아무 생각 없이 하늘을 쳐다보며 걷노라면 감성이 자극되어질 때 일상의 소일거리들이 이야기가 된다. 남들이 하지 못한 네 경험을 토대로 직접 경험하게 되어지는 사실을 메모를 통해 간접경험하게 만든다.

기본적으로 사람들은 일상의 이상주의자이거나 몽상가다. 내게 있어 메모는 이상과 현실의 세계를 실현시키기 위한 방향설정이 되어 몽상을 비전으로 변화시키는 역할을 한다. 메모는 함몰된 자신을 이상과 비전으로 삶의 변화를 주고, 다시 용트림할 수 있도록 촉매역할을 한다.

인생의 여백

언덕 위에 줄지어 선 나무들이 아름다운 건 나무위에 말없이 나무들을 받아 안고 있는 여백 때문일 것이다. 가장 자연스럽게 뻗어 있는 생명의 손가락을 일일이 쓰다듬어 주고 있는 빈 하늘 때문이다. 여백이 없는 풍경은 아름답지 않다. 비어있는 곳이 없는 사람은 아름답지 않다. 여백을 가장 든든한 배경으로 삼을 줄 모르는 사람은 일상의 공간에서 마음을 살필 시간 자체도 부족하지만, 삶이 성찰과 비움을 통해 다가오지 않는다.

일상에 함몰되면 영혼 없는 삶을 살게 된다. 비우고 나서야 채울 수 있다. 가득 채우기만 한 공간이 답답하듯이 삶의 공간도 여백이 있어야 아름답다. 일상은 인간을 생존본능으로 묶이게 한다. 여행지 공간은 생존과 무관한 자연의 섭리로 이루어져 있다. 성찰 없는 삶은 탄탄해지기 어렵다. 그 성찰은 비움에서 나온다. 여행은 날짜를 정하고 장소를 물색하고 그리고 또 찾고, 여행은 떠날 때의 설렘이다. 현지에 도착하면 피로에 지쳐 녹초가 되곤 한다.

-도종환

여행과 일기 쓰기

일상과 비일상, 떠날 수 있는 사람과 떠나지 못하는 사람, 인류는 인간에게 방목형과 정착형으로 살도록 기회를 주었다. 여행은 유목민의 삶을 통하여 유혹과 도전의 기회를 갖는다. 그리고 그 속에 자유를 느낄 때 진정한 여행이며, 관광과는 다르다. 관광은 선택할 기회가 없다. 여행에서 찍는 사진은 의미가 있는 찰나를 남기는 것이고, 관광에서 찍은 사진은 목적을 남긴 인증사진이다. 이상적인 여행은 곡선의 의미를 갖지만, 관광은 거점을 남기기는 하나 주도적이지 못해 별로 남을게 없다. 그래서 정글의 법칙을 좋아하고, 히말라야 정복을 위해 목숨을 건 산사나이를 추모한다. 여행은 두려움 속으로 들어가는 것이다. 여행은 야성을 잃어버린 현대인에게 원시시대 원시인 같은 경험을 느끼게 하고, 그 속에 강렬한 야성의 본능을 발견하고 희열을 감아올림에 떨림을 느낀다.

이런 여행은 자아 성취의 한계를 극복해 나아가는 인간내면의 본능이며 삶의 흔들림이다. 흔들리는 삶속에 떨림이 있고, 떨림 속에 어울림이 함께하는 것이다. 극기훈련, 서바이벌 게임 등 우연을 가진 형상들이 진정한 여행의 목적이라고 생각한다. 우리가 일상에 살면서 생존과 관련한 원초적인 두려움을 느껴 보기는 어렵다. 쾌락은 행복한 삶의 시작이자 목표이다. 모든 행복의 시작과 뿌리는 쾌락이다. 심지어 지혜와 문화까지도 여기에 귀착된다.

-에피쿠로스

음식에 대한 사랑처럼 진실된 사랑은 없다. 맛있는 음식은 때론 영혼의 위안까지 이르게 한다. 철학이 위안을 주는 역할을 한다면, 음식은 철학의 일부를 대행하기도 한다. 맛집의 양과 질은 결국 여행의 양과 질을 결정짓는다. 여행의 양과 질은 행복의 양과 질로 이루어진다.

여행은 먹고 사는 것을 넘어, 음미하고 존재하는 시간이다. 일상에서는 일하기 위해, 살기 위해서 먹는다. 그런데 여행에서는 즐기기 위해서 향유하기 위해서 먹는다. 그렇다면 좋은 풍경을 보는 것보다 맛집이 우선 먼저라는 말이 성립될 수 있다. 길 위의 여행식사 한끼를 먹을 것인가, 때울 것인가? 즐길 것인가? 단순히 먹고 때울 것이라면 일상의 것이고 정성껏 즐기면 여행의 풍미는 깊어진다. 여행에서 음식은 대단이 중요하다.

일상의 오감이 현혹되어 소화가 안 되고 뒤틀림과 함께 무력감을 느낀다. 그래서 여행은 일상을 벗어나 영혼의 혼재된 내적 충만함을 가지고 있다. 여행은 익숙한 것과의 결별이며 낯선 곳에서 아침을 맞는다. 여행은 다른 사람이 덮던 이불을 덮고 자고, 그리고 다른 사람이 먹던 밥그릇과 숟가락으로 밥을 먹는다. 결국 자신을 다른 사람에게 보내고 , 다른 사람을 자신 속으로 받아들이는 것이다.

여행은 차, 밥, 잠으로 이루어진다. 차로 이동하고 밥을 먹고 잠을 잔다. 그중에서 제일은 밥의 보약이다. 맛집을 경험하는 것은 그 지역의 물과 공기를 내 영혼과 정신 안으로 들이는 행위이다. 시각적으로만 경험하는 것이 아니라, 미각으로 그 지역과 여행지를 기억하게 되는 것이다. 맛집의 결정은 현지인 3명 이상에게 3분내 3가지 이상 물어보면 맛 집을 발견 할 수 있다. 현지인 맛집 발견 3원칙이라고 할 수 있다.

나는 다만 일상의 알기 위해 진주를 발견하고 정리함에 불가하며, 인생이란 자신을 표현하기 위해 주어진 찰나를 엮어 나아가가는 것이라 생각한다. 깨달음, 혹은 진정한 행복은 어떤 초월 상태가 아니다. 그것은 폭넓은 지식과 한없는 에너지의 상태이고, 자신의 운명을 스스로 만들고, 일상생활 속에서 만족을 찾으며, 인생의 궁극적 목적을 이해하게 해 주는 복됨이다. 우리는 우리가 믿는 한계 내에서 생각하고 행동한다. 그렇다면 자신의 잠재력을 무한히 펼칠 수 있는 열쇠는 우리의 마음, 우리의 믿음을 완전히 다스리는데 있다.

영속적인 행복을 자신의 외부에서 구하는 것은 무의미한 짓이다. 이는 마치 다른 사람이 운동하는 것을 구경하면 날씬해질 것이라고 바라는 것과 같다. 일 년 수확을 원하면 옥수수를 심어라. 십년 수확을 원하면 나무를 심어라. 백년 수확을 원하면 사람을 교육하라. 늘 자신에게 능력을 과시해야 한다.

질투의 불꽃은 타인을 향해 있지만, 그 불에 타는 것은 질투하는 사람이다. 감사하는 마음은 감사한 것을 더 많이 끌어들인다. 적을 무찌르려고 하기보다는 적을 동맹군으로 바꿔라. 인과응보의 보편 법칙에 대한 깊은 믿음을 가져야 한다. 인과응보라는 보편적인 법칙을 깊이 믿으라. 이는 우리 삶의 방향을 결정짓게 하는 권위 있는 신념이다.

인생살이가 힘겹다고 좌절하지 말라. 제아무리 성인이거나 현인이라 할지라도 고난을 피할 수 있는 자는 아무도 없다. 분노를 버려라. 그것은 행복의 예민한 껍질을 태워먹는 염산이다. 어떤 상황에서라도 자신의 평정을 유지하라. 후한을 남기지 않는 삶을 살라. 자신의 실수를 인식함으로써 결코 같은 실수를 되풀이하지 않도록 노력해야 한다.

영혼의 삶

사람들은 다양한 방법으로 사는 법을 배워나간다. 그리고 자기만의 패턴, 룰, 문화를 만들어 나아간다. 사람은 이기적인 존재이기에 더 좋은 방법이 나타나면 그것을 습득하여 살아가고는 한다. 문제는 더 좋은 방법이 정말 더 좋은 것인지는 확신할 수 없다는 것이다. 다만 지금 여기에 존재하는 '나'라는 존재가 그렇게 느낄 뿐이다.

죽음에 대한 공포에서 해방되기 위해 철학과 종교가 생겨났다는 이야기가 있다. 생명이라면 공포를 가지고 있고, 그것으로 부터 벗어나기를 원할 것이다. 사람들은 맹수나 병균 같은 공포보다도 전쟁 같은 사람들에 의한 공포를 더 무서워하고 있는지도 모르겠다.

철학과 종교가 죽음의 공포로부터의 해방을 하나의 목적으로 가지고 있다면, 아마 성공하지 못할 것이다. 죽음이나 존재가 믿음과 앎으로 상대적 차이가 있다는 논리 또한 성공하지 못할 것이다. 죽음은 공포의 대상이면서 에너지의 근원이 되기도 하는 것 같다. 그것은 극복의 대상이 아니라 삶의 친구이자 도구로써의 역할을 해줄 수 있을 것 같다. 우리는 쉽게 얻을 수 있는 것을 좋아한다. 하지만 그것은 정말 좋은 것이 아닌 경우가 대부분이다. 그것을 깨우치는 순간 죽음은 더 가까이 다가와 있을 것이다.

새로운 생각, 사상, 철학 등이 등장하면서 기존의 사람들에게 충격이 될 수 있을지 모른다. 하지만 한계를 가질 수밖에 없는 인간에게 나온 것들은 언제나 변화하기 나름이다. 역설적으로 말하면 한계의 끝이 없다고 말할 수도 있을 것 같다. 명확하고 정확한 것을 바라는 것은 어리석은 욕심이며 지금 느끼고, 생각하고, 행동하는 그것이 진실일 것이다. 문득 자연自然이라는 말이 머리에 맴돌았다.

모든 이들에게 구원, 교육, 깨달음, 해방, 즐거움을 주려는 종교, 철학, 사상은 경계해야 한다. 그들은 겉으로 좋은 것처럼 보이지만 우리를 휩쓸리게 하는 거대한 파도와 같아서 개인의 자유를 방해한다. 우리가 진리라고 믿는 것들은 시간과 존재 앞에서 절대적으로 상대적인 것들이다. 겸손한 마음과 상대방에 대한 배려, 밝은 표정, 따뜻한 언어만 있다면 상대는 나에 대해 긍정적인 자세로 서게 된다.

우리가 다른 사람에게 부탁을 할 때 개인적인 정성을 많이 표현할수록 그 사람이 부탁을 들어줄 확률이 더 높아진다. 좀 더 구체적으로 사무실이나 지역사회 혹은 가정에서 커뮤니케이션을 할 때 개인적인 정성이 들어간 포스트잇을 이용하면, 전달하는 메시지의 중요성을 강조할 수 있을 뿐 아니라 앞 다투어 관심을 가져달라고 외치는 보고서나 우편물 더미 속에 파묻히지 않게 할 수 있다.

실제로 그들은 거울을 보지 않는다. 일상생활에서 거울을 적절히 이용하면, 매우 미묘한 방식으로 사람들이 사회적으로 좀 더 바람직한 행동을 하도록 설득할 수 있다. 실험 결과는 사탕을 배치하는 방법 말고도, 거울을 신중하게 배치함으로써 아이들이 서로 사이좋게 지내도록 유도할 수 있다는 사실을 보여 준다.

출처 : 로버트 치알디니의 '설득의 심리학' 중에서 [21세기북스]

설득이란 게임을 지배하는 가장 강력한 법칙은 일관성이다. 당신이 일관된 기준을 지키며 살아간다는 사실을 타인에게 알리는 것, 그러한 기준에서 절대 벗어나지 않는다는 사실은 사람들에게 놀라운 효과를 안겨준다.

고객에게 점심을 대접하는 진정한 이유는 여러분과 여러분의 상품을 '맛있는 점심 식사'라는 유쾌한 기억과 연결시키기 위함이다. 즉 고객의 마음속에 맛있게 먹는다는 기분 좋은 행동과 자신의 제안을 연결시키기 위한 것이다. 설득의 달인은 보통 3가지의 뛰어난 자질을 갖추고 있다. 그들은 사람들을 열광시키고, 주변에 사람을 끌어 모으며, 사람들의 감동을 불러일으킨다. 설득의 달인들에게서 일반적으로 발견되는 이러한 특성들은 카리스마, 유머 감각, 비상한 기억력 등으로 각각 이름 붙일 수 있겠다.

개인적인 카리스마, 유머 감각, 드높은 개인적 도덕 기준의 제시 등이 갖추어졌을 때 여러분은 비로소 설득의 달인이 될 수 있을 것이다. 또한 여러분은 상대가 자신에게 최대한의 이익이 보장된다고 느낄 때에만 비로소 행동한다는 사실을 깊이 명심해야 한다.

출처 : 로저 도슨의 '설득의 법칙' 중에서 [비즈니스북스]

자신감을 높이는 데는 성공체험을 갖는 것이 가장 중요하다. 실행도 연습이 필요하다. 작은 일에라도 성공체험을 해보고, 그 작은 성공체험을 가지고 상사로부터 칭찬을 듬뿍 받아본 사람은 성공이 얼마나 소중한지 그 가치를 알고 작은 성공으로도 큰 자신감을 얻는다. 이를 통해 다른 더 큰 성공을 그려볼 수 있고, 유사한 프로세스를 적용해 볼 수 있으므로 더 큰 성공을 만들어낸다.

누구나 미래는 불확실하고, 불안정하고, 측정불가능하다. 불확실한데도 불구하고, 어떤 사람은 미래를 대비해서 도전하고, 어떤 사람은 그냥 안주한다. 그래서 작아도 뭔가 해보는 것이 중요하고 거기에 최선의 노력을 다해 필사적으로 해냄으로서 스스로 성공요건을 끄집어내야 한다.

지금까지 보면 대개 그런 필사적인 성공의지와 성공노력을 기울인 사람들은 결국 성공했다. 대부분의 사람들은 성공의지가 강하지 않은데, 성공의지가 강해야만 실행력도 나온다. 성공한 사람들의 공통점은 무엇보다도 성공의지가 강한 데 있다. 죽더라도 물속에 뛰어들지 않으면 살아 펄떡이는 물고기는 잡을 수 없다. 일단 물에 들어가서 살아있는 물고기를 손으로 휘어 쥐려는 노력을 해야지, 물에도 들어가지 않고, 헤엄도 치지 않고 잡으려는 노력도 안 한다면 물고기는 잡을 수 없다. 아주 가끔 죽은 물고기가 떠오르면 잡겠지만 그런 경우는 거의 없다.

하고자 하는 것을 다 할 수는 없지만, 진짜 자기에게 필요한 것은 꼭 하겠다는 강한 의지를 갖고 실행에 옮기면 잠시 괴로워도 나중에는 기쁨이 훨씬 더 크다. 자신감이란 나의 미래가 장밋빛으로 환할 것이라는 무조건적인 믿음을 뜻하지 않는다. 진정한 자신감은 앞으로 어떠한 고난이 닥치더라도 잘 헤쳐나가리라는 굳건한 자기 확신을 뜻한다. “내가 믿어 의심치 않는 나의 생각들이 과연 합리적인가? 내가 옳다고 생각하는 것들이 혹시 잘못된 확신에서 온 것은 아닐까?” 평소 이와 같은 질문을 끊임없이 던질 수 있다면, 당신은 매우 객관적인 태도로 자신과 타인을 바라볼 수 있을 것이다.

우리 머릿속에 잘못 심어진 자아 이미지는 우리가 무한한 잠재력을 발산하는 데 있어서 끊임없이 제동을 건다. 그리고 우리는 마치 새장 속에 갇혀 바깥세상은 전혀 알지 못한 채 주인이 넣어주는 모이나 쪼고 있는 새처럼 살아간다. 그러나 그 새장은 우리 스스로가 만든 것이다. 우리는 잘못된 확신으로 인해 우리가 얼마나 가치 있고 재기발랄하며 개성적인 존재인지 모르며 살아간다.

마음은 자기 자신뿐만 아니라 타인, 더 나아가 세상을 움직이는 힘이다. 만약 당신이 인생의 고비에 서 있다면, 그래서 문제의 해결 방안과 자기 확신을 구하고 싶다면 바깥으로 눈을 돌릴 것이 아니라 자신의 내면부터 들여다보아야 한다. 모든 해답은 당신 안에 있다. 책을 읽거나 학위를 따거나 획기적인 돌파구를 구하지 않더라도 우리는 이미 어려움을 극복할 만한 충분한 지혜를 갖추고 있다.

출처 : 로버트 앤서니의 '나를 믿는 긍정의 힘 자신감' 중에서 [청림출판]

우리들의 영혼여행

여행은 세상의 모든 길이다. 여행자의 최대 화두는 "어디로 떠날 것인가"이다. 여행지를 선택하는 것은 행복을 선택하는 것이다. 선택의 결과가 쌓여 인생 전반이 결정된다. 여행은 길이다. 여행은 문밖으로 나서자마자 펼쳐진 길에서부터 시작된다. 길은 존재를 위해 느리게 흐르고, 도로는 생존을 위해 빨리 달린다. 길은 과정을 즐기기 위한 예술이고, 도로는 목적지를 위한 도구이다.

길은 서정시이며, 서사시이며 자유시이다. 일상에서 잃어버렸던 본연의 감성과 만날 수 있으니 서정시이다. 자신의 과거와 현재가 투영되어지고, 그 바탕 위에 미래가 그려지니 서사시이다. 또한 자유로이 상상할 수 있으니 자유시이다. 시의 본질은 운율이다. 길은 여행자를 춤추게 한다. 여행자는 길이라는 운율 위를 타고 가는 사람이다. 내 여행의 끝, 여행지를 돌고 도니 길이 보였다. 그 곳 여행길에서 그대의 영혼을 잠시 쉬어라, 길 위에 떠돈 영혼은 흔적이 되어 가볍고, 심장은 벅찬 기쁨으로 흔들림과 떨림이 함께 할 것이다.

세상의 여행은 길 공간 여행과 물 공간 여행으로 나눈다. 길 여행은 도로, 길, 흙길, 숲길, 사막길 등을 나눈다. 수 공간여행은 계곡, 호숫가, 강, 바닷가, 포구, 섬 여행으로 나눈다. 산의 옹달샘 물이 시내가 되고 ,계곡으로 흐른다. 강이 되어 흐르다가 호수를 만들고, 다시 흘러 바다로 간다. 이를 모두 통틀어 수 공간여행이라고 부른다. 수 공간 여행의 맛은 차원이 다를 수밖에 없다. 세상의 모두 거한 것들은 물가를 향해 가고 있다. 아름다운 풍경은 물과 가까운 곳에 대거 진을 치고 있다.

물의 공간은 풍경다발지대이다. 공간은 땅 끝에 있고, 땅 끝에는 물이 있다. 여행이 건강에 좋은 이유는 음이온의 농도가 좋은 곳으로 가기 때문이다. 음이온이 풍부한 한대지역은 평균 수명이 85세이고, 온대지역은 70세가 평균이다. 적도지역은 50세이다. 음이온이 많이 있는 공간은 숲, 계곡, 폭포, 해변이다. 수 공간을 거닐 때 편안한 이유는 물이 생명이 근원이기 때문이다. 지구상의 생명은 바다와 육지 사이 물가에서 태어났다. 인간은 엄마의 자궁 안 양수 속에서 9개월을 편안하게 지낼 수 있다. 결국 물은 모든 생명의 기원이기에 모든 생명체와 인간 역시 물을 보면 마음이 편안해진다.

길도 흐르고, 물도 흐르고, 우리 인생도 흐른다. 물처럼 흘러가는 인생 또한 아름답다. 시인은 예술가이기 전에 통찰의 대가이다. 시는 치기어린 감상이 아닌 인생을 담는다. 삶속에 인문이 그릇이라면, 시는 인문정신의 정수이다. 시는 일상에서는 짜고 또 짜고 하더라도 상상력을 동원하지 못하지만, 길 위에서는 감성이 터져 나온다. 길 위에서 시인이 되라, 시인이 되는 것은 여행자의 책무이며 글의 완성이다.

자연의 법칙

노년기에 자연-사람-인연의 관계를 어떻게 볼까? 사람은 무엇으로 성장하는가? 늙어가면서 어떻게 자아를 통합해 가는가. 그것은 아마도 자연-사람-인연의 관계를 재정립하고 성찰하는 것이 아닐까 싶다. 인간이 자연의 일부 및 사회적 존재로써 맺어온 인간관계, 사람, 인연에 대한 모든 사랑이 노년기의 진정한 가치다.

노년기는 자연, 사람, 인연을 소중히 여기며 이를 사랑하는 삶이 성공적 노후생활이다. 눈 깜짝할 사이 흘러가 버린 인생, 그렇게 많은 고생, 비통함, 실망들로 이루어졌던 인생이 허무하기도 하다. 젊어서 부리던 교만, 심술도 지금은 어디 갔는지……. 내 인생의 골든 벨은 이제 끝나는가. 뒤를 더듬어 본다. 한 평생 비단길을 걸어온 것도 아니지만 문을 닫고 생각이 절규 할 때마다 버려진 느낌이 들 때가 많다. 주위의 노인들이 힘든 몸을 이끌고 돌아가는 뒷모습이 심란하지만 그러나 그 모습이 내 모습이고 그것은 거짓이 없다는 사실이다.

당신이 60대라면 아직 20-30년의 러닝타임이 남아 있다며 남 다른 행복을 꿈꿔 볼 것이다. 생물적인 몸 움직임의 질감이 어제와 오늘이 다르지만 나이 듦이 곧 성숙의 의미가 있다는 사실에서 결코 헛되지 않다는 생각도 들 것이다. 마음의 익어감, 지혜의 고양 등이 풍부해지고 넉넉해짐은 노년기에 찾아오는 축복이 아닐 수 없다. 이제까지의 삶을 돌아보니 과거는 험난한 생애였고 미래는 더 알 수 없지만 오늘은 신의 선물이 아니던가. 그러면 노년기의 '자연-인연-사랑'의 관계를 정립해 보자.

첫째, 우선 늙어 가면서 자연을 만나고 사랑하는 일이 어떤가 하는 문제다. 모든 사물은 내 인생에서 만나는 의미 있는 대상들이다. 자연에 대한 태도는 이성적 판단이 아닌 직관적, 감성적, 심미적 이해의 대상이다. 꽃을 보는 경우 그냥 이성적으로 보는 것이 아니라 감성적으로 뚫어지게 내면적으로 사랑하는 마음으로 보는 것이다. 어찌 보면 존재 그 자체로서 보고 받아들이며 자연스럽게 포용하는 것이다.

지구의 생명력과 모든 생물체가 우리와 연결될 때 비로소 눈이 떠지고 마음이 깨어나는 것이니 그렇다. 지평선으로 넘어가는 햇볕 뒤에 따라 오는 밤의 깊이를 사랑하며 여기에 몸을 맡기는 것이 진정한 자연적 삶일 것이다. 자연의 완전성에 돌아가는 삶이 진정한 자연인이다. 자연 속에서 살아가며 배우고 상한 감정, 육체를 다시 연결시키는 것이 자연치유다. 자연에 말을 걸며 살아가는 에코

프랜들리Ecoh-friendly 즉 자연친화적인 생활을 해 가는 일이 노년기의 생활이다. 땅에 플러그를 꽂고 지구의 에너지를 받으면서 충전하는 삶 말이다. 땅의 섭리에 따라 살아가는 인간의 모습이 아름다운 것이다. 늙어서 가공의 나를 멀리하고 자연인처럼 살아가는 것이 현대인들의 로망이 아닌가.

둘째, 인연의 끈을 사랑하는 일이다. 불교는 이 세상의 모든 것이 여러 가지 인연으로 어우러져 있다는 연기법, 혹은 인연사상因緣思想을 말한다. 사람과 사람 사이의 관계를 넘어 자연환경과 보이지 않는 불가분의 인연으로 맺어져 있어서 나와 만물이 만나고 상호 의존적으로 살아간다는 것이다. 우리와 함께 했던 이웃들이 의미 없는 듯 했지만 어느 날 갑자기 보고 싶을 때가 있을 것이다. 눈을 감으면 자주 생각나는 사람이 있다면 감사할 일이고 이런 인연은 소중한 것이다.

우리는 인연에 따라 서로를 부르고 있는 것이다. 새들은 서로 부르며 먹이를 나누자고 하는 것처럼 자연, 사람 모두가 연결된다. 알 수 없는 운명은 인연을 만든다고 했다. 늙어가면서 맺어진 인연의 무게는 결코 가볍지 않을 것이다. 인연은 운명처럼 다가올 때가 많다는 사실을 우리는 경험한다. 부모, 배우자, 자식, 형제자매, 친척이 하나님 모두가 인연이요 운명인 것이다. 그 중에서도 가족들은 우리 생활에 있어서 가장 소중한 인연의 핏줄이다. 세상에서 둘도 없는 가족을 만나서 행복했다고 느끼는 것 모두가 인연의 씨앗이다.

늙어가면서 인연관계가 줄어들고 있는 현실에서 자신의 가족과 가까운 친구와 사회적 유대관계를 강화하는 것이 인연을 쌓아가는 지름길이다. 인연이 끊기면 죽은 삶이나 마찬가지기 때문이다. 그리고 가장 좋은 인연은 '진정한 나'를 사랑하는 일이다. 나를 잘 대접하고 긍정적으로 받아들이는 것이 나를 사랑하는 것이고 건강하게 사는 비결이다.

셋째, 자연과 사람을 더 없이 사랑하는 일이다. 인생에서 가장 사랑하는 것처럼 기분 좋은 순간은 없을 것이다. 특히 사랑은 대상에 대한 감각적 친밀성과 헌신, 관심, 충성의 마음이다. 당신이 누구에게 친절하고 사랑한다면 당신의 운명은 가장 아름다운 방법으로 돌아오게 마련이다. 뿐만 아니라 사랑에는 나이가 문제 되지 않는다. 7080세대라도 젊은이 같은 사랑을 꿈꾼다. 가슴 설레면서 뜨겁게 사랑하고 싶은 마음은 식지 않는다. 늙었지만 책을 가까이 하고 꽃을 드는 것이 노년기 사랑이다. 하루에 10분만이라도 가족 혹은 파트너에게 사랑과 감사의 메시지를 보내는 것은 바람직하고 성공적인 노후의 삶이다. 뿐만 아니라 사랑하면 더 젊어진다는 말이 있다. 사랑은 만병을 치유한다고 했다. 그러니 젊어서는 자기가 살아 온 시대와 불화不和관계에 있었다면 지금은 화평和平으로 세상을 안아야 한다.

특히 아내 혹은 가족들과 한평생 살아가면서 쌓인 상처가 있다면 화해와 관용으로 풀어가야 한다. 로마인들은 조강지처를 관리하지 못하면 남편의 자격이 없다고 했다. 가족들에 대한 사랑의 치유가 늙어가면서 우선 해결해야 할 주요 과제다. 우리는 사랑에 빠질 수도 있고 아니면 부서질 수도 있다. 한참 살다보면 왜 이런 사람과 결혼했을까 하고 쉽게 후회하기도 한다.

사랑은 약속을 이어가는 것이지만 서로 사랑하거나 안하거나 하는 선택의 기준이 현실적으로 흔들릴 때가 많다. 우리 삶에 필요한 생활규범, 원칙, 환경, 논리, 신념, 건강, 지식, 유머, 지위, 돈 등 여러 요인이 작용하기 때문에 흔들리는 것이다. 그러나 가족이란 콧물 눈물을 서로 나누고 닦아주는 관계다. 마지막 까지 내 곁에 남을 사람은 바로 가족이다. 그러니 우리들 삶의 존재를 좌우하는 사랑이나 욕망은 자연스런 일상생활의 원동력이다. 한평생 살면서 가슴 한구석에 뜨거운, 식지 않는 무엇을 채우려는 욕망은 늘 있게 마련이다.

사랑은 열정적으로 피어나는 것이고 미움은 삭이는 것이다. 특히 우리는 이 세상에 잠시 소풍 온 사람들로서 사랑을 나누며 살아가는 존재들이 아닌가. 늙어서 내 눈과 내 생각은 어떤 가치와 연결되어 있을까. 어떻게 복잡한 감정을 배설하고 고장 난 육체의 감정을 치유할까.

노년기에는 먹고살기 힘들고 일그러지는 육체의 고단함을 가누기도 힘들지만 무엇보다 '자연-사람-인연'을 소중히 여기며 모두를 사랑하는 일이다. 사랑 하는 사람이 과연 내 주위에 얼마나 있는가를 헤아려보는 일이다. 당신이 머무는 곳이 아름다운 산천일 뿐만 아니라 주위에 깊은 인연으로 맺어진 사람들이 많다면 축복 받은 것이고 진정으로 신에게 감사할 일이다.

자연은 시간과 공간을 넘어 영과 육을 아우르며 너와 나를 사랑하는 무량한 품이다. 특히 봄 여행은 인생에 대한 예의이다. 봄의 향유를 미룬다면, 혹한에 제 꽃을 피워낸 매화와 산수유, 벚꽃에 대한 예의가 아니다. 그런 생명들에게 예의를 표하지 않는 사람은 자신의 인생에 대해서도 예의를 갖출 수 없다. 언젠가는 쓰러질 인생을 아름답게 하려면 어떻게 살아야 할까. 봄꽃처럼 질 때나 피었을 때나 아름답게 사는 것이다.